CLASSIQUES

Collection fondée en 19.. par FÉLIX GUIRAND
continuée par
LÉON LEJEALLE (1949 à 1968) et JEAN-POL CAPUT (1969 à 1972)
Agrégés des Lettres

RABELAIS

PANTAGRUEL

extraits

avec une Notice biographique, une Notice historique et littéraire,
une Documentation thématique, des Notes explicatives
et un Questionnaire,

par

JEAN-CHRISTIAN DUMONT
*Ancien élève de l'École normale supérieure
. Agrégé de Lettres
Assistant à la faculté de lettres
et sciences humaines de Nanterre*

LIBRAIRIE LAROUSSE

17, rue du Montparnasse, 75298 PARIS

RÉSUMÉ CHRONOLOGIQUE
DE LA VIE DE FRANÇOIS RABELAIS
1494-1553

1494 (?) — **Naissance de François Rabelais**, à **La Devinière**, près de **Chinon**, troisième fils d'Antoine Rabelais, avocat à Chinon, sénéchal de Lerné, substitut des lieutenants généraux et particuliers au siège de Chinon.

1511 (?) — Prise d'habit au **couvent des cordeliers** (franciscains) de Fontenay-le-Comte.

1515-1518 (?) — Rabelais est novice au couvent franciscain de La Baumette, près d'Angers.

1519 (?) — Rabelais entre au couvent franciscain du Puy-Saint-Martin à Fontenay-le-Comte.

1521-1524 — Rabelais correspond avec Budé, se lie avec les humanistes Amy et Tiraqueau.

1524 — Les supérieurs de Rabelais saisissent ses livres grecs.

1525 — Rabelais obtient du pape **l'autorisation de passer dans l'ordre des Bénédictins** et est admis à l'abbaye de Maillezais qui appartient à son protecteur Geoffroy d'Estissac.

1528 — Rabelais séjourne à Paris et commence peut-être des études de médecine.

1530 — Rabelais **arrive à Montpellier** en habit de prêtre séculier. Il s'inscrit à la faculté de médecine (17 septembre). Il est reçu bachelier en médecine (1er novembre).

1531 — Rabelais fait un cours à la faculté de médecine (du 17 avril au 24 juin) sur les *Aphorismes* d'Hippocrate et l'*Ars parva* de Galien.

1532 — Rabelais séjourne à **Lyon**, il y publie les *Aphorismes* d'Hippocrate, les *Lettres médicales* de Manardi, le *Testament de Lucius Cuspidius* (faux fabriqué au XVe s.). Rabelais est nommé médecin de l'hôtel-Dieu de Notre-Dame-de-Pitié du Pont-du-Rhône. — Il remet à un libraire le manuscrit du *Pantagruel* et fait un court voyage à Chinon. Il publie la *Pantagruéline Pronostication pour l'an 1533*.

1533 — *Pantagruel* est censuré par la Sorbonne. — Rabelais part pour l'Italie à la suite du prélat Jean du Bellay (8 novembre).

1534 — Séjour à Rome (février-mars), puis retour à Lyon (mai). Édition de la *Topographia Romae antiquae* de Marliani et publication du *Gargantua*. — Rabelais reprend son service dans son hôpital.

© *Librairie Larousse*, 1972.   ISBN 2-03-870136-9

1535 — Rabelais s'absente de Lyon (janvier à mai). **Second départ pour Rome** (juillet) à la suite de Jean du Bellay, devenu cardinal. Rabelais correspond avec Geoffroy d'Estissac.

1536 — Rabelais **obtient du pape un indult** l'absolvant de la faute qu'il avait commise en abandonnant son couvent (janvier). — Retour pour Lyon, puis départ pour Paris (juillet). Rabelais devient **chanoine au chapitre de Saint-Maur-des-Fossés.**

1537 — Rabelais prend à **Montpellier** les grades de licencié et de **docteur en médecine,** professe la médecine à Lyon et à Montpellier, dissèque un pendu à Lyon.

1538 — Mort de Théodule, fils de Rabelais, âgé de deux ans. Rabelais **assiste à l'entrevue d'Aigues-Mortes** entre François Iᵉʳ et Charles Quint.

1540 — Rabelais séjourne à Turin en compagnie de Guillaume du Bellay, gouverneur du Piémont, puis à Chambéry.

★

★ ★

1543 — **Nouvelle censure** de *Gargantua* et de *Pantagruel.* — Mort des protecteurs de Rabelais, Guillaume du Bellay et Geoffroy d'Estissac. — Rabelais est nommé maître des requêtes.

1545 — Rabelais obtient un privilège du roi.

1546 — Parution du *Tiers Livre;* censure de cet ouvrage par la Sorbonne. Rabelais doit s'enfuir à **Metz,** où il devient **médecin de la ville.**

1547 — Séjour à Rome auprès du cardinal du Bellay.

1548 — Publication partielle à Lyon du *Quart Livre.*

1550 — Rabelais obtient un privilège du roi pour le *Quart Livre.*

1551 — Rabelais obtient **la cure** de Saint-Martin **de Meudon** et celle de Saint-Christophe de Jambet.

1552 — Parution du *Quart Livre.* Nouvelle condamnation en Sorbonne. Rumeurs suivant lesquelles Rabelais serait incarcéré.

1553 — Rabelais résilie ses deux cures. **Mort de Rabelais à Paris** (avril).

1562 — Parution de l'*Ile sonnante :* seize premiers chapitres du *Cinquième Livre.*

1564 — Parution du *Cinquième Livre* en entier.

Rabelais a, probablement, quarante-deux ans de moins que Léonard de Vinci, dix-sept ans de moins qu'Érasme, vingt ans de moins que l'Arioste, dix-neuf ans de moins que Michel-Ange, onze ans de moins que Luther, deux ans de plus que Marot, quinze ans de plus que Calvin, seize ans de plus que Bernard Palissy, trente ans de plus que Joachim du Bellay, trente ans de plus que Ronsard, trente ans de plus que Camoëns, trente-neuf ans de plus que Montaigne.

RABELAIS ET SON TEMPS

	la vie et l'œuvre de Rabelais	le mouvement intellectuel et artistique	les événements politiques
1494	(Date probable.) Naissance de François Rabelais à La Devinière, près de Chinon.	Mort de Pic de La Mirandole.	Début des guerres d'Italie : première expédition de Charles VIII. Naissance de François Ier.
1511	(Date probable.) Entrée au couvent des cordeliers de Fontenay-le-Comte. Correspondance avec G. Budé.	Érasme : De ratione studii. Lemaire de Belges : De la différence des schismes et des conciles.	Le pape Jules II et la Sainte Ligue contre Louis XII.
1520	Moine à Fontenay-le-Comte.	Machiavel : la Mandragore. L'Arioste : le Nécromancien. Début de la construction du château de Chambord.	Entrevue du Camp du drap d'or. La flotte de Magellan accomplit pour la première fois le tour du monde. Excommunication de Luther.
1525	Autorisation pontificale de passer chez les bénédictins de Maillezais.	Traduction du Nouveau Testament de Tindale en Angleterre.	Défaite de Pavie. François Ier prisonnier à Madrid.
1528	Premier séjour à Paris.	Érasme : Ciceronianus. Ph. de Commines : Chronique de Charles VIII. Embellissements du Louvre. Début des travaux au château de Fontainebleau.	Clément VII fait enquêter sur le divorce d'Henri VIII d'Angleterre.
1530	Abandon de la vie monacale. Études de médecine à Paris et à Montpellier.	G. Budé : De philologia. Th. Wyatt écrit les premiers sonnets en anglais.	Diète et Confession d'Augsbourg.
1532	Médecin à l'hôtel-Dieu de Lyon. Pantagruel.	Cl. Marot : l'Adolescence clémentine. Lefèvre d'Étaples : traduction de la Bible. R. Estienne : Thesaurus linguae latinae. L'Arioste : Roland furieux.	Annexion définitive de la Bretagne à la France. Prise de Florence par les Impériaux.

1534	Premier voyage à Rome avec Jean du Bellay, Gargantua.	Luther : Bible allemande complète. Marot à Nérac chez Marguerite de Navarre. Michel-Ange : fresques de la chapelle Sixtine. Le Primatice, le Rosso, Benvenuto Cellini décorent Fontainebleau.	Affaire des Placards (18 oct.). Schisme anglican. Fondation de l'ordre des Jésuites par Ignace de Loyola. Jacques Cartier atteint le Canada par le Saint-Laurent.
1535	Deuxième voyage en Italie avec Jean du Bellay.	Édits royaux réglementant l'imprimerie. Exil de Marot à Ferrare.	Alliance avec les Turcs. Établissement des Espagnols sur la Plata, au Pérou, au Chili.
1537	Licencié et docteur en médecine. Enseignement donné à Lyon et à Montpellier.	L. de Baïf : traduction d'Électre de Sophocle. Première Bible anglaise complète.	Annexion de la Norvège au royaume de Danemark. Trêve de Monçon entre Charles Quint et François Ier.
1540	Séjour à Turin, puis à Chambéry.	Ignace de Loyola : Constitution des jésuites.	Paul III approuve le statut des jésuites.
1546	Le Tiers Livre. Censure de l'ouvrage. Exil à Metz; exercice de la médecine à Lyon.	Mort de Luther. Supplice d'E. Dolet. Mélanchthon : Vie de Luther. P. Lescot commence le nouveau Louvre.	Guerre de Charles Quint contre la Ligue de Smalkalde (princes protestants).
1551	Curé de Meudon.	Pontus de Tyard : Erreurs amoureuses. Th. de Bèze : 37 Psaumes en vers.	Cinquième guerre entre la France et Charles Quint.
1552	Le Quart Livre. Condamnation du livre par le parlement.	Ronsard : Amours (de Cassandre).	Alliance des princes protestants et de Henri II.
1553	Mort de Rabelais à Paris.	J. du Bellay à Rome. Camoëns part pour les Indes orientales.	Avènement de Marie Tudor. Les Trois-Évêchés (Metz, Toul, Verdun) occupés par Henri II.

BIBLIOGRAPHIE SOMMAIRE

Abel Lefranc	Œuvres de Rabelais, avec introduction et notes critiques (Paris, Champion, tomes I et II, 1912; tomes III et IV, 1922; tome V, 1931).
Georges Lote	la Vie et l'œuvre de François Rabelais (Aix-en-Provence, E. Fourcine, 1938).
John Carpentier	Rabelais et le génie de la Renaissance (Paris, Taillandier, 1941).
Jacques Boulenger	Rabelais (Paris, Colbert, 1942).
Lucien Febvre	Le Problème de l'incroyance au XVIe siècle. La religion de Rabelais (Paris, Albin Michel, 1947).
Étienne Gilson	Rabelais franciscain (Paris, Vrin, 1955).
Henri Lefebvre	Rabelais (Paris, Éditeurs français réunis, 1955).
Verdun L. Saulnier	le Dessein de Rabelais (Paris, Sedes, 1957).
Manuel de Dieguez	Rabelais par lui-même (Paris, Éd. du Seuil, 1960).
Michel Bakhtine	l'Œuvre de François Rabelais et la Culture populaire au Moyen Âge et sous la Renaissance (Paris, Gallimard, 1970).
Floyd Gray	Rabelais et l'écriture (Paris, Nizet, 1971).
Michel Butor et Denis Hollier	Rabelais ou C'était pour rire (Paris, Larousse, 1972).
Nicole Aronson	les Idées politiques de Rabelais (Paris, Nizet, 1973).
Madeleine Lazard	Rabelais et la Renaissance (Paris, P. U. F., 1979).

INTRODUCTION

L'ŒUVRE DE RABELAIS

CE QUI SE PASSAIT ENTRE 1532 ET 1553

■ **EN POLITIQUE.** *1532 : réunion définitive de la Bretagne et de la France. Pizarre continue la conquête de l'Amérique du Sud. — 1533 : mariage d'Henri VIII et d'Anne Boleyn; excommunication d'Henri VIII. Les princes protestants d'Allemagne s'unissent par la ligue de Smalkalde. Calvin adhère à la Réforme. — 1534 : Genève adopte la Réforme. Des placards protestants sont affichés au château d'Amboise (19 octobre). Ignace de Loyola fonde l'ordre des Jésuites. Jacques Cartier explore le Canada. — 1535 : la guerre reprend entre François Ier et Charles Quint. Charles Quint remporte des victoires sur Barberousse, souverain d'Alger, allié de la France. — 1536 : les Français prennent Turin, Charles Quint envahit la Provence, Calvin s'installe pour la première fois à Genève. — 1537 : à Florence, Alexandre de Médicis est assassiné par Lorenzo de Médicis. — 1541 : Barberousse remporte une victoire sur les Espagnols. Les Turcs prennent Budapest. Calvin s'installe définitivement à Genève. Ignace de Loyola est fait général des Jésuites. — 1542 : alliance de Charles Quint et d'Henri VIII; ils reprennent la guerre contre François Ier. L'Inquisition est reconstituée. — 1544 : victoire de Cérisoles sur les Impériaux; invasion de la Champagne par les troupes de Charles Quint. — 1545 : massacre des Vaudois et ouverture du concile de Trente. — 1546 : mort de Luther. — 1547 : mort d'Henri VIII d'Angleterre et de François Ier. Avènement d'Henri II. — 1548 : soulèvement de la Guyenne réprimé par le connétable de Montmorency. — 1552 : Henri II s'empare des Trois-Évêchés. — 1553 : avènement de Mary Tudor en Angleterre. Calvin fait brûler Michel Servet à Genève.*

■ **DANS LES LETTRES.** *1532 : premières éditions d'Aristophane, de Diogène Laërce, d'Euclide. Robert Estienne fait paraître en un volume son Thesaurus latinae linguae. Œuvres latines de Vives, de Budé, de Jean Second. Derniers ouvrages d'Érasme. Édition définitive du Roland furieux de l'Arioste. Marot publie l'Adolescence clémentine. — 1533 : Marguerite de Navarre publie le Miroir de l'âme pécheresse. — 1534 : la Sorbonne intente un procès aux lecteurs du Collège royal (Collège de France). Marot se réfugie à Nérac, chez Marguerite de Navarre. L'Arétin écrit ses Raggionamenti. — 1535 : un édit royal limite le nombre des imprimeurs à douze. — 1536 : Érasme meurt. Calvin publie, en latin, son Institutio religionis christianae. — 1537 : Marot soutient sa polémique avec Sagon. Bonaventure Des Périers publie son Cymbalum mundi. — 1541 : Marot publie trente psaumes. Calvin publie en français l'Institution chrétienne. — 1542 : Héroët, la Parfaite Amie. — 1544 : mort de Marot et de Bonaventure Des Périers. La Délie de Maurice Scève.*

J. Peletier du Mans traduit l'Art poétique d'Horace. — 1547 : Propos rustiques et facétieux de Noël du Fail. — 1548 : Discours de la servitude volontaire ou le Contr'Un, d'Étienne de La Boétie. Le parlement interdit les Mystères, les confrères de la Passion à l'hôtel de Bourgogne. — 1549 : Défense et illustration de la langue française, par J. du Bellay. — 1550 : les Odes de Ronsard. — 1552 : Cléopâtre et Eugène de Jodelle.

■ **DANS LES ARTS.** 1532 : Michel-Ange est appelé à Rome par le pape Clément VII pour achever la décoration de la chapelle Sixtine. Titien à Venise : portraits de Charles Quint, de François Ier, etc. Le Primatice est appelé par François Ier pour décorer le château de Fontainebleau. — 1533 : l'hôtel de ville de Paris est commencé. François Ier acquiert le château de Chenonceaux. Achèvement d'une des façades du château de Lude. Construction de l'église Saint-Eustache de Paris. — 1541 : Michel-Ange peint le Jugement dernier dans la chapelle Sixtine. — 1545 : il termine son Moïse. — 1546 : Michel-Ange est chargé de la construction de Saint-Pierre de Rome. Pierre Lescot commence la reconstruction du Louvre. — 1547 : Tombeau de René de Châlons, par Ligier Richier. — 1549 : Tombeau de François Ier, par Philibert Delorme. Les Nymphes de la Fontaine des Innocents par Jean Goujon. — 1552 : construction du château d'Anet, par Philibert Delorme.

■ **DANS LES SCIENCES.** 1533 : Schoener, Opusculum geographicum. — 1537 : Tartaglia, La Nuova Scienza. — 1543 : Copernic, De revolutionibus. Vésale, De corporis humani fabrica. — 1544 : Munster, Cosmographie. — 1545 : Cardan publie son Ars magna. Ambroise Paré, De la manière de traiter les plaies par arquebuses. — 1550 : Histoire des animaux, de Conrad Gesner, à Zurich. — 1554 : Medicina, de Jean Fernel.

LES TEMPS MODERNES

La fin du XVe siècle et le début du XVIe virent l'agonie de la civilisation médiévale et les débuts de l'époque dite « moderne ». La féodalité, pyramide hiérarchisée où les inférieurs n'ont à connaître que leur supérieur direct et non les supérieurs de celui-ci, où les devoirs du vassal envers son suzerain ont des limites étroites, le morcellement de cette société en petites unités politiques et économiques vivant sur elles-mêmes, son idéologie, sa religion, synthèse encore indécise de courants divers dont l'unité était plus affirmée dogmatiquement que pensée réellement, ses traditions culturelles et universitaires, riches, mais incapables de se renouveler et de se mettre elles-mêmes en question, tout cela, plus ou moins rapidement, avec plus ou moins de résistance, sombrait. Les rois d'Europe cherchaient à étendre leur pouvoir directement sur tous leurs sujets en supprimant les intermédiaires féodaux et à absorber dans leur domaine personnel les fiefs de leurs grands vassaux; la réussite des rois de France en cette entreprise attisait l'envie de leurs voisins; l'autarcie des petites régions faisait progressivement place à une économie qui tendait à constituer des marchés nationaux et qui rêvait déjà — c'était l'époque des progrès décisifs de la navigation et des grandes découvertes — de s'unifier en un marché mondial. La rente féodale évoluait en prenant une forme largement monétaire, qui bouleversait les conditions sociales. Les marchands enrichis et désireux d'étendre leur activité secondaient l'effort unificateur des rois contre les barrières féodales; les cadres de la vie médiévale ne correspondaient plus aux réalités du temps et devaient résister aux forces nouvelles qu'ils entravaient. Le catholicisme risquait de ne pas survivre à ses contradictions, à sa corruption, à ses scandales : il lui fallait se clarifier et se purifier. L'Église avait prouvé, à la suite des conciles de Constance et de Bâle, son impuissance à se réformer. Les papes, hommes d'État ou de guerre sans scrupules, se souciaient plus de la magnificence de leurs palais ou de leurs aventures galantes que de la sauvegarde de la foi. La culture scolastique s'étiolait : les tentatives d'un Nicolas de Cues[1] pour répondre à des besoins nouveaux restèrent sans lendemain; le courant universitaire le plus représentatif était celui des nominalistes scotistes dont les recherches se restreignaient à la logique formelle, à la critique du vocabulaire — proies toutes désignées aux sarcasmes d'Érasme ou de Rabelais. Les catégories anciennes n'avaient plus de prise sur les réalités du monde nouveau. Il fallait créer et faire triompher un nouvel ordre politique, un nouveau droit, une esthétique nouvelle, une foi nouvelle, une raison nouvelle. C'était la tâche du XVIe siècle; c'est pourquoi l'histoire de ce siècle a été avant tout celle de ses idées, de ses révolutions idéologiques. Mais la fin du Moyen Age avait beau avoir sonné, il n'y a jamais de solution de continuité entre deux époques. La persistance des modes de pensée périmés restait sensible chez ceux-là mêmes qui les condamnaient, craignant aussi l'avenir inconnu, ils présentaient leurs révolutions comme des restaurations, les innovations comme un retour au passé plus lointain : contre la scolastique, l'humanisme invoque la Grèce et Rome; contre le catholicisme, l'évangélisme puis la Réforme réclament un retour aux sources du christianisme.

L'HUMANISME

Le Moyen Age avait sans doute vécu de la culture antique. On le blâma pourtant d'avoir méconnu et maltraité celle-ci; on reprocha aux interprétations qu'il avait données de l'Antiquité d'être fort infidèles, et d'avoir, à l'intelligence directe des textes, substitué des commentaires puis de nouveaux commentaires de ces commentaires : ceux-ci en étaient arrivés à masquer complètement les œuvres

---

1. *Nicolas de Cues* : cardinal et théologien allemand (1401-1464) qui s'efforça de rénover de l'intérieur la philosophie scolastique en l'émancipant de l'influence aristotélicienne.

elles-mêmes, qui, elles, demeuraient inconnues. Le pionnier du mouvement humaniste, Laurent Valla (1407-1457), fit d'abord du droit l'enjeu de sa polémique en critiquant, au nom des juristes de la Rome antique, Bartole et toute la jurisprudence médiévale. Sans doute s'agissait-il, sous le couvert du droit romain, de substituer au droit du Moyen Age, coutumier et changeant de région à région, celui qui convenait à la nouvelle organisation des États. Cette critique du droit amena Valla à celle de la philosophie. Il réclama, dans tous les domaines, le retour au libre examen des textes anciens et, corrélativement, contribua à définir une méthode rigoureuse d'établissement de ces textes. L'humanisme, parti de l'étude des littératures anciennes[1], latine, grecque[2] et hébraïque[3], accomplit, en utilisant l'imprimerie nouvelle, un travail immense d'édition et se servit des textes anciens comme machines de guerre contre le Moyen Age. On opposait la philosophie de Platon[4] aux commentaires médiévaux d'Aristote; le code de Justinien à ce qu'en avaient déduit Accurse ou Bartole; on reprochait aux clercs du Moyen Age leur latin barbare, et l'on réclamait un retour aux canons stylistiques de Cicéron. Jusque dans le domaine de la science ou de la médecine, on cherchait des enseignements chez les Anciens (Rabelais expliquera Hippocrate à la faculté de médecine de Montpellier) pour condamner l'empirisme du Moyen Age, et les architectes, répudiant le style gothique, s'inspiraient de Vitruve. Le mouvement humaniste, né en Italie dans la première moitié du XVe siècle, gagna tout l'Occident. L'un de ses représentants les plus illustres, le Hollandais Érasme (1466-1536), dont les ouvrages polémiques ou érudits ont nourri la Renaissance, appliqua aux textes bibliques les méthodes philologiques de Valla et en dégagea une théologie nouvelle, fondée sur les Écritures et non plus sur la tradition : ce furent les débuts de l'évangélisme.

L'ÉVANGÉLISME

L'exemple d'Érasme fit école : tandis qu'en Allemagne les travaux de l'hébraïsant Reuchlin jetaient le doute sur la traduction latine de la Bible, la Vulgate, dont l'église catholique avait fait son texte officiel, en France Lefèvre d'Étaples (né en 1455) appliqua une méthode de critique rigoureuse à l'explication d'Aristote, puis de la Bible, dont il donna la première traduction française. La comparaison du simple texte des Écritures avec les dogmes de l'Église lui firent affirmer que ni le célibat des prêtres, ni les jeûnes, ni la plus grande partie de la liturgie des sacrements n'avaient leur fondement dans l'Évangile. Il prôna en conséquence le retour à la pureté

---

1. La *litteratura humanior* (profane, par opposition à sacrée) leur a donné son nom; 2. L'humanisme bénéficia de l'afflux en Occident de lettrés grecs chassés par la conquête turque; 3. Où s'illustra Reuchlin (1455-1522); 4. Ce sont surtout les Italiens Pic de la Mirandole (1463-1494) et Marsile Ficin (1433-1499) qui ont renouvelé les études platoniciennes.

de l'Évangile, que la traduction mettait à la portée directe des fidèles, la vie simple en esprit au lieu de l'acceptation formelle des dogmes ajoutés, la justification par la foi et non par les œuvres, fidèle en cela à l'enseignement de saint Paul, dont il avait publié un commentaire en 1512. Attaqué par la faculté de théologie de Paris, la Sorbonne, mais protégé par la sœur du roi, la reine Marguerite de Navarre, encouragé par les humanistes, il se réfugia en 1516 à Meaux, où l'appelait Briçonnet, l'évêque de cette ville, et y dirigea un courant évangéliste jusqu'en 1534, date de l'affaire des Placards. La Sorbonne, durant ce temps, essayait de son mieux de lutter contre l'esprit nouveau et obtenait de temps à autre son hérétique à brûler, tel l'évangéliste Berquin en 1529. Elle contraignit Lefèvre à s'exiler en 1534. Les condamnations de Rabelais par la Sorbonne faisaient partie de la même politique de répression : les sarcasmes de l'œuvre de Rabelais contre la même Sorbonne y répondaient.

LA RÉFORME

L'évangélisme devait aboutir, en se radicalisant, à la rupture avec l'Église, à la Réforme. L'occasion en fut l'une des pratiques les plus scandaleuses de la papauté, celle des indulgences : le pape Léon X, à court d'argent pour achever la basilique Saint-Pierre, accorda des indulgences (dispense pour les pécheurs repentants des châtiments que leur faute devrait leur valoir soit en ce monde, soit en l'autre, au purgatoire) à quiconque contribuerait de ses deniers à la construction de l'édifice. L'archevêque de Mayence fit prêcher ces indulgences en Saxe par le dominicain Tetzel au lieu et place des augustins, jusque-là chargés de ce genre d'opération ; l'un d'eux, le théologien Luther, déjà hostile à la justification par les œuvres dont découlait la vente des indulgences, attaqua Tetzel en affichant contre lui quatre-vingt-quinze propositions (1ᵉʳ novembre 1517). La querelle s'envenima. Luther proclamait son désaccord avec non seulement le principe même des indulgences, mais encore avec l'intercession des saints, la confession auriculaire, le purgatoire, le célibat des prêtres, et ne conservait que quatre sacrements : le baptême, la pénitence, la cène et l'ordre. Il brûla la bulle pontificale qui le menaçait d'excommunication, traduisit la Bible en allemand, la Bible que chacun devait étudier selon sa conscience, et commença d'organiser son église à partir de 1521, ouvrant pour l'Allemagne la période des guerres de Religion. Quinze ans plus tard, Calvin publia, en 1536, l'*Institution de la religion chrétienne*, qui rejetait également l'autorité du pape, s'opposait à toute hiérarchie dans les églises, ne conservait de tous les sacrements que le baptême et la cène, et affirmait, conséquence de la toute-puissance de Dieu et de la seule justification par la foi, le dogme de la prédestination : seuls seraient sauvés sans considération de leurs œuvres, qui ne sauraient jamais effacer le caractère foncièrement mauvais de la nature humaine, les élus de Dieu, qu'il connaissait de toute éternité. L'accueil de Genève permit à Calvin d'organiser lui aussi, après 1541, une église nouvelle en dehors du catholicisme romain.

PUBLICATION DE L'ŒUVRE DE RABELAIS

Sa réputation d'humaniste et de médecin déjà bien établie, Rabelais composa, au cours de l'été 1522, *Pantagruel,* la première partie de son œuvre romanesque, la fit imprimer à Lyon en octobre et la mit en vente en novembre. Il ne semble pas douteux qu'il ait eu en vue une opération financière intéressante; en relation depuis longtemps avec les imprimeurs de Lyon, il connaissait par expérience, ayant lui-même édité plusieurs ouvrages anciens, le peu de diffusion de la littérature savante ou dite sérieuse; il avait été frappé par la vente massive des almanachs (il en composera lui-même plusieurs), des romans de chevalerie et autres ouvrages destinés au grand public. L'année 1532 vit en particulier l'extraordinaire succès des *Grandes Chroniques du grand énorme géant Gargantua,* une histoire de géants tirée du folklore et dont il s'était vendu, nous dit Rabelais, « plus d'exemplaires en deux mois qu'il ne sera acheté de bibles en neuf ans ». Il voulut composer suivant les mêmes méthodes éprouvées un *best-seller* qui lui rapporterait quelque argent; il fit donc de Pantagruel le petit démon de la soif, qui, dans le folklore et les *Mystères,* jetait du sel dans la bouche des ivrognes, un géant (tous les récits populaires parlaient de géants ou de saints); il lui donna Gargantua pour père et présenta quelques-unes de ses aventures comme une suite aux *Grandes Chroniques.* Rabelais, certes, cherchait à gagner de l'argent et à écouler son œuvre auprès du public le plus étendu possible; mais, simultanément, sa propre expérience de la composition littéraire l'amenait à poser et à résoudre pour son compte la question de la signification et de l'utilité du langage; en même temps le fait d'avoir un grand nombre de lecteurs lui offrait une excellente occasion de prendre parti dans le combat idéologique du moment, d'exprimer son opinion sur quelques grands problèmes du temps : la vie intellectuelle, la pédagogie, la religion, la justice, la guerre et la paix. Le succès répondit sans doute aux attentes de Rabelais; la condamnation du *Pantagruel* par la Sorbonne, dès 1533, prouva qu'on avait parfaitement discerné ses prises de position.

Rabelais, sans doute conscient d'avoir acquis plus de maîtrise dans son style, dans ses moyens d'expression, et plus de fermeté dans ses options, conçut le dessein de récrire son livre. Il prêta, ce coup-ci, au père, Gargantua, les aventures qu'il avait précédemment attribuées au fils, Pantagruel, et reprit de façon plus nette et plus approfondie certains des thèmes du premier livre : la critique de la scolastique, la question de la guerre et de la paix, le rôle des souverains. Ce fut *la Vie très horrifique du grand Gargantua, père de Pantagruel,* publiée en 1534, sans doute peu de temps après l'affaire des Placards, et condamnée la même année par la Sorbonne.

Rabelais resta douze ans sans donner de suite à son roman. Le *Tiers Livre* parut en 1546 et fut immédiatement condamné par la Sorbonne. Le *Tiers Livre* se présentait comme une continuation du *Pantagruel*, la parenthèse du *Gargantua* oubliée. On y retrouvait les personnages du premier ouvrage, avec quelques changements dans leur caractère il est vrai, et le début était la suite logique de la conquête du pays des Dipsodes par Pantagruel. Les problèmes évoqués différaient pourtant, le ton aussi : les concessions au goût du grand public se faisaient plus rares, les héros avaient perdu leur taille de géants. Six ans encore passèrent avant la parution du *Quart Livre*. Rabelais a confié, dans son épître dédicatoire au cardinal de Châtillon, à la fois l'importance qu'il attachait à la continuation de son œuvre et le découragement qui l'avait parfois assailli devant les menées de ses adversaires. Il n'était plus question de nier son engagement, de nier que sa création littéraire fût une sorte de combat. Le *Quart Livre*, satire plus violente que jamais chez Rabelais contre toutes les Églises, aussi bien celle de Genève que celle de Rome, semble avoir été composé pour soutenir certains desseins royaux, mais, entre le temps où il fut écrit et celui où il parut (1552), le roi changea de politique : Rabelais se retrouva peut-être même en prison. La fin des aventures de Panurge et de Pantagruel, le *Cinquième Livre*, parut en 1564, plus de dix ans après sa mort.

ANALYSE
(Les principaux épisodes sont indiqués en caractères gras.)

Pantagruel.

Les premières pages du *Pantagruel* savent donner le tour le plus bouffon aux questions les plus brûlantes. Rabelais s'apprête à conter ses histoires de géants, ses histoires à dormir debout, en appelant la malédiction sur le lecteur incrédule : « Comme Sodome et Gomorrhe, puissiez tomber en soufre, en feu et en abîme au cas que vous ne croyez fermement tout ce que je vous raconterai en cette présente chronique. » Pourquoi, en effet, ne pas croire, puisque c'est écrit ? Il ne s'agit de rien d'autre que du problème de la foi et de l'autorité des Écritures. Et pour que l'on ne s'y trompe pas, Rabelais cite expressément saint Jean et l'Apocalypse; pour que l'on s'y trompe encore moins, son livre débute comme l'Évangile : par une **généalogie de Pantagruel** qui ressemble par trop à celle que saint Matthieu attribue au Christ. Suit une attaque contre l'autorité des Massorètes, les interprètes juifs de la Bible, attaque qui peut s'appliquer à toute autorité et à toute forme de religion révélée (Prologue, chapitre premier).

Rabelais décrit la **sécheresse qui présida à la naissance de son héros assoiffé,** description piquée de traits anticléricaux : la seule pensée du pape et des cardinaux, lors de cette calamité qui affecte tout le genre humain, est de réglementer l'usage de l'eau bénite (chap. II). Il évoque ensuite l'étrange situation de Gargantua, qui doit à la fois **fêter la naissance de son fils et pleurer la mort de sa femme.** La logique scolastique ne lui permet pas de choisir l'attitude appropriée que finalement lui dicte la vie (chap. III). Cette vie, qui emporte toujours toutes les barrières comme la vitalité du jeune Pantagruel, le fait se libérer des entraves qui le tenaient rivé à son berceau (chap. IV).

En âge d'étudier, Pantagruel part pour un **tour de France.** Rabelais, qui ne se souvient qu'incidemment de la taille et de la condition royale de son héros, lui prête un peu de ses propres aventures et raille les travers des différentes universités : dans celle de Toulouse, on a par trop l'habitude de brûler les gens ; à Avignon, les étudiants ne pensent qu'aux femmes, « parce que c'est terre papale » ; la faculté de droit d'Orléans forme des joueurs de paume et non pas des juristes (chap. V). En route vers Paris, Rabelais et Pantagruel rencontrent à la fois un **écolier limousin** et les problèmes du langage : ils condamnent ledit écolier à mourir de soif parce qu'il parlait latin en français. La tentation était forte au XVIᵉ siècle, mais il faut savoir choisir entre les langues, ne pas les mélanger et parler chacune d'elles « naturellement » (chap. VI). Rabelais donne libre cours à la fantaisie de sa création verbale en imaginant la liste des cent trente-huit principaux ouvrages dont l'étudiant Pantagruel se repaît, fustige en même temps et l'enseignement scolastique et les doctrines officielles de l'Eglise catholique (chap. VII). Une **lettre de Gargantua** incite son fils à l'étude. On y trouve en même temps une théorie de l'immortalité de l'âme, sous une feinte orthodoxie, bien déconcertante, et la présentation de l'idéal culturel des humanistes (chap. VIII).

Pantagruel fait alors une **rencontre décisive pour le reste de sa vie** : celle de son ami **Panurge,** qui le conquiert en parlant une douzaine de langages aussi incompréhensibles que celui de l'étudiant limousin. Toutefois, la différence est qu'il s'agit de vraies langues étrangères, parlées avec pureté. D'ailleurs, à quoi sert le langage et qu'importe que Pantagruel n'entende point celui que parle Panurge : ses yeux devraient lui suffire pour lui faire comprendre que Panurge a faim. Et pourtant, Panurge, qui a promis de ne parler qu'après avoir mangé, n'est pas plutôt rassasié qu'il s'endort (chap. IX).

Pantagruel, dont la science a fait l'homme le plus fameux, est appelé par les tribunaux **à juger d'une cause épineuse où les plus savants perdent leur latin.** Rabelais en profite pour exposer l'idéal humaniste en matière de droit et condamner la procédure médiévale. Les deux parties prononcent chacune un plaidoyer parfaitement bien ordonné, parfaitement inintelligible, parfaitement dépourvu de sens. Pantagruel prononce une sentence aussi absurde, qui les satisfait également. La signification de ces trois discours est dans leur absence même de sens : les querelles juridiques de type féodal sont périmées, aux temps modernes, et ne se comprennent plus. Ces discours constituent en même temps un exercice de virtuosité stylistique tel que les aime Rabelais : c'est un langage qui, à la fois, exprime tout ce que l'auteur doit dire et n'a pourtant pas de signification littérale (chap. X-XIV).

Panurge fait étalage de ses compétences en imaginant une nouvelle façon de fortifier Paris. **Panurge est présenté plus complètement** : il incarne le mépris de la morale reçue et de toutes les conventions, l'ingéniosité infinie, la haine de la police, de l'université, de la justice, de l'Église, des possibilités sans nombre de se divertir cruellement aux dépens de ce qu'il hait (chap. XVI). Toujours à court d'argent, il a pourtant plus d'un tour pour s'en procurer : par exemple, en pillant les troncs des marchands d'indulgences, les voleurs sont alors volés (chap. XVII).

Un grand savant venu d'Angleterre pour soutenir des controverses contre Pantagruel rencontre d'abord Panurge. Les deux adversaires prétendent dans leur contradiction n'aspirer qu'à la vérité. Aussi renoncent-ils au langage, bon pour les seuls sophistes, et se contentent-ils de signes, bien suffisants pour exprimer les quelques rares certitudes auxquelles on puisse parvenir. Elles concernent les appétits et leur satisfaction. Rabelais condamne les grandes controverses des universités médiévales et démontre l'extraordinaire précision de son langage descriptif (chap. XVIII-XX). Panurge se venge avec toute la cruauté dont il est capable d'une dame qui le dédaignait (chap. XXI, XXII).

Pantagruel doit quitter Paris en toute hâte pour secourir son père, enlevé par une fée, et son **royaume, envahi par les Dipsodes**, les assoiffés. Il part si vite qu'il n'a pas le temps de prendre congé de sa maîtresse. Celle-ci lui fait parvenir ses reproches sous la forme d'un envoi énigmatique. La résolution de cette énigme permet à Panurge de prouver sa science et sa sagacité, elle permet aussi à Rabelais de commettre un nouveau blasphème : les paroles de la dame abandonnée sont celles-là mêmes que prononça sur le mont des Oliviers le Christ. Pantagruel balance; son précepteur Épistémon lui rappelle que le devoir passe avant l'amour (chap. XXIII, XXIV). Pantagruel et ses preux ont tôt fait de mettre en déroute les armées d'Anarche, le roi des Dipsodes. Un seul combat est un moment incertain : celui où **Pantagruel affronte seul le géant Loupgarou**. Rabelais parodie alors l'histoire de l'intervention divine, qui aurait donné la victoire à Constantin et amené la conversion de cet empereur au christianisme (chap. XXV-XXIX).

Épistémon, qui a eu la tête coupée — la croyance aux miracles est à nouveau tournée en dérision — **se la fait recoller par Panurge**, puis raconte ce qu'il a vu dans **les enfers**. Les hiérarchies de ce monde sont dans l'autre renversées. Les premiers sont les derniers : pensée en soi fort chrétienne; l'application l'est moins : les premières victimes de ce renversement sont, à côté des rois, les papes (chap. XXX). Pantagruel et Panurge se souviennent de cette leçon de l'autre monde. Ils font du roi Anarche, leur prisonnier, un crieur de sauce verte (chap. XXXI).

Rabelais accroît tout à coup les dimensions de son géant, qui de sa langue abrite contre la pluie toute une armée. Rabelais, qui se laisse avaler par Pantagruel, **découvre dans sa bouche un autre univers.** C'est le thème de la pluralité des mondes déjà exploité par Lucien et qui sera repris plus tard par Fontenelle et Voltaire (chap. XXXII). Après avoir raconté une maladie de Pantagruel et décrit la technique opératoire à laquelle il faut avoir recours pour soigner les géants, Rabelais prend avec désinvolture congé de ses lecteurs en leur promettant pour plus tard la suite : le mariage de Panurge et des voyages (chap. XXXIII, XXXIV).

Gargantua.

La suite est en fait un retour sur le passé. Rabelais conte maintenant les aventures du père de Pantagruel. Le Prologue pose, en termes volontairement équivoques, le problème de la signification de l'œuvre et appelle les lecteurs à rire. Le premier chapitre renvoie à la généalogie de Pantagruel, donnée dans l'ouvrage précédent. Le second est une énigme versifiée dans le goût du temps. On apprend comment la grossesse de Gargamelle dura onze mois, on assiste à une ripaille, on se délecte aux **propos des ivrognes** qui y ont participé : alternance de plaisanteries et d'attaques mordantes contre la théologie scolastique (chap. III-V). Gargantua naît de façon fort étrange par l'oreille de sa mère. Il ne faut pas douter de la véracité du fait : l'Écriture atteste que des nativités extraordinaires peuvent avoir lieu. On retrouve les plaisanteries sur la foi du début du Pantagruel (chap. VI). Gargantua, **dès sa naissance,** s'affirme **grand buveur de vin** (chap. VII). Rabelais décrit ensuite ses vêtements et leurs couleurs. Il s'appesantit sur la signification de celles-ci pour prendre le contre-pied de la symbolique traditionnelle de l'Église (chap. VIII-X).

Une suite d'expressions proverbiales juxtaposées, avec un jeu constant entre leur sens propre et leur sens figuré, permet de rendre la turbulence et la vitalité du jeune enfant (chap. XI). Ses amusantes espiègleries, son esprit inventif contrasteront avec ce que la scolastique fera de lui (chap. XII, XIII). Émerveillé de l'intelligence de son fils, Grandgousier décide de lui **donner les meilleurs maîtres possibles :** des **théologiens** de la Sorbonne. Gargantua passe des années à apprendre des ouvrages élémentaires ou de logique formelle. Il y devient idiot. Son père le confie alors à un **humaniste,** Ponocrates, après avoir congédié le théologien en lui donnant de quoi boire (chap. XIV, XV).

Gargantua, monté sur une **immense jument** (retour du thème gigantal), part pour Paris, accompagné de son nouveau maître (chap. XVI). Il arrive à Paris. Rabelais se venge du peuple de Paris, farouchement catholique, par des jugements cinglants et imagine que son géant **vole les cloches de Notre-Dame** pour les mettre au cou de sa jument. Les cloches, haïes de Rabelais, symbolisent en effet l'existence monacale, l'Eglise, son emprise sur le pays. Le peuple de Paris, consterné, fait appel à ses théologiens pour essayer de récupérer ses cloches. Après de longues disputes, car les universitaires ont coutume de se déchirer entre eux, ceux-ci confient la mission à l'un des leurs, Janotus de Bragmardo. Gargantua et ses compagnons, qui ont déjà décidé de rendre les cloches, n'en préviennent pas le théologien, mais l'enivrent avant de le recevoir (chap. XVII, XVIII). **Janotus prononce une pitoyable harangue,** il passe du coq à l'âne, mélange un jargon incompréhensible de philosophe à un latin de cuisine à faire rougir un écolier, et prend ses hoquets et ses articulations logiques qui s'enchaînent à vide pour un raisonnement convaincant. Il serait risible si de tels êtres n'avaient pouvoir, Rabelais le rappelle discrètement, de déclarer hérétiques leurs semblables, c'est-à-dire de les condamner au feu. Gargantua renvoie Janotus avec quelques cadeaux que ses collègues veulent lui enlever, bien loin de lui donner la récompense promise en cas de succès : nouvelle satire de la mesquinerie du milieu universitaire (chap. XIX, XX).

Ponocrates commande alors à son élève de vivre et d'étudier suivant les préceptes de ses anciens maîtres : vie sans hygiène, perte de la totalité du temps, goinfrerie, dévotions continuelles, mais toutes formelles, juste une demi-heure par jour où l'élève fasse semblant d'étudier (chap. XXI, XXII). D'une telle éducation, on ne peut rien sauver : Ponocrates fait d'abord oublier à son élève tout ce qu'il a déjà appris, utilisant pour cela le remède antique de la folie. **Puis vient le nouvel emploi du temps.** C'est d'abord l'art d'utiliser chaque minute à des fins éducatives. C'est un programme d'éducation aussi bien intellectuelle que physique qui surprend par son ampleur : il est en fait conforme à la nouvelle pédagogie humaniste appliquée dans certaines écoles de Rhénanie dès le milieu du XVᵉ siècle (chap. XXIII, XXIV).

Une querelle entre bergers et marchands de galettes devient un incident de frontière et dégénère en guerre (chap. XXV). **Picrochole, le roi voisin, envahit les États de Grandgousier** (chap. XXVI). Ses troupes ravagent tout sur leur passage, mais sont **chassées de l'abbaye de Seuillé par un moine, frère Jean,** qui voit dans les armes, fussent-elles des bâtons de croix, une défense plus efficace contre les ennemis qu'une prière à Dieu, et qui fait passer le « service du vin » avant le « service divin » (chap. XXVII). L'avance des armées de Picrochole pousse Grandgousier à rappeler son fils de Paris (chap. XXIX, XXX). Cependant, Grandgousier fait tout pour négocier et pour sauver la paix. Sur le plan stylistique, la **harangue faite par son envoyé à Picrochole,** d'allure cicéronienne, s'oppose aux misérables balbutiements de Janotus de Bragmardo (chap. XXX-XXXII). Les succès initiaux font perdre la tête à **Picrochole**, ses lieutenants l'y aident en **ébauchant un plan de conquête universel**. Petit à petit, en plein délire militaire, les personnages de cette scène en arrivent à croire leurs projets déjà réalisés. Les appels au bon sens n'ont pas prise sur eux. Ils ne rêvent que meurtres. Ce chapitre vise aussi bien Charles Quint que les militaires de carrière et les justifications religieuses de la guerre (chap. XXXIII).

Gargantua et ses compagnons, de retour de Paris, **se heurtent victorieusement aux ennemis**. La superstition, en l'occurrence la croyance au diable, cause la déconfiture de troupes picrocholines (chap. XXXIV-XXXVII). Intermède à la guerre : on festoie. Gargantua **mange par mégarde six malheureux pèlerins** qui voient dans les psaumes de David la prédiction de leurs malheurs. On fête frère Jean, et l'on se moque abondamment de la vie monacale (chap. XXXVIII-XLII). La cavalerie de Picrochole a beau s'asperger d'eau bénite, cela ne l'empêche pas d'être défaite, mais le moine, qui n'a pas suivi les sages ordres de Gargantua, est fait prisonnier (chap. XLIII). Il se délivre pourtant, capture l'un des lieutenants les plus enragés de Picrochole, Touquedillon. Il ramène aussi avec lui les six malheureux pèlerins qui ont été molestés par l'armée picrocholine. Grandgousier les réconforte et leur représente la vanité des pèlerinages (chap. XLIV, XLV). **Touquedillon, humainement traité, revient à la raison** et, libéré sans rançon, essaie de persuader Picrochole de faire la paix : Gargantua est trop riche pour être vaincu. On massacre Touquedillon (chap. XLVI). Grandgousier et Gargantua procèdent à une levée en masse et écrasent définitivement l'armée ennemie. **Picrochole disparaît**. Gargantua se refuse à annexer le royaume du vaincu et, en attendant la majorité des enfants de Picrochole, en confie le gouvernement à Ponocrates : la guerre d'annexion n'est pas licite, le pouvoir doit revenir aux sages et aux savants (chap. XLVII-L).

Gargantua récompense les vainqueurs. **Il donne à frère Jean une abbaye à fonder**. Frère Jean y décrète comme règle l'exact contraire des règles monacales habituelles. Hommes et femmes y entreront à la fois, à condition qu'ils soient beaux, cultivés, de bonne naissance, riches, et pourront en sortir quand ils voudront sans être liés par aucun vœu (chap. LI, LII). **Thélème, la nouvelle abbaye, se construit** à grands frais dans le style des nouveaux châteaux. Son luxe raffiné contraste avec l'habituelle simplicité monacale (chap. LIII). A la porte, une inscription versifiée interdit l'entrée aux dévots, aux gens de justice, aux usuriers, aux avares, aux jaloux, aux galeux (chap. LIV). On décrit la vie et l'habitat des nouveaux moines : luxe, culture, divertissements. Rabelais omet de parler de toute pratique religieuse (chap. LV). Au lieu de robes de bure, les Thélémites portent les vêtements les plus magnifiques (chap. LVI).

La seule règle de l'ordre tient en cette prescription : **« Fais ce que voudras. »** Elle aboutit non à l'anarchie, mais à une vie collective heureuse en raison de la noble nature des Thélémites et de leur communauté de goûts (chap. LVII).

Le Tiers Livre.

Le récit reprend où on l'avait laissé, à la fin du *Pantagruel*. Pantagruel, ayant annexé le royaume des Dipsodes, y installe une colonie. C'est un éloge de la politique de conquête, étonnant si on le compare à certains passages du *Gargantua*, mais fait sans doute pour complaire à la politique royale du moment. Rabelais répète pourtant sa description de la royauté idéale. Les rois doivent se soucier de leur peuple (chap. I).

Panurge, nanti d'un fief, en dilapide le revenu de trois ans en moins de quinze jours. Aux remontrances de Pantagruel, il affirme d'abord qu'il ne veut pas être riche, ensuite il fait l'**éloge des prêteurs et des débiteurs**, soutenant que la société humaine repose entièrement sur des contrats de dette. Cette analyse des fondements du monde monétaire moderne ne satisfait qu'imparfaitement Pantagruel (chap. II-V).

Panurge demande à Pantagruel les raisons pour lesquelles les nouveaux mariés sont exempts d'aller en guerre, puis, revêtu d'un nouvel accoutrement, il **annonce sa décision de se marier** (chap. VI-VIII). Pourtant, la décision n'est pas encore prise. Panurge se demande si vraiment il doit se marier, et commence, pour trouver une réponse à une question qu'en fait il est seul qualifié pour résoudre, à aller interroger tous les gens compétents : son roi et ami d'abord, Pantagruel, qui lui dit tantôt de se marier, tantôt de ne pas le faire. La réponse satisfait peu Panurge. Pantagruel lui explique combien il est difficile de donner des conseils en cette matière et l'invite à s'en remettre au sort (chap. IX, X). Panurge a recours aux dés, puis ouvre au hasard l'*Énéide* pour y lire des présages. Il essaie d'interpréter ses songes : toujours aucune réponse satisfaisante (chap. XI-XV). **Il consulte une sibylle** : la réponse est sibylline (chap. XVI-XVIII). Un sourd-muet prédit de la même façon à Panurge qu'il sera trompé, battu et dérobé; c'est du moins ce que les autres comprennent, car Panurge, lui, ne l'entend pas ainsi et demeure dans l'incertitude (chap. XIX, XX). **On va consulter un poète mourant, Raminagrobis** (sans doute est-ce Jean Lemaire de Belges). C'est une occasion pour exalter la dignité de la mort de ce poète, qui repousse la présence de tout prêtre, mais la réponse du mourant n'est pas plus explicite : « Prenez-la, ne la prenez pas » (chap. XXI). Le mépris de Raminagrobis mourant pour les prêtres est longuement commenté (chap. XXII, XXIII). Épistémon se refuse à donner des conseils à son tour (chap. XXIV). Un astrologue prédit à Panurge des infortunes conjugales, mais Panurge ne croit pas à son art (chap. XXV). Panurge demande conseil à frère Jean, après lui avoir adressé une litanie d'injures qui occupe deux pages. Frère Jean lui conseille de ne pas craindre d'être trompé : ne l'est pas qui veut, et cet état a ses avantages. Suit dans la bouche de frère Jean une nouvelle série d'injures encore plus longue que la précédente (chap. XXVI-XXVIII).

Pantagruel veut essayer de résoudre les doutes de son ami, **fait assemblée en un banquet d'un théologien, d'un médecin, d'un légiste et d'un philosophe.** Panurge ne veut pas du type de femme prude que lui conseille le théologien, le médecin déclare que, dans le domaine de ses compétences, il ne voit pas pourquoi Panurge ne se marierait pas, que l'infidélité de la femme, en revanche, est toujours à prévoir dans le mariage (chap. XXIX-XXXIII). On fournit diverses illustrations du manque de fermeté des femmes, et on paie au médecin Rondibilis sa consultation. Il empoche ses honoraires en affirmant pourtant que ce n'était pas cela qu'il cherchait. **Trouillogan, philosophe sceptique, montre tout l'art qu'il possède d'éluder les questions** (chap. XXXV, XXXVI).

Ce sont les fous qui donnent les conseils les plus sages, et Pantagruel avise Panurge, après lui avoir conté diverses anecdotes, d'aller trouver Triboulet, le fou de François Ier (chap. XXXVII, XXXVIII). On va entre-temps consulter le **juge Bridoye, qui avait l'habitude de jouer aux dés les sentences de ses procès.** Le juge prononce un discours grotesque, truffé de références fausses : on dirait un discours de théologien. Satire de la Justice : mais ses défauts proviennent des limites du cerveau humain (chap. XXXIX-XLIV).

Le fou Triboulet refuse de dire aucun mot, il bat Panurge et fait divers signes. Pour Pantagruel, ces signes annoncent l'infortune future de Panurge. Panurge n'est pas d'accord sur l'interprétation (chap. XLV, XLVI). Pantagruel et Panurge décident, en désespoir de cause, d'aller consulter l'oracle de la Dive Bouteille.

Avant le départ de Panurge et de Pantagruel, **Gargantua rappelle la nécessité du consentement paternel au mariage du fils.** Le livre s'achève sur l'**éloge d'une plante mystérieuse, le pantagruélion,** qui n'est en fait que le lin. Cet éloge est peut-être en même temps celui du travail humain, ou encore des miracles du langage, qui peut prêter aux herbes les plus vulgaires les propriétés les plus merveilleuses (chap. XLIX-LII).

Le Quart Livre.

Pantagruel et ses amis s'embarquent pour un long voyage. La première escale se fait à Medamothi, île de marchands. Ils y achètent des animaux rares, des tapisseries et d'étranges tableaux abstraits que Pantagruel envoie à son père, avec qui il échange une correspondance (chap. I-IV).

Panurge se venge d'un marchand de moutons qui l'avait offensé en lui achetant un de ses moutons et en le jetant à la mer.

Tous les autres moutons le suivent. Panurge parachève la noyade des moutons et des moutonniers en leur prêchant les biens de l'autre monde (chap. V-VIII).

On aborde ensuite une île où tous les habitants sont parents et où les rapports de parenté s'expriment d'une étrange façon : c'est une parodie de la famille médiévale, féodale, qu'on ne comprend plus à l'époque de Rabelais (chap. IX). A l'île de Chéli, frère Jean donne une nouvelle preuve de sa goinfrerie monacale (chap. X, XI).

L'escale au pays **des Procultous et des Chicanous** permet la satire des gens de justice à l'affût de tous gains. Les Chicanous gagnent leur vie en se faisant battre et en réclamant ensuite des dommages et intérêts (chap. XII-XVI). Après un passage dans les îles de Tohu et de Bohu, les navigateurs affrontent une **grande tempête.** Les cieux se sont déchaînés parce qu'on avait croisé un bateau chargé de moines qui se rendent à un concile, où l'on doit condamner de nouveaux hérétiques : nous sommes à l'époque du concile de Trente. Dans cette description de tempête, morceau traditionnel dans tous les récits de voyage, Rabelais fait étalage de son érudition, de sa connaissance des techniques maritimes et des ressources de sa langue. Le pauvre Panurge a tellement peur qu'il est tout près d'invoquer la Vierge et de se confesser. Le beau temps lui rend son audace naturelle (chap. XVIII-XXIV). On arrive dans l'île des Macréons, les gens qui vivent longtemps, héros vieillis; variante des mythes qui nous font voyager au pays des morts (chap. XXV-XXVIII).

On passe au large de l'île de Tapinois, dans laquelle règne le monstrueux **Carême-Prenant,** longuement décrit, symbole de l'ascétisme catholique, sévèrement condamné pour être contre nature (chap. XXIX-XXXII). On est en effet dans la région des monstres engendrés par Antiphysis, l'anti-nature. En particulier, Pantagruel doit combattre un poisson monstrueux, le Physétère (chap. XXXIII, XXXIV). Pantagruel et ses amis doivent soutenir **une guerre,** à la suite d'un malentendu, **contre les Andouilles** qui les ont pris pour des envoyés de Carême-Prenant. La paix se fait et Mardi Gras ressuscite avec de la moutarde les Andouilles mortes (chap. XXXV-XLII).

Après un séjour dans l'île de Ruach, on parvient à l'**île des Papefigues,** vaincus et réduits en esclavage par les partisans du pape, les Papimanes, qui les ont livrés aux diables. Les papefigues représenteraient les protestants (chap. XLV-XLVII). Des papefigues, les voyageurs **passent chez les Papimanes,** qui les vénèrent après avoir appris qu'ils ont déjà vu le pape. Les Papimanes se consacrent à l'étude des Décrétales (recueils de décisions pontificales ayant force de loi), qui commandent de mettre à feu et à sang tous les États du monde s'ils transgressent leurs commandements. C'est une attaque très violente contre les fondements juridiques de la domination pontificale (chap. XLVIII-LIV). Au hasard de leur course,

Pantagruel et ses amis **rencontrent des paroles dégelées** qui avaient été conservées par le froid (chap. LV, LVI).

Pantagruel parvient à la résidence de **Messer Gaster, le ventre, inventeur de toutes les techniques,** être au pouvoir illimité. Autant Pantagruel méprise les Gastrolâtres, ses adorateurs, autant il a d'admiration pour Gaster lui-même (chap. LVII-LXII). De longs et plaisants entretiens se situent sur l'île de Caneph, où Panurge pense mourir de peur à la vue d'un chat (chap. LXVII).

Cinquième livre.

Les voyageurs arrivent dans l'**Ile sonnante,** où les cloches font un tintamarre effroyable. Cette île n'est peuplée que d'oiseaux. Ces oiseaux, en fait d'anciens hommes, sont de sortes diverses et subissent des métamorphoses : ce sont des prêtregaux, des abbégaux, des cardingaux; il faut aussi citer le papegau, qui, lui, est unique de son espèce (chap. I-III). Les oiseaux de l'île sonnante n'y sont point nés, ce sont des oiseaux de passage, les plus mal faits de leur famille, qui s'y réfugient. Les mœurs des oiseaux sont longuement décrites, tandis que nos voyageurs font bombance. Ce sont des oiseaux sacrés, et le papegau, qui, par ailleurs, sait si bien absoudre tous les crimes, se venge d'une horrible façon si l'on touche à une seule de leurs plumes (chap. IV-VI).

On s'arrête ensuite à l'île des Ferrements, île déserte où il ne pousse que des armes : la nature elle-même commet des bévues (chap. IX). Le passage à l'île de Cassade, où l'on montre le saint Graal, est un élément de parodie du mythe médiéval de la quête du saint Graal (chap. X).

Les voyageurs arrivent au pays des **Chats-Fourrés,** horribles bêtes qui ont tout des juges. On ne peut échapper à leurs griffes qu'avec beaucoup d'or (chap. XI-XV). De chez les Chats-Fourrés, Pantagruel et ses compagnons tombent dans le pays des **Apedeftes,** êtres tout aussi crochus que les Chats-Fourrés, mais dont les mœurs rappellent celles des agents du fisc (chap. XVI). Ils passent ensuite Outre, pays des gens outrés, trop riches, qui finissent par mourir en éclatant de graisse (chap. XVII).

La tempête pousse les voyageurs au pays de la **Quinte Essence** (chap. XVIII, XIX). La Quinte Essence, reine du pays d'Enélechie, servie par un corps d'abstracteurs, sait guérir les malades par des chansons, comme les rois de France le faisaient par l'imposition des mains (chap. XX). La description du pays de la Quinte Essence n'est pas seulement la satire de la philosophie aristotélicienne et des discussions philosophiques médiévales, c'est aussi celle de la royauté et de la vie des cours (chap. XXI-XXV).

Au pays d'Ode, les chemins se meuvent d'eux-mêmes, ce qui ferait croire que c'est la Terre qui tourne autour du soleil, et non l'inverse (chap. XXVI). Arrivée dans l'île des Éclots, où sévissent des moines d'un nouvel ordre, les **frères Fredons.** Ce sont en fait les jésuites.

Leur vie joyeuse, leur débauche contrastent avec la sévérité de leurs dehors et la rigueur avec laquelle ils entendent brûler l'hérétique (chap. XXVII-XXIX). Escale à l'île de Satin : on y voit tous les monstres et tous les êtres fabuleux qui n'existent que sur les tapis-series. Parmi elles, le vieillard Ouïr-Dire tient école de témoignage (chap. XXX, XXXI).

On arrive enfin au pays de Lanternois. Les héros sont bien traités par les Lanternes, dont l'apparence et les mœurs sont longuement décrites. Le pays des Lanternes ressemble en somme à tous les pays (chap. XXXII, XXXIII). Un lanterne guide les voyageurs au temple de la Bouteille, peint à grand renfort d'érudition. **La Bouteille rend son oracle :** *Trink,* c'est-à-dire : **« Buvez »** (chap. XXXV-XLVII).

PLAN ET CONCEPTION D'ENSEMBLE

La composition de l'ouvrage s'échelonne sur vingt ans. Les cri-tiques ont généralement vu là l'explication des incertitudes du plan et de multiples incohérences. Rabelais paraît se laisser mener par son récit plus qu'il ne le dirige lui-même. Le lien, du point de vue de l'intrigue, reste fort lâche entre les différents livres. Du premier livre du *Pantagruel,* des aventures du fils, on remonte dans le *Gargantua* à celles du père. Celui-ci, qui, vieux, regrettait de n'avoir pu bénéficier dans sa jeunesse de l'enseignement huma-niste, est maintenant confié à des maîtres qui appliquent les nouvelles méthodes. On comprend mal comment le royaume de Lerné peut avoir des frontières communes avec l'Utopie. Nous ignorerons toujours la façon dont Gargantua échappa à la fée Morgane. Le *Tiers Livre* nous ramène bien à la situation de la fin du *Pantagruel,* mais la châtellenie de Salmigondin, promise à Alcofribas, échoit à Panurge. Dans les trois derniers livres, il s'agit bien d'un même voyage, apparemment dirigé vers un même but. On s'en représente toutefois mal l'itinéraire : tantôt les voyageurs ont avec eux une flotte qui transporte toute une armée, tantôt leur équipage se réduit à un modeste navire. La taille de Gargantua ou du Pantagruel est sujette à de brusques sautes : ils détachent les cloches de Notre-Dame pour les mettre au cou de leur cheval, ils abritent une armée sous leur langue, puis ils se retrouvent dans des situations qui leur supposent les dimensions de tout le monde.

Certains commentateurs ont affirmé que le caractère de l'ouvrage présentait aussi peu d'assurance que sa trame : aventures merveil-leuses et gigantesques dans le *Pantagruel,* réalisme familier dans le *Gargantua,* tendance à la comédie de caractère et de mœurs, à propos de la question du mariage, dans le *Tiers Livre.* Le *Quart Livre* prend le ton d'une épopée maritime comme *l'Odyssée;* le cinquième exploite quelque peu mécaniquement le procédé de l'allégorie. L'importance respective du rôle de chaque personnage, d'un bout à l'autre de l'œuvre, varie étrangement. La psychologie aussi. Lorsqu'il revient dans le *Tiers Livre* après avoir disparu dans

CHINON. LA VILLE ET LE CHÂTEAU.

Phot. Larousse.

Gravure anonyme. — B. N. Estampes.

le *Gargantua*, Panurge, par exemple, n'est plus le même. Il ne pense plus à commettre autant de mauvais coups, il ne pense plus qu'à se marier, en même temps son courage s'est mué en couardise.

Ces constatations ne devraient pourtant pas faire douter de l'unité de l'œuvre. Elles invitent à la chercher ailleurs. La désinvolture de Rabelais à l'égard de son récit, à l'égard de ses histoires de géants, marque nettement qu'elles ne l'intéressent pas et qu'il prétend encore moins y intéresser les lecteurs. Elles ne sont que prétexte. Les différences de ton ne distinguent pas vraiment les livres les uns des autres, elles se retrouvent à l'intérieur de chaque livre, elles correspondent à une recherche constante de variété dans l'expression, à un perpétuel jeu parodique : Rabelais s'amuse à pratiquer tous les genres littéraires, à passer très rapidement de l'épopée au tableau familier, de l'éloquence d'apparat au boniment de camelot, de la comédie ou du fabliau à l'épître. Quant aux personnages, si l'auteur n'a pas voulu donner l'illusion de la véracité à l'ensemble de son récit, il n'a pas eu besoin non plus de héros vraisemblables, soit psychologiquement, soit en aucune façon. Ils n'ont pas d'existence réelle, ils ne sont que des symboles, des moyens d'expression au service de leur créateur. C'est dans la pensée de Rabelais et dans l'art de Rabelais, l'art avec lequel il donne corps à sa pensée, qu'il faut rechercher l'unité de l'œuvre.

LA PENSÉE DE RABELAIS

Quel que soit le ton du récit, la mise en cause de réalités contemporaines apparaît toujours évidente. Rabelais a écrit un livre à thèse, mais à une époque qui n'admettait pas la liberté d'expression et qui brûlait trop aisément les individus soupçonnés de répandre des théories contraires à l'ordre établi. Rabelais, dans son roman même, a exprimé sa répulsion du bûcher et prévenu qu'il ne défendrait ses vérités que jusqu'au feu exclusivement[1]. On ne peut pas, au XVIe siècle, s'exprimer directement, on doit toujours ménager des possibilités d'interprétation contradictoire à ses propos et préparer des arguments pour se défendre, au besoin, devant les tribunaux ecclésiastiques ou royaux. On peut insinuer, mais jamais affirmer. Cette nécessité d'être prudent, ces précautions formelles limitent évidemment la portée du contenu et rendent assurément, même plusieurs siècles plus tard, son identification délicate.

La religion.

On ne peut pourtant nier que l'essentiel de la critique de Rabelais, porte-parole de l'esprit nouveau à l'assaut des survivances du passé, est dirigé contre le catholicisme. Rabelais ridiculise le

---

1. « Jusques au feu *exclusive* » : voir prologue du *Pantagruel* ; *Tiers Livre*, chap. III et VII ; ancien prologue du *Quart Livre*.

principe même de la foi et de la révélation[1]. Il parodie la généalogie du Christ (*Pantagruel*, I). Il se livre à des irrévérences blasphématoires, prêtant les dernières paroles de Jésus à la maîtresse de Pantagruel (*Pantagruel*, XXIV), dévêtant un prêtre à la fin de l'office (*Pantagruel*, XVI), faisant, dans son nouveau système d'éducation, des lieux d'aisance l'endroit où l'on étudiera les Écritures (*Gargantua*, XXIII). Il raille la croyance aux miracles avec des interventions divines[2] et des résurrections burlesques[3]. Il attaque avec une violence croissante les papes et le principe même de la papauté[4]. Il dénonce la justification par les œuvres et le scandale des indulgences (*Pantagruel*, XVII). Il affirme l'inefficacité des pèlerinages (*Gargantua*, XLV), des reliques, du culte des saints (*Gargantua*, XXVII, XLIII) et même de celui de Dieu (*Gargantua*, XXI, XXVII). Il vitupère l'idéal des croisades[5]. Il ne conçoit pas de survie personnelle de l'âme en dehors d'incarnations successives grâce à la génération (*Pantagruel*, VIII). Le procès même qu'il fait à l'ancienne pédagogie porte sur son caractère religieux. Il déchire de sarcasmes le clergé en général, les ordres réguliers[6] en particulier, il se montre spécialement dur à l'égard des jésuites nouveaux venus[7]. Il condamne l'ascétisme catholique dans la description horrifiée qu'il donne de Carême-Prenant (*Quart-Livre*, XXIX-XXXII). Mentionner toutes les charges contre le catholicisme reviendrait à citer l'ouvrage en entier.

Des critiques se sont crus autorisés à minimiser la signification de certaines de ces charges, qui ne seraient que plaisanteries traditionnelles héritées du Moyen Age et sans conséquence : c'est oublier le contexte historique, celui de la Réforme et des guerres de Religion, déjà commencées en Allemagne. On peut douter que les dites plaisanteries aient jamais été innocentes. Elles ne pouvaient plus l'être au moment où Rabelais les reprenait, et leur accumulation elle-même donnait plus de mordant à chacune d'elles prise séparément.

Peut-on reconnaître, en face de ce refus du catholicisme, refus peut-être plus marqué de l'institution que de la doctrine, l'expression positive d'une quelconque pensée religieuse ? A côté des blasphèmes, les témoignages de révérence envers Dieu et les protestations

---

1. « Si ne le croyez, je ne m'en soucie, mais un homme de bien, un homme de bon sens croit toujours ce qu'il trouve par écrit; [...] il n'y a nulle apparence. Je dis que pour cette seule cause vous le devez croire en foi parfaite. Car les sorbonistes disent que foi est argument des choses de nulle apparence. » (*Gargantua*, VI; première édition); **2.** Dieu se manifeste à Pantagruel aux prises avec Loupgarou comme il l'avait fait pour Constantin (*Pantagruel*, XXIX); **3.** Résurrection d'Épistémon (*Pantagruel*, XXX); **4.** Aux Enfers, les papes subissent les châtiments les plus graves (*Pantagruel*, XXX). La papauté est plus spécialement attaquée dans l'épisode des Papimanes *(Quart Livre)* et de l'île Sonnante *(Cinquième Livre)*; **5.** La conquête de Picrochole prend un aspect de croisade (*Gargantua*, XXXIII); **6.** « Un tas de vilaines, immondes et pestilentes bêtes, noires, guarres bigarrées, fauves, blanches, cendrées, grivelées... » (*Tiers Livre*, XXI. Voir aussi *Quart Livre*, XVIII, etc.); **7.** *Cinquième Livre*, XXVII-XXVIII : les frères Fredons.

de foi qu'on trouve indubitablement dans l'œuvre de Rabelais risquent de ne pas peser lourd. Ils ne permettent assurément pas de faire de Rabelais un adepte des courants religieux nouveaux, même si, pour des raisons tactiques, certaines de ses formulations évoquent celles des évangélistes. Rabelais condamne peut-être ce que condamnent en même temps que lui Lefèvre d'Étaples, Luther ou Calvin, mais s'il refuse la justification par les œuvres, il ne faut pas oublier qu'il a commencé par attaquer la doctrine paulinienne de la foi (*Gargantua*, VI). Par la suite, il n'hésite pas à caricaturer Lefèvre d'Étaples sous les traits du théologien Hippothadée (*Tiers Livre*, XXX) et n'a guère de tendresse envers les « prestinateurs » de Genève[1]. Ni catholique ni protestant, Rabelais, semble-t-il, va chercher une solution aux apories[2] du christianisme en dehors de celui-ci, dans une sorte de naturalisme païen, le culte de Physis (*Quart Livre*, XXXII). Mais il n'était ni très prudent d'être trop explicite en ce domaine, ni, somme toute, très utile.

L'éducation et la culture.

Partie essentielle de la critique du Moyen Age, celle de la religion n'en est néanmoins qu'un aspect : il en est d'autres qui lui sont liés. On ne peut contester l'emprise du catholicisme et de ses dogmes qu'au nom de la philosophie, de la science, d'une connaissance réelle du monde. Le temps que l'on passait à écouter des messes ne doit plus être gâché, mais consacré sans relâche à acquérir cette connaissance autant directement que par la fréquentation des savants des autres temps, des Anciens. D'où, chez les héros de Rabelais, une course contre la montre pour devenir de vivantes encyclopédies.

Rabelais présente (le thème romanesque des « enfances » lui en fournit le prétexte) un système d'éducation nouveau qu'il oppose à l'ancien. Il esquisse une première fois la critique de l'enseignement traditionnel dans le *Pantagruel*. Le tour de France du héros, d'une université à l'autre, permet de dénoncer le climat d'intolérance qui y règne et le peu de sérieux des études (*Pantagruel*, V). La lettre de Gargantua oppose à l'éducation médiévale les bienfaits de la révolution humaniste et fixe un programme d'études pour Pantagruel : langues anciennes, mathématiques, droit, histoire naturelle (*Pantagruel*, VIII). Les innovations que Rabelais propose par rapport à la tradition, étude des langues qui permettront de faire la critique des textes bibliques, stylistique qui prend pour modèles Cicéron en latin, Platon en grec, paraissent mineures à nos yeux de modernes; elles sont en étroite relation avec la polémique humaniste et évangéliste, avec la fondation du Collège de France. Rabelais indique les matières à étudier, il ne s'interroge pas encore sur la façon de les

---

1. Prologue du *Pantagruel. Quart Livre*, XXXII; **2.** *Aporie :* contradiction insoluble dans un raisonnement (terme de philosophie).

étudier. Le *Gargantua* reprend et approfondit le thème de l'éducation en définissant une méthode pédagogique. Non seulement les maîtres du temps passé dispensaient un faux savoir, puéril et dérisoire (eussent-ils été dépositaires d'une science véritable qu'ils n'auraient pas été en mesure de la communiquer), mais ils ne savaient pas utiliser le temps, intéresser leurs élèves; ils arrêtaient l'épanouissement intellectuel et physique de ceux-ci alors qu'ils auraient dû y contribuer (*Gargantua*, XIV-XV, XXI-XXII). L'originalité de la nouvelle éducation consiste d'abord dans son encyclopédisme : l'élève ne devra jamais sacrifier à l'approfondissement de ses connaissances en un domaine un autre domaine; il étudiera tout; c'est la variété qui stimulera l'appétit de savoir et évitera la fatigue (la journée de l'étudiant commence à 4 heures du matin et finit tard dans la nuit). En second lieu, quelle que soit la part de la lecture et des exercices de mémoire, cet enseignement ne sera jamais purement livresque ni formel; au contraire de la scolastique, il ménagera toujours sa part à la pratique, à la technique, à l'expérience, à la connaissance directe de la vie (*Gargantua*, XXIII). Dernière caractéristique de son enseignement, Ponocrates attache une grande importance à l'hygiène et aux sports, le développement de l'intelligence n'allant pas sans celui du corps (*Gargantua*, XXIV). A la fin du livre, les activités et les intérêts des Thélémites rappellent ceux du jeune Gargantua : revendication de moine contre la règle d'ordres religieux qui interdisaient à leurs membres de s'adonner à certaines études; Rabelais en avait fait personnellement l'expérience (*Gargantua*, LVII). Dans la suite de l'œuvre, le thème de l'éducation ne reparaît pratiquement plus : les héros n'ont plus l'âge de l'école; Rabelais lui-même s'en était encore plus éloigné. Encore faut-il préciser qu'en exprimant ses théories pédagogiques Rabelais n'avait pas été un précurseur, mais, bien au contraire, avait rendu hommage aux innovations des générations qui précédèrent la sienne : nulle part, il n'est plus tributaire de sa source (en l'occurrence *Il Cortigiano* de Balthasar Castiglione) que dans les deux chapitres consacrés à la journée d'étude de Gargantua.

La justice et le droit.

Parmi les auteurs anciens dont Rabelais prescrit l'étude figurent toujours en bonne place les jurisconsultes romains et les compilateurs de recueils juridiques. Le droit fut en effet l'une des préoccupations majeures du mouvement humaniste, comme nous l'avons vu : le retour au droit romain faciliterait l'unification économique et politique qui est en train de s'accomplir. Rabelais développe une première fois son idéal juridique dans le *Pantagruel*, à propos de l'obscure controverse qui oppose les seigneurs de Humevesne et de Baisecul : retour aux textes romains débarrassés des interprétations de la jurisprudence médiévale, de tout l'apport en particulier du droit ecclésiastique; simplification de la procédure (Pantagruel fait brûler les dossiers). L'obscurité de la cause plaidée raille l'inanité des différends entre seigneurs féodaux pour des raisons qui sont maintenant d'un autre temps : la justice aurait mieux à s'occuper[1]. Rabelais reprend le même thème dans le *Tiers Livre* avec l'épisode du juge Bridoye, qui joue ses sentences aux dés. La partie juridique de l'argumentation de Bridoye n'est qu'une suite de coq-à-l'âne; Rabelais y fait la satire d'une certaine façon de pratiquer le droit, où l'on croit avoir assez fait en se référant à une foule de textes sans pour autant chercher à les comprendre. Bridoye n'en est pas moins le porte-parole de l'auteur lorsqu'il dénonce les abus de la procédure, la rage chicanière des plaideurs, la cupidité de ses collègues (*Tiers Livre*, XXXIX, XLIV). Rabelais, par la suite, délaissera en effet le problème du droit tel que le posaient les humanistes (si l'on excepte, au *Quart Livre*, XLVIII-LIV, la critique des Décrétales, arsenal juridique qui fait la puissance pontificale) pour attaquer avec une âpreté croissante les gens de justice, Chicanous (*Quart Livre*, XII-XVI) ou Chats-Fourrés (*Cinquième Livre*, XI-XV) et dénoncer leur avidité sans scrupules ou leur prolifération menaçante. Il prend d'ailleurs soin de faire d'eux les plus fidèles alliés de l'Église catholique.

La royauté, la guerre et la paix.

Le monde nouveau accroît l'importance de l'institution royale, mais en change le caractère. Dans la seconde partie du *Gargantua*, il la conçoit comme un échange de service entre le souverain et son peuple : le peuple entretient le souverain et le souverain défend le peuple (*Gargantua*, XXVIII). Il en découle une condamnation de la guerre d'agression et de la conquête : les rois tributaires de leurs peuples doivent faire passer les intérêts de ceux-ci avant la satisfaction de leur vanité personnelle. Anarche ou Picrochole, les mauvais rois qui n'ont pas suivi cette règle, en subissent le châtiment. Au contraire, Grandgousier fait tout ce qui est en son pouvoir pour sauver la paix, mais, une fois qu'il est contraint à la guerre, il sait la mener avec efficacité; vainqueur, il se refuse à annexer les États de son adversaire disparu, il entend les remettre aux héritiers légitimes de celui-ci. Maints détails permettent de reconnaître derrière Grandgousier les rois de France. Or, le *Tiers Livre* s'ouvre tout au contraire sur l'éloge, dans le Prologue, des activités guerrières, tant offensives que défensives, et le premier chapitre évoque l'organisation de la conquête de Pantagruel. Rabelais semble toujours suivre la politique royale française, quels que soient ses revirements, du moins jusqu'au *Cinquième Livre* : il attaque alors la royauté, qui l'aura sans doute déçu, à travers ses collecteurs d'impôts, les Apedeftes (*Cinquième Livre*, XVI), et sa cour, celle de la Quinte Essence (*Cinquième Livre*, XVIII-XXV).

---

1. *Pantagruel*, X-XIV. Voir aussi ce que dit Rabelais des études juridiques en France dans *Pantagruel*, V.

Le pantagruélisme.

Gargantua porte en sous-titre : « Livre plein de pantagruélisme ». Dans le Prologue, Rabelais affirme, pour autant qu'on puisse comprendre en définitive ce qu'il veut dire, que la substantifique moelle n'était qu'une plaisanterie et que ses ouvrages ne sont que joyeux divertissements, destinés à mettre de bonne humeur ses lecteurs, voire à soigner ses malades. Pourtant, le sérieux du contenu apparaît sans mal. Pourtant, aussi, les affirmations préliminaires de Rabelais ne sont pas pures ruses pour égarer les censeurs. Les livres de Rabelais se veulent et sont réellement drôles ; ils paraissent avoir été écrits dans l'euphorie, qu'elle soit due au vin ou non, répandent la bonne humeur, engendrent la gaieté. Il convient seulement de préciser la nature de cette gaieté. Ce n'est pas une gaieté innocente, mais orientée, mais très agressive : on conçoit que les théologiens de la Sorbonne n'aient pas aimé en être les victimes. Cette gaieté repose sur un optimisme fondamental : la nature est bonne, la nature humaine est bonne (chez tous les hommes ou seulement chez quelques-uns ? c'est ce que Rabelais ne dit pas clairement) pourvu qu'on la laisse s'épanouir sur cette terre ; la science, l'ingéniosité, le pouvoir humain n'ont pas de limites. A mesure, enfin, que les années passent, cette gaieté et cet optimisme se nuancent : le vieux monde ne s'écroulera pas aussi facilement que Rabelais l'avait cru, le nouveau n'est pas exempt de menaces, il y a des tempêtes à traverser ; l'optimisme, s'il se justifie à long terme, doit seulement nous permettre de surmonter les moments difficiles du présent ; le pantagruélisme devient « certaine gaieté d'esprit confite en mépris des choses fortuites » (Prologue du *Quart Livre*).

L'ART DE RABELAIS

On a souvent vanté les talents de conteur de Rabelais, la puissance et la fécondité de sa verve comique, l'extraordinaire richesse de son imagination, ses dons de visionnaire. Un écrivain n'est jamais visionnaire, il n'a jamais lui-même de visions, il en donne à ses lecteurs, grâce à l'efficacité magique de son langage. Les réussites de Rabelais proviennent des secrets de son langage.

Le langage rabelaisien, c'est d'abord son vocabulaire, un vocabulaire d'une richesse inouïe, qui fait appel à tout le lexique français de l'époque, en y englobant les termes techniques de la médecine, de la liturgie, du droit, de la navigation, des arts de la pêche et de la chasse ou de la gastronomie, qui, au besoin, ne dédaigne pas non plus les argots, les dialectes, les langues étrangères mortes ou vivantes, réelles ou imaginaires, et qui, si toutes ces ressources ne suffisent pas encore, n'hésite pas à créer de nouveaux vocables. Le mot ne fait jamais défaut à Rabelais, Rabelais peut tirer de sa surabondance tous les effets qu'il aime ou choisir les termes exacts qui assureront à son récit sa remarquable précision.

Rabelais sait utiliser l'immense matériel qu'il a amassé. Il a un sens très sûr des différents registres de vocabulaire et des différents rythmes de l'énoncé. Il peut prendre tous les tons, le ton familier du conte paysan, le ton cicéronien de l'éloquence officielle, le ton rapide et précis de l'historien, le ton lyrique ou épique. Tantôt ces tons divers sont adaptés aux réalités qu'ils expriment, tantôt ils sont en léger porte à faux avec celles-ci, et leur emploi devient une source d'ironie, tantôt, au contraire, il les transfigure complètement. Rabelais est capable de tout parodier. Lorsqu'il fait parler ses personnages, il leur prête le langage à la fois le plus naturel et le plus propre à dévoiler leur réalité profonde. Sans doute n'existe-t-il, dans notre littérature, aucune prose, aucune poésie (distinction qui n'a plus de sens pour le lecteur de Rabelais chez qui ces deux formes de langage se rejoignent et se confondent), dont la richesse et la densité de signification soient égales.

Il faut peut-être voir là, à côté du contenu polémique et idéologique, l'autre signification du livre. Tout se passe comme si le propos de Rabelais avait été d'explorer méthodiquement toutes les possibilités du langage. Prêter ce dessein à Rabelais, c'est en même temps retrouver l'unité de l'ouvrage en expliquant sa variété, rendre compte de certains détails mêmes du récit comme la rencontre de l'écolier limousin ou la controverse avec Thaumaste, et comprendre pourquoi Rabelais nous apparaît aussi comme la source ou le précurseur de tant d'autres écrivains français.

PANTAGRUEL
1532

NOTICE

CONTEXTE HISTORIQUE ET PUBLICATION

Voir l'introduction générale sur l'œuvre de Rabelais (pages 9-34).

LE MYTHE DES GÉANTS.
GARGANTUA ET PANTAGRUEL

Le bon géant, heureux vivant et destructeur de monstres, apparaît souvent dans les mythes paysans des peuples les plus divers. Il offre un type suffisamment familier et attirant pour faire bénéficier de sa popularité une œuvre littéraire de grande diffusion : c'est ce que la vente des *Grandes Chroniques du grand et énorme géant Gargantua* apprit à Rabelais. Ce roman populaire s'inspirait de récits paysans : les folkloristes ont découvert en plusieurs centaines de lieux les traces de Gargant, bon et joyeux géant dont la force châtie souvent les envahisseurs, Maures ou Anglais, suivant le lieu et la date de fixation de la légende[1]. Cet exemple de succès littéraire imposait à Rabelais de trouver un héros aussi connu et aussi sympathique, et d'établir entre ce nouveau venu et Gargantua quelque lien, si bien que son roman pourrait passer pour une suite des *Grandes Chroniques* et attirer les mêmes lecteurs en aussi grand nombre. Rabelais choisira Pantagruel, jusque-là connu comme le petit lutin de la soif qui jette du sel dans la bouche des buveurs pour les faire boire encore plus. La christianisation avait fait de lui (il apparaît ainsi dans le *Mystère des Actes des Apôtres*, de Simon Gréban) un petit démon; il demeurait pourtant le plus aimable de la confrérie des diables, celui de l'ivresse. Rabelais rappelle sans cesse cette donnée du mythe : « *Panta* en grec vaut autant à dire comme tout et *Gruel*, en langue agarène, vaut autant comme altéré » (chap. II); le pouvoir magique de Pantagruel fera mourir de soif l'écolier limousin; Pantagruel combat Loupgarou en lui emplissant le gosier de « plus de dix-huit caques et un minot de sel » (chap. XXIX). La soif, l'ivresse et le vin seront dans toute l'œuvre les symboles de la bonne humeur, de la joie de vivre, voire de la science. Mais, en même temps, Rabelais métamorphose le petit

---

1. Voir H. Lefebvre, *Rabelais*, pp. 85 sqq.

lutin et fait de lui, au terme d'une longue généalogie de géants, le digne fils de Gargantua. Cette transformation en géant avait d'autres conséquences : Pantagruel devenait homme, il s'humanisait. Il y gagnait, grâce à sa nouvelle condition de mortel, la possibilité de vaincre sa peur de la mort et d'atteindre à l'héroïsme vrai; plus proche des autres hommes, il pouvait mieux leur servir de modèle ou de symbole. Son gigantisme, puisque les bons géants sont par vocation tueurs de bêtes féroces et pourfendeurs d'ennemis, rendait aisée l'allégorie; il combattrait les monstres idéologiques engendrés par les ténèbres du temps des Goths.

LES PERSONNAGES ALLÉGORIQUES

Les autres personnages, excepté l'épisodique Loupgarou, ne proviennent pas du folklore. Ils sont de simples allégories que la signification de leur nom grec rend transparentes. Le précepteur de Pantagruel se nomme Épistémon (« celui qui sait »). Les deux officiers de Pantagruel, Eusthènes (« le fort ») et Carpalim ($\varkappa\alpha\rho\pi\acute\alpha\lambda\iota\mu\sigma\varsigma$: « rapide »), personnifient deux qualités essentielles du combattant, la vigueur et l'agilité; l'un est de la lignée d'Hercule et le second de celle de la reine Camille (chap. XXIV). Anarche (beau nom pour un roi : $\check\alpha\nu\alpha\rho\chi\sigma\varsigma$ signifie « incapable de commander, qui ne commande pas ») personnifie le mauvais souverain qui ne sait ni se dominer (il profite immédiatement de l'enlèvement du roi voisin pour envahir ses États) ni, en revanche, organiser et diriger une armée ou se faire respecter de ses peuples, qui accueilleront l'adversaire comme un libérateur; il est tout juste bon à vendre de la sauce verte. La signification du nom de Panurge est moins claire; $\pi\alpha\nu\sigma\check\nu\rho\gamma\sigma\varsigma$ (« apte à tout faire ») peut se prendre en bonne ou mauvaise part : industrieux ou fourbe. En fait, ni l'ingéniosité et le savoir-faire, ni leur utilisation à la limite ou hors des limites de l'honnêteté n'épuisent les traits de caractère de Panurge, figure très complexe qui, elle, échappe à la simple allégorie.

L'UTILISATION DES SOURCES

Rabelais reprend des mythes, des légendes paysannes dans une proportion qu'il ne nous est plus possible de déterminer; nous pouvons trouver leur trace, mais non délimiter l'étendue des emprunts. Il s'inspire aussi sans doute de la littérature médiévale, des romans du cycle breton ou de ces romans de chevalerie plus récents qui furent la version en prose des anciennes chansons de geste, qui connaissaient encore au temps de Rabelais une grande vogue et dont Cervantès, quelques dizaines d'années plus tard, se moquera en les parodiant. Rabelais cite ainsi dans son prologue les titres de quelques ouvrages dont il a pu se souvenir, *Roland furieux*, *Robert le Diable*, *Huon de Bordeaux*. Il doit à cette littérature sinon le plan (mot dont sa désinvolture s'accommode mal), du moins l'allure générale du *Pantagruel*, l'enchaînement des thèmes des enfances, du voyage, de la guerre et du combat singulier. Il a meublé cette structure, que lui ont imposée d'évidentes intentions parodiques, avec, à dessein reconnaissables, des réminiscences bibliques, des thèmes de Lucien[1], des emprunts à Plutarque, à Virgile, à Pline l'Ancien (chap. XXIV). Il est rare que le recours à la Bible ne cache pas quelque attaque malicieuse contre le catholicisme, et les auteurs anciens flattent le besoin d'érudition de Rabelais et son goût de la parodie.

LA RÉALITÉ ET L'ACTUALITÉ

Certains passages du *Pantagruel* sont inspirés par des événements de l'année même de sa composition : la sécheresse qui sévit durant l'été de 1532 sert de modèle à celle qu'évoque le chapitre II; la peste de l'automne se retrouve dans le chapitre XXII; la visite de Panurge aux églises pour y piller les troncs des marchands de pardons s'explique par le jubilé proclamé pour la même année.

---

1. Le thème de la descente aux enfers (chap. XXX) évoque les *Dialogues des morts* de Lucien; la découverte d'un monde nouveau dans la bouche de Pantagruel (chap. XXXII) s'inspire de son *Histoire vraie*.

PANTAGRUEL

PROLOGUE DE L'AUTEUR

Très illustres et très chevalereux* champions,
gentilshommes* et autres, qui volontiers vous
adonnez à toutes gentillesses* et honnêtetés, vous
avez naguère vu, lu et su les *Grandes et inesti-*
5 *mables Chroniques de l'énorme géant Gargantua*[1]
et, comme vrais fidèles[2], les avez crues galantement*, et y avez maintes fois passé votre
temps avec les honorables dames et demoiselles,
leur en faisant beaux et longs narrés* alors
10 qu'étiez hors de propos[3], dont êtes bien dignes
de grande louange et de mémoire sempiter-
nelle. (1)

Et à la mienne volonté[4], que chacun laissât
sa propre besogne, ne se souciât de son métier
15 et mît ses affaires propres en oubli, pour y
vaquer entièrement sans que son esprit fût
d'ailleurs distrait ni empêché, jusques à ce
qu'on les tînt* par cœur, afin que si d'aventure
l'art de l'imprimerie cessait, ou en cas que
20 tous livres périssent, on* temps advenir[5] un
chacun les pût bien au net enseigner à ses enfants,
et à ses successeurs et survivants bailler* comme
de main en main, ainsi qu'une religieuse cabale[6];
car il y a plus de fruit que par aventure ne
25 pensent un tas de gros talvassiers* tout croute-

* chevaleresques
* nobles
* nobles activités

* noblement

* récits

* sût

* au

* donner

* vantards

---

1. C'est le succès de ce livret populaire qui avait donné à Rabelais l'idée d'écrire
son roman; 2. Croyant d'une foi véritable; 3. Alors que vous n'aviez plus rien à
dire; 4. Puisse-t-il ne dépendre que de ma seule volonté...; 5. Dans l'avenir; 6. Comme
une doctrine religieuse secrète.

QUESTIONS

1. Qu'y a-t-il de médiéval et de féodal dans ce prélude? A quel public
Rabelais s'adresse-t-il? — L'ironie : relevez les mots qui expriment
le respect des valeurs sociales et morales. Doit-on prendre au sérieux
ce respect? Les *Chroniques de Gargantua* semblent-elles destinées à ce
milieu social?

levés*, qui entendent beaucoup moins en ces   * couverts de
petites joyeusetés que ne fait Raclet en l'*Ins-*   croûtes
titute[1]. **(2)**

    J'en ai connu de hauts et puissants seigneurs
30 en bon nombre, qui, allant à chasse de grosses
bêtes ou voler[2] pour canes, s'il advenait que
la bête ne fût rencontrée par les brisées[3] ou
que le faucon se mît à planer, voyant la proie
gagner à tire d'aile, ils[4] étaient bien marris*   * désolés
35 comme entendez assez ; mais leur refuge de
réconfort, et afin de ne soi morfondre était à
récoler* les inestimables faits dudit Gargantua.   * se rappeler
Autres par le monde (ce ne sont fariboles) qui,
étant grandement affligés du mal des dents,
40 après avoir tous leurs biens dépendus* en méde-   * dépensé
cins sans en rien profiter, n'ont trouvé remède
plus expédient que de mettre lesdites *Chroniques*
entre deux beaux linges bien chauds et les appliquer au lieu de la douleur[5], les sinapisant avec
45 un peu de poudre d'oribus[6]. Mais que dirai-je
des pauvres [...] goutteux ? O quantes* fois   * combien de
nous les avons vus, à l'heure qu'ils étaient bien
oints et engraissés à point, et le visage leur
reluisait comme le clavoir* d'un charnier**,   * serrure
50 et les dents leur tressaillaient comme font les   ** garde-manger
marchettes* d'un clavier d'orgues ou d'épinette[7]   * touches
quand on joue dessus, et que le gosier leur
écumait comme à un verrat* que les vaultres   * sanglier

---

1. *Raimbert Raclet*, professeur de droit, si stupide, au dire de Rabelais, qu'il ne comprend même pas les *Institutes* de Justinien, le plus connu des textes juridiques ; **2.** Chasser avec des oiseaux de volerie ; l'infinitif est ici traité comme un substantif, mis sur le même plan que *chasse* ; **3.** *Brisées :* branches rompues par le veneur lorsqu'il vient de reconnaître le gîte de la bête ; **4.** La langue moderne omettrait ce pronom ; **5.** Certains livres ont réellement dû, au XVIe siècle, leur succès de librairie aux vertus médicinales que la crédulité populaire leur attribuait ; **6.** Remède sans vertu : l'*oribus* est une chandelle de résine que l'on place dans la cheminée ; **7.** *Epinette :* petit instrument à clavier et à cordes, ancêtre du clavecin.

———— QUESTIONS ————

2. Le style et le ton des lignes 13-28 : quelle est, sous la parodie et l'exagération, l'idée que se fait Rabelais du respect dû à l'œuvre écrite ?
— La comparaison avec *la religieuse cabale* (ligne 23) doit-elle être prise au sérieux ? — Qui se trouve déjà critiqué aux lignes 25-28 ?

ont acculé entre les toiles[1]! Que faisaient-ils
55 alors? Toute leur consolation n'était que d'ouir
lire quelques pages du dit livre, et en avons vu
qui se donnaient à cent pipes* de vieux diables   * tonneaux
en cas qu'ils n'eussent senti allégement* mani-   * soulagement
feste à la lecture dudit livre, lorsqu'on les
60 tenait ès* limbes[2], ni plus ni moins que les   * dans les
femmes étant en mal d'enfant quand on leur
lit la vie de sainte Marguerite[3] (3). Est-ce rien
cela? Trouve-moi livre, en quelque langue, en
quelque faculté et science que ce soit, qui ait
65 telles vertus, propriétés et prérogatives, et je
paierai chopine[4] de tripes. Non, Messieurs,
non. Il est sans pair*, incomparable et sans   * égal
parangon* (4). Je le maintiens jusques au feu   * modèle
exclusive[5]. Et ceux qui voudraient maintenir
70 que si, réputez*-les abuseurs, prestinateurs[6],   * jugez
imposteurs et séducteurs (5).

Bien vrai est-il que l'on trouve en aucuns*   * certains
livres de haute futaie[7] certaines propriétés occultes,
au nombre desquels on tient *Fessepinte, Orlando*
75 *furioso, Robert le Diable, Fierabras, Guillaume*
sans peur, Huon de Bordeaux, Montevieille et

---

1. Que les *vaultres* (chiens pour chasser l'ours ou le sanglier) ont poussé dans l'enceinte de grosse toile tendue par les pieux; 2. Bain de vapeur; 3. *La Vie de madame sainte Marguerite* était le plus fameux de ces livres de remède : on le lisait ou on l'appliquait à l'endroit des douleurs; 4. *Chopine :* demi-pinte (46 cl); 5. Exclusivement; Rabelais répète souvent cette formule; 6. Disciples de Calvin, croyant au dogme de la prédestination (rajouté dans l'édition de 1542); 7. De haute qualité, comme les arbres en plein développement sont les meilleurs pour les travaux de charpente.

QUESTIONS

3. Quels sont les deux genres de réconfort apportés par la lecture des *Chroniques?* Dans quel domaine Rabelais semble-t-il le plus à son aise pour exercer sa verve? — Rabelais et la médecine : comment interpréter le développement sur les vertus curatives des *Chroniques?* Comment et sous quelle forme retrouve-t-on ce thème dans le prologue de *Gargantua?* — Le réalisme dans ce passage : relevez la précision de certains détails descriptifs et appréciez la valeur des comparaisons.

4. De qui Rabelais parodie-t-il le ton?

5. Montrez l'importance de la restriction exprimée lignes 68-69. — Contre qui se retourne ensuite Rabelais (lignes 69-71)? Montrez comment il combat sur deux fronts.

Matabrune[1] ; mais ils ne sont comparables à
celui duquel nous parlons. Et le monde a bien
connu par expérience infaillible le grand émo-
80 lument* et utilité qui venait de ladite *Chronique*   * avantage
Gargantuine : car il en a été plus vendu en deux
mois qu'il ne sera acheté de bibles en neuf ans. (6)

Voulant donc je, votre humble esclave,
accroître vos passe-temps davantage[2], vous offre
85 de présent un autre livre de même billon[3],
sinon qu'il est un peu plus équitable et digne
de foi que n'était l'autre. Car ne croyez (si ne
voulez errer à votre escient*) que j'en parle   * volontairement
comme les juifs de la Loi[4]. Je ne suis né en
90 telle planète et ne m'advint onques* de mentir,   * jamais
ou assurer chose qui ne fût véritable. J'en parle
comme un gaillard onocrotale, voire, dis-je,
crotenotaire des martyrs amants et croque-
notaire[5] d'amours : *Quod vidimus testamur*[6].
95 C'est des horribles faits et prouesses de Pantagruel, lequel j'ai servi à gages dès ce que je
fus hors de page[7] jusques à présent, que par
son congé* je m'en suis venu visiter mon pays   * permission
de vache[8] et savoir si en vie était parent mien
100 aucun*. (7)   * quelque

Pourtant, afin que je fasse fin à ce prologue,
tout ainsi que je me donne à cent mille panerées

---

1. A part *Fessepinte* et *Matabrune*, dont on n'a nulle part retrouvé mention, les
autres romans sont des romans français, dont la tradition, remaniée en versions
successives, avait traversé tout le Moyen Age ; il faut faire exception pour l'*Orlando
furioso*, poème italien de l'Arioste (1516), qui se rattachait cependant, lui aussi, à
la tradition chevaleresque des aventures de Roland ; 2. Pléonasme ; 3. De même
genre (*billon* : monnaie de même valeur) ; 4. C'est-à-dire avec fausseté et assurance ;
5. Suite de lapsus pour « protonotaire » (ces notaires apostoliques passaient pour
fort amateurs de femmes) ; l'*onocrotale* est un pélican ; 6. Nous attestons ce que nous
avons vu. La première édition portait avant cette citation : « *J'en parle comme saint
Jean de l'Apocalypse* » ; 7. Dès que je cessai d'être page ; 8. Rabelais visita effectivement Chinon en septembre-octobre 1532.

QUESTIONS

6. Quelle valeur Rabelais attribue-t-il à la *Chronique gargantuine*,
par comparaison aux romans de chevalerie et à la Bible ?

7. Analysez en détail ce paragraphe : montrez son importance, malgré
sa brièveté, dans l'ensemble du Prologue. — Les éléments burlesques ;
quel genre d'authenticité l'auteur attribue-t-il à son œuvre ? — La satire :
l'attaque contre *les juifs* (ligne 89) ne se retourne-t-elle pas en fait contre
d'autres interprètes de vérités surnaturelles ?

de beaux diables, corps, âme, tripes et boyaux,
en cas que j'en mente en toute l'histoire d'un
105 seul mot; pareillement le feu de saint Antoine
vous arde[1], mal de terre vous vire[2], le lancy[3],
le maulubec vous trousse[4], la caquesangue[5]
vous vienne,

Le mau fin* feu de riqueraque[6]   * très mauvais
110   Aussi menu que poil de vache
      Tout renforcé de vif argent
      Vous puisse entrer au fondement;
et comme Sodome et Gomorrhe[7] puissiez-vous
tomber en soufre, en feu et en abîme, en cas
115 que vous ne croyez[8] fermement tout ce que je
raconterai en cette présente *Chronique* (8) (9).

CHAPITRE PREMIER

DE L'ORIGINE ET ANTIQUITÉ
DU GRAND PANTAGRUEL

Ce ne sera chose inutile ne* oisive, vu que   * ni
sommes de séjour[9], vous ramentevoir* la pre-   * rappeler
mière source et origine dont nous est né le bon

---

1. *Le feu de saint Antoine vous brûle* (subjonctif). Il s'agit sans doute de l'ergotisme, intoxication, alors fréquente, due à des farines fermentées (voir aussi page 106, note 1); 2. L'épilepsie vous fasse tourner; 3. La foudre; 4. L'ulcère à la jambe vous fasse boiter; 5. La dysenterie; 6. L'érysipèle; 7. Genèse XIX, 24-25; 8. Forme de subjonctif; 9. Nous ne partons pas immédiatement, nous avons du temps.

——— QUESTIONS ———

8. Le ton de cette conclusion : sous quelle forme Rabelais reprend-il le thème précédent? Comment l'expérience médicale a-t-elle enrichi son vocabulaire et son style?

9. SUR L'ENSEMBLE DU PROLOGUE. — La composition du Prologue : pourquoi est-il beaucoup plus question des *Chroniques* de Gargantua que de *Pantagruel* lui-même?

— Le ton : dédicace ou boniment? Étudiez les différents registres du style : parodie burlesque, satire, ironie, etc. Quelle impression d'ensemble en résulte?

— Montrez qu'efficacité et authenticité sont les deux qualités que Rabelais revendique pour son œuvre. A quels ouvrages fait-il référence pour démontrer la supériorité de son ouvrage? Dans quelle mesure faut-il prendre au sérieux son affirmation?

— Quelles conséquences tirer de ce prologue pour la lecture de Rabelais? Faites une comparaison entre ce prologue et celui de *Gargantua*.

« Il était si merveilleusement grand et si lourd qu'il ne put venir à
lumière sans ainsi suffoquer sa mère. » (Page 50.)

Illustration de Gustave Doré. Edition de 1854. — B. N. Imprimés.

« Emportant son berceau sur l'échine ainsi lié, comme une tortue... »
(Page 59.)

Édition de 1744 — B. N. Imprimés.

Pantagruel : car je vois que tous bons histo-
5 riographes ainsi ont traité leur chronique, non
seulement les Arabes, Barbares et Latins, mais
aussi Grégeois*, gentils**, qui furent buveurs   * Grecs
éternels¹. (1)   ** païens

Il vous convient donc noter que, au commen-
10 cement du monde (je parle de loin, il y a plus
de quarante quarantaines de nuits, pour nom-
brer à la mode des anciens druides²), peu après
qu'Abel fut occis par son frère Caïn, la terre
embue* du sang du juste fut certaine année si   * pénétrée
15 très fertile en tous fruits qui de ses flancs sont
produits, et singulièrement en mêles*, que l'on   * nèfles
appela en toute mémoire l'année des grosses
mêles, car les trois faisaient le boisseau³.

En icelle les calendes⁴ furent trouvées par les
20 bréviaires* des Grecs. Le mois de mars faillit**   * calendriers
en carême, et fut la mi-août en mai. On* mois   ** manqua
de octobre, ce me semble, ou bien de septembre   * Au
(afin que je n'erre*, car de cela me veux-je curieu-   * me trompe
sement* garder) fut la semaine tant renommée   * soigneusement
25 par les annales, qu'on nomme la semaine des
trois jeudis : car il y en eut trois, à cause des
irréguliers bissextes⁵, que le soleil broncha
quelque peu, comme *debitoribus*⁶, à gauche, et
la lune varia de son cours plus de cinq toises⁷,
30 et fut manifestement vu le mouvement de trépidation on* firmament dit *aplane*⁸, tellement   * dans le

---

1. La première édition portait : *non seulement des Grecs, des Arabes et ethniques,
mais aussi les auteurs de la Sainte Ecriture comme Monseigneur saint Luc et saint
Matthieu ;* 2. Ils comptaient effectivement ainsi ; 3. *Boisseau* : 12,5 litres ; 4. Premier
jour du mois dans le calendrier latin ; n'existe naturellement pas dans celui des Grecs ;
5. Année bissextile, avec un jour de plus ; 6. *Boiteux* (argot latinisant) ; 7. *Toise* :
1,949 m ; 8. Le firmament *aplane* est la sphère des fixes de Ptolémée. Les Arabes
enseignaient qu'elle éprouvait une trépidation insensible qui lui faisait effectuer
une révolution en 7 000 ans.

——— QUESTIONS ———

1. Dégagez le mot essentiel de ce début : de quel genre d'œuvre *Pantagruel* suivra-t-il la marche, théoriquement du moins ? Comment cette
intention confirme-t-elle certains propos tenus dans le Prologue ? —
Pourquoi les Grecs sont-ils traités de *buveurs éternels* (lignes 7-8) ? Sous
quel signe est placé le récit ?

que la Pléiade moyenne[1], laissant ses compagnons, déclina vers l'Équinoxial[2], et l'étoile nommée l'Épi[3] laissa la Vierge, se retirant vers
35 la Balance, qui sont cas bien épouvantables et matières tant dures et difficiles que les astrologues n'y peuvent mordre; aussi auraient-ils les dents bien longues s'ils pouvaient toucher jusque là. (2)

40 Faites votre compte que le monde volontiers mangeait des dites mêles, car elles étaient belles à l'œil et délicieuses au goût; mais tout ainsi comme Noé, le saint homme (auquel tant sommes obligés et tenus de ce qu'il nous planta la vigne
45 dont nous vient celle nectarique, délicieuse, précieuse, céleste, joyeuse et déifique* liqueur   * divine
qu'on nomme le piot*), fut trompé en le buvant,   * vin
car il ignorait la grande vertu et puissance
d'icelui*, semblablement les hommes et femmes   * celui-ci
50 de celui* temps mangeaient en grand plaisir   * ce
de ce beau et gros fruit. (3)

   Mais accidents bien divers leur en advinrent, car à tous survint au corps une enflure très horrible, mais non à tous en un même lieu. Car
55 aucuns* enflaient par le ventre, et le ventre leur   * certains
devenait bossu comme une grosse tonne, desquels est écrit : « Ventrem omnipotentem[4] », lesquels furent tous gens de bien et bons rail-

---

1. L'étoile située au centre de la constellation de la Pléiade; 2. Ligne imaginaire qui joint les constellations du Bélier (équinoxe du printemps) et de la Balance (équinoxe d'automne); 3. Étoile de première grandeur appartenant à la constellation de la Vierge; 4. Il est écrit dans le *Credo* : *Patrem omnipotentem*, « Père tout-puissant ».

──────── QUESTIONS ────────

2. Par quel élément obligatoire commence la *Chronique?* D'où vient le burlesque? — Étudiez, dans les lignes 19-39, les deux procédés utilisés successivement par Rabelais pour développer la description d'une période où se multiplient les présages extraordinaires. — La nature du comique dans le trait final (lignes 37-39).

3. La comparaison avec Noé est-elle seulement une parodie burlesque? ou bien encore une irrévérence pour les Écritures? Quel thème se trouve toujours présent grâce à cette allusion à Noé?

lards*, et de cette race naquit saint Pansart[1]   * moqueurs
60 et Mardi Gras.

Les autres enflaient par les épaules, et tant
étaient bossus qu'on les appelait *montifères*,
comme *porte-montagnes*, dont vous en voyez
encore par le monde en divers sexes et dignités,
65 et de cette race issit* Esopet[2], duquel vous   * provint
avez les beaux faits et dits par écrit. [...]

Autres croissaient par les jambes, et à les
voir eussiez dit que c'étaient grues ou flamants,
ou bien gens marchant sur échasses, ou les petits
70 grimauds* les appellent en grammaire *jambus*[3].   * potaches

Es* autres tant croissait le nez qu'il semblait   * chez les
la flûte d'un alambic, tout diapré, tout étincelé
de bubelettes*, pullulant, purpuré**, à pom-   * pustules
pettes[4], tout émaillé, tout boutonné et brodé   ** empourpré
75 de gueules[5], et tel avez vu le chanoine Panzout[6]
et Piédebois, médecin d'Angers ; de laquelle
race peu furent qui aimassent la tisane, mais
tous furent amateurs de purée septembrale[7].
Nason et Ovide[8] en prirent leur origine, et
80 tous ceux desquels est écrit : « *Ne reminiscaris*[9] ».

Autres croissaient par les oreilles, lesquelles
tant grandes avaient que de l'une faisait
pourpoint, chausses et sayon*, de l'autre se   * pardessus
couvraient comme d'une cape à l'espagnole, et
85 dit-on qu'en Bourbonnais encore dure l'éraige*,   * la race
dont sont dites oreilles de Bourbonnais[10]. (4)

---

1. *Saint Pansart* : saint imaginaire, dont le nom avait été inventé par plaisanterie dans certains vieux dictons populaires ; 2. Ésope, dont son biographe, le moine Planude, avait fait un bossu ; 3. Jeu de mots sur un terme de prosodie latine : ïambe ; 4. A rubis ; nous disons encore « être pompette » ; 5. *Gueules* : rouge (terme héraldique) ; 6. Jeu de mots sur Panzout (village proche de Chinon) et pansu ; 7. Le vin ; 8. C'est le même personnage : le poète latin Ovidius Naso ; 9. Vieille plaisanterie : on énumère avec les formes de nez tous les passages de l'Évangile commençant par *Ne* : *Ne reminiscaris, Ne quando, Ne revoces*, etc. ; 10. Raillerie habituelle à l'époque sur les larges oreilles des gens du Bourbonnais.

--------- **QUESTIONS** ---------

4. Le procédé de développement utilisé ici (lignes 52-86) : quel genre d'imagination s'y révèle chez Rabelais ? — La symétrie de chacune des parties du développement : quelles preuves Rabelais apporte-t-il aux prodiges qui sont à l'origine de son histoire de géants ? — Le caractère de ce passage : verve populaire ou divertissement d'intellectuel ?

Les autres croissaient en long du corps[1]. Et
de ceux-là sont venus les géants, et par eux
Pantagruel ;
90 Et le premier fut Chalbroth,
Qui engendra Sarabroth,
Qui engendra Fariboth[2],
Qui engendra Hurtaly, qui fut beau mangeur
de soupes et régna au temps du Déluge,

[... sont ainsi mentionnées une soixantaine de générations.]

95 Qui engendra Grand Gosier,
Qui engendra Gargantua,
Qui engendra le noble Pantagruel, mon maître. (5)
J'entends bien que, lisant ce passage, vous
faites en vous-mêmes un doute bien raison-
100 nable et demandez comment est-il possible
qu'ainsi soit, vu qu'au temps du Déluge tout
le monde périt, fors* Noé et sept personnes   * sauf
avec lui dedans l'Arche, au nombre desquels
n'est mis le dit Hurtaly ? La demande est bien
105 faite, sans doute, et bien apparente ; mais la
réponse vous contentera, ou j'ai le sens mal
gallefreté*. Et, parce que n'étais de ce temps-là   * calfaté
pour vous en dire à mon plaisir, je vous allé-
guerai l'autorité des Massorets[3], [...] beaux
110 cornemuseurs hébraïques, lesquels affirment
que véritablement le dit Hurtaly[4] n'était dedans
l'Arche de Noé ; aussi n'y eût-il pu entrer, car
il était trop grand ; mais il était dessus à cheval,
jambe de ça jambe de là, comme sont les petits
115 enfants sur les chevaux de bois et comme le
gros Taureau de Berne, qui fut tué à Marignan,

---

1. En longueur ; 2. Parodie du *Livre de la généalogie du Christ*, au début de l'Évangile selon saint Matthieu ; 3. *Massorets :* interprètes hébreux de la Bible ; 4. Il y a
des textes hébreux selon lesquels un géant nommé Ha-Palith (l'évadé) échappa
au déluge, monté sur le toit de l'Arche ; Noé lui passait des vivres par une
trappe.

─────── QUESTIONS ───────

5. Comment interpréter cette parodie évidente d'un certain passage
de l'Écriture ? Est-ce forcément preuve d'incrédulité ?

chevauchait pour sa monture un gros canon[1]
pevier* (c'est une bête de beau et joyeux amble,   * pierrier
sans point de faute). En icelle* façon sauva,   * cette
120 après Dieu, la dite arche de périller*, car il lui   * sombrer
baillait le branle[2] avec les jambes, et du pied
la tournait où il voulait, comme on fait du
gouvernail d'un navire. Ceux qui dedans étaient
lui envoyaient vivres par une cheminée à suffi-
125 sance, comme gens reconnaissant le bien qu'il leur
faisait, et quelquefois parlementaient ensemble,
comme faisait Icaroménippe à Jupiter, selon le
rapport de Lucien[3]. (6)

Avez-vous bien le tout entendu*? Buvez donc   * compris
130 un bon coup sans eau. Car, si ne le croyez, non
fais-je, fit-elle[4]. (7)

CHAPITRE II

DE LA NATIVITÉ
DU TRÈS REDOUTÉ PANTAGRUEL

Gargantua, en son âge de quatre cents quatre-
vingts quarante et quatre ans[5], engendra son fils

---

1. A la bataille de Marignan, où François Ier défit les Suisses, un énorme Bernois, nommé Pontimer, sonneur de corne de taureau, réussit à enclouer deux ou trois canons avec sept compagnons seulement ; il fut tué par les lansquenets du roi ; 2. La faisait mouvoir ; 3. Dans l'*Icaroménippe* de Lucien, on voit ce philosophe non pas discuter avec Jupiter, mais regarder les trappes par lesquelles les prières des hommes montent jusqu'au dieu ; 4. Moi non plus, dit-elle. C'est sans doute le refrain d'une chanson ; 5. Peut-être allusion à la longévité des patriarches bibliques.

--------- QUESTIONS ---------

6. L'art de la digression : par quelle transition Rabelais entraîne-t-il son lecteur dans cette discussion? — Le ton et le style : comment les détails anecdotiques contribuent-ils à créer une image de l'arche de Noé peu conforme à la tradition communément admise? — Comment se trouve mise en question l'autorité des interprètes de la Bible? N'est-ce pas en même temps le principe d'autorité qui est critiqué en lui-même? — Quelle intention peut-on trouver dans le rapprochement avec un texte de Lucien (lignes 127-128)?

7. SUR L'ENSEMBLE DU CHAPITRE PREMIER. — La composition de ce chapitre. — Analysez les dons de conteur de Rabelais. — Quel est le problème très sérieux que ce chapitre pose de plaisante façon? Voit-on nettement l'attitude de Rabelais à l'égard de la tradition?

Pantagruel de sa femme nommée Badebec[1],
fille du roi des Amaurotes[2], en Utopie, laquelle
5 mourut du mal d'enfant : car il était si merveilleusement grand et si lourd qu'il ne put venir
à lumière sans ainsi suffoquer sa mère. **(1)**

Mais pour entendre pleinement la cause et
raison de son nom, qui lui fut baillé* en baptême,   * donné
vous noterez qu'en icelle année fut sécheresse
tant grande en tout le pays d'Afrique que pas-
10 sèrent XXXVI mois, trois semaines, quatre jours,
treize heures et quelque peu davantage sans
pluie, avec chaleur de soleil si véhémente que
toute la terre en était aride et ne fut au temps
d'Élie[3] plus échauffée que pour lors, car il
15 n'était arbre sur terre qui eût ni feuille ni fleur.
Les herbes étaient sans verdure, les rivières
taries, les fontaines à sec, les pauvres poissons
délaissés de leurs propres éléments, vaguant et
criant par la terre horriblement, les oiseaux
20 tombant de l'air par faute de rosée[4], les loups,
les renards, cerfs, sangliers, daims, lièvres,
connils*, belettes, fouines, blaireaux et autres   * lapins
bêtes, l'on trouvait par les champs mortes, la
gueule bée*. Au regard des[5] hommes, c'était la   * ouverte
25 grande pitié. Vous les eussiez vus tirant la langue
comme lévriers qui ont couru six heures. Plusieurs se jetaient dedans les puits; autres se mettaient au ventre d'une vache pour être à l'ombre,
et les appelle Homère, Alibantes[6]. **(2)**
30 Toute la contrée était à l'ancre[7]. C'était

---

1. *Badebec* : bouche bée, dans la langue de l'ouest et du sud-ouest de la France.
En gascon, un *badebec* est un chandelier à oribus; 2. Nom d'une ville de l'Utopie
de Thomas More, du grec ἀμαυρός, indiscernable; 3. Yaveh, à la demande du pro-
phète Élie, fit sévir la sécheresse pendant trois ans (Bible, I, Rois, XVII et XVIII);
4. D'après saint Augustin notamment, les oiseaux ne peuvent voler que parce que
la rosée rend les couches inférieures de l'atmosphère plus denses; 5. En ce qui
concerne; 6. Desséchés; le terme se trouve non dans Homère, mais dans un commentaire de Plutarque sur Homère; 7. Paralysée comme un navire à l'ancre.

--- **QUESTIONS** ---

1. Le style et le ton de ce début de chapitre : n'a-t-on pas l'impression
d'entrer maintenant dans la *Chronique?*

2. Sur quel ton Rabelais décrit-il la grande sécheresse qui ravage le
pays des Amaurotes? De quel genre est-ce la parodie? Quels détails
viennent rappeler que ce tableau ne doit pas être pris au sérieux?

pitoyable cas de voir le travail* des humains   * peine
pour se garantir de cette horrifique altération,
car il avait[1] prou* affaire de sauver l'eau bénite   * beaucoup
par les églises, à ce que ne fût déconfite*, mais   * épuisée
35 l'on y donna tel ordre, par le conseil de messieurs les cardinaux et du Saint-Père, que nul
n'en osait prendre qu'une venue*. Encore, quand   * fois
quelqu'un entrait en l'église, vous en eussiez
vu à vingtaines, de* pauvres altérés qui venaient   * des
40 auderrière de celui qui la distribuait à quelqu'un, la gueule ouverte pour en avoir quelque
gouttelette, comme le mauvais riche[2], afin que
rien ne se perdît. O que bienheureux fut en
icelle* année celui qui eut cave fraîche et bien   * cette
45 garnie! (3)

     Le philosophe[3] raconte, en mouvant* la   * discutant
question par quoi c'est que l'eau de la mer est
salée, qu'au temps que Phébus bailla* le gou-   * donna
vernement de son chariot lucifique[4] à son fils
50 Phaéton, ledit Phaéton, mal appris en l'art et
ne sachant ensuivre la ligne écliptique* entre   * l'orbite
les deux tropiques de la sphère du soleil, varia
de son chemin et tant approcha de terre qu'il
mit à sec toutes les contrées subjacentes*, brûlant   * situées au-dessous
55 une grande partie du ciel que les philosophes
appellent *Via lactea*[5], et les lifrelofres* nomment   * le vulgaire
le chemin Saint-Jacques[6], combien que* les plus   * bien que
huppés poètes disent être la part* où tomba   * partie
le lait de Junon, lorsqu'elle allaita Hercule.
60 Adonc la terre fut tant échauffée qu'il lui vint
une sueur énorme, dont elle sua toute la mer,

---

     1. Il y avait; **2.** Dans l'Évangile selon saint Luc, le mauvais riche, au milieu de son châtiment, supplie Abraham d'envoyer Lazare tremper l'extrémité de son doigt dans de l'eau pour lui en humecter la langue; **3.** Aristote, qui réfute dans ses *Meteorologica*, II, 3, la thèse exposée ici par Rabelais et qui avait été soutenue par Empédocle; **4.** *Lucifique :* qui produit la lumière; **5.** La Voie lactée; **6.** Le chemin vers le sanctuaire de Saint-Jacques-de-Compostelle semblait indiqué par la Voie lactée.

--- **QUESTIONS** ---

     3. L'intention satirique; y a-t-il un rapport logique entre la gravité de la situation et le problème auquel on veut remédier? Comment Rabelais fait-il naître l'image d'un monde absurde? — Quels détails contribuent à rendre à la fois ridicule et poignant ce tableau de la misère humaine? — Valeur et intention de la dernière phrase (lignes 43-45)?

qui par ce est salée, car toute sueur est salée,
ce que vous direz être vrai, si vous voulez tâter*   * goûter
de la vôtre propre. [...]

65   Quasi pareil cas arriva en cette dite année,
car un jour de vendredi que tout le monde
s'était mis en dévotion et faisait une belle procession avec force litanies et beaux prêchants[1],
suppliant à Dieu omnipotent les vouloir regar-
70 der de son œil de clémence en tel déconfort*,   * désolation
visiblement furent vues de terre sortir grosses
gouttes d'eau, comme quand quelque personne
sue copieusement. Et le pauvre peuple commença à s'éjouir comme si c'eût été chose à
75 eux profitable, car les aucuns* disaient que   * d'aucuns
d'humeur* il n'y en avait goutte en l'air dont   * liquide
on espérât avoir pluie et que la terre suppléait
au défaut. Les autres gens savants disaient que
c'était pluie des antipodes, comme Sénèque
80 narre au quart livre *Quaestionum naturalium*[2],
parlant de l'origine et source du Nil. Mais ils
y furent trompés, car, la procession finie, alors
que chacun voulait recueillir de cette rosée et
en boire à plein godet*, trouvèrent que ce n'était   * tasse
85 que saumure, pire et plus salée que n'était l'eau
de la mer. **(4)**

Et parce qu'en ce propre jour naquit Pantagruel, son père lui imposa tel nom, car *Panta*,
en grec, vaut autant à dire comme tout, et
90 *Gruel*, en langue agarène[3], vaut autant comme
altéré, voulant inférer* qu'à l'heure de sa nati-   * exprimer
vité le monde était tout altéré, et voyant, en

---

1. *Prêchants* : psaumes chantés par le premier chantre de l'église; 2. *Questions naturelles* (livre III et non IV); 3. *Agarène* : moresque (les Maures, comme tous les peuples arabes, étaient considérés comme descendants d'Ismaël, fils d'Agar). Éty-mologie évidemment fantaisiste. Pantagruel est, dans les *Mystères* du xve siècle, le nom d'un petit démon qui altère.

———— **QUESTIONS** ————

4. Comprend-on, à première lecture, l'utilité du premier (lignes 46-64) de ces deux paragraphes? Quel sens prend-il quand on y a ajouté la lecture des lignes 65-86? Montrez le parallélisme de ces deux dévelop-pements. Faut-il accorder plus de croyance à l'efficacité des processions qu'au mythe de Phaéton? — Peut-on dégager ici l'idée que se fait Rabe-lais des méthodes nécessaires pour arriver à la vérité?

esprit de prophétie, qu'il serait quelque jour
dominateur des altérés. Ce que lui fut montré
95 à celle heure même par autre signe plus évident.
Car, alors que sa mère Badebec l'enfantait et
que les sages-femmes attendaient pour le recevoir, issirent* premier** de son ventre soixante
et huit tregeniers*, chacun tirant par le licol
100 un mulet tout chargé de sel, après lesquels
sortirent neuf dromadaires chargés de jambons
et de langues fumées, sept chameaux chargés
d'anguillettes, puis vingt-cinq charretées de por-
reaux, d'aulx, d'oignons et de cibots[1], ce
105 qu'*épouvanta lesdites sages-femmes. Mais les
aucunes* d'entre elles disaient :

    « Voici bonne provision. Aussi bien ne buvions
nous que lâchement, non en lancement[2]. Ceci
n'est que bon signe, ce sont aiguillons de vin. »
110   Et, comme elles caquetaient de ces menus
propos entre elles, voici sortir Pantagruel, tout
velu comme un ours, dont dit l'une d'elles en
esprit prophétique :

    « Il est né à tout* le poil, il fera choses mer-
115 veilleuses, et, s'il vit, il aura de l'âge. » **(5) (6)**

* sortirent
** d'abord
* muletiers

* qui

* certaines

* tout couvert de

---

1. *Cibots* : en Poitou, oignons de l'année précédente, que l'on replante au printemps pour les avoir en primeur; **2.** En *landsmann*, en compatriote, comme disent
les Suisses et les lansquenets.

──────── QUESTIONS ────────

5. L'étymologie du nom de Pantagruel (lignes 87-94) : par quelle
parodie de raisonnement historique est-on ainsi arrivé à expliquer le
nom du héros? L'effet comique qui en résulte. — La réapparition du
thème du gigantisme (lignes 96-105) : à quel autre thème fondamental
sont liés les détails de ce passage? — A quel usage Rabelais s'en prend-il
en rapportant les caquets des sages-femmes?

6. SUR L'ENSEMBLE DU CHAPITRE II. — La composition du chapitre.
Dans quel genre de parodie s'engage-t-on? Pantagruel est-il seulement
la caricature d'un héros de roman? En quoi prend-il aussi une valeur
de mythe?

— Dans quelle mesure Rabelais rattache-t-il son roman aux récits
populaires et aux traditions, mœurs et coutumes françaises? L'effet
produit par les anachronismes voulus renforce-t-il l'impression née du
mélange du réel et du merveilleux?

— Les intentions satiriques : classez-en les différents aspects. Quel
est l'état d'esprit du lecteur après avoir lu l'ensemble du chapitre?

CHAPITRE III

DU DEUIL QUE MENA GARGANTUA
DE LA MORT DE SA FEMME BADEBEC

Quand Pantagruel fut né, qui fut bien ébahi
et perplexe? ce fut Gargantua son père. Car,
voyant d'un côté sa femme Badebec morte, et
de l'autre son fils Pantagruel né, tant beau
5 et tant grand, ne savait que dire ni que faire,
et le doute qui troublait son entendement*   * intelligence
était à savoir s'il devait pleurer pour le deuil
de sa femme, ou rire pour la joie de son fils.
D'un côté et d'autre, il avait arguments sophis-
10 tiques* qui le suffoquaient, car il les faisait   * logiques
très bien *in modo et figura*[1], mais il ne les pouvait
souldre*, et par ce moyen, demeurait empêtré   * résoudre
comme la souris empeigée*, ou un milan pris   * engluée
au lacet. (1)
15 « Pleurerai-je? disait-il. Oui, car pourquoi?
Ma tant bonne femme est morte, qui était la
plus ceci, la plus cela qui fût au monde. Jamais
je ne la verrai, jamais je n'en recouvrerai une
telle : ce m'est une perte inestimable. O mon
20 Dieu! que t'avais-je fait pour ainsi me punir?
Que n'envoyas-tu la mort à moi premier* qu'à   * avant
elle? car vivre sans elle ne m'est que languir.
Ha! Badebec, ma mignonne, m'amie[2] [...], ma
tendrette [...], ma savate, ma pantoufle, jamais
25 je ne te verrai. Ha! pauvre Pantagruel, tu as
perdu ta bonne mère, ta douce nourrice, ta
dame très aimée. Ha! fausse* mort, tant tu   * perfide

---

1. Selon le mode et la figure, c'est-à-dire suivant les règles du syllogisme; 2. Mon
amie.

─── QUESTIONS ───

1. Les termes du dilemme que doit résoudre Gargantua. Comment
Rabelais entend-il marquer l'inadaptation de la logique formelle scolastique à la vie?

m'es malivole*, tant tu m'es outrageuse, de   * malveillante
me tollir* celle à laquelle immortalité apparte-   * ôter
30 nait de droit. » (2)

    Et, ce disant, pleurait comme une vache,
mais tout soudain riait comme un veau, quand
Pantagruel lui venait en mémoire. « Ho! mon
petit fils, disait-il [...], mon peton¹, que tu es
35 joli! et tant je suis tenu* à Dieu de ce qu'il m'a   * obligé
donné un si beau fils, tant joyeux, tant riant,
tant joli. Ho, ho, ho, ho! que je suis aise! buvons.
Ho! laissons toute mélancolie; apporte du
meilleur², rince les verres, boute* la nappe,   * mets
40 chasse ces chiens, souffle ce feu, allume la chandelle, ferme cette porte, taille ces soupes³, envoie
ces pauvres, baille*-leur ce qu'ils demandent,   * donne
tiens ma robe⁴ que je me mette en pourpoint
pour mieux festoyer les commères. » (3)

45   Ce disant, ouït* la litanie et les mémentos⁵   * entendit
des prêtres qui portaient sa femme en terre,
dont* laissa son bon propos et tout soudain   * à la suite de
fut ravi ailleurs⁶ disant : « Seigneur Dieu, faut-il   quoi
que je me contriste encore? Cela me fâche, je
50 ne suis plus jeune, je deviens vieux, le temps
est dangereux, je pourrai prendre quelque
fièvre : me voilà affolé*. Foi de gentilhomme,   * atteint
il vaut mieux pleurer moins et boire davantage.
Ma femme est morte, et bien, par Dieu *(da*
55 *jurandi⁷)*, je ne la ressusciterai pas par mes
pleurs. Elle est bien; elle est en paradis pour
le moins, si mieux n'est. Elle prie Dieu pour

---

1. Petit pied, terme d'affection; 2. Sous-entendu : vin; 3. *Soupe :* morceau de
pain à tremper dans le bouillon; 4. *Robe :* vêtement de dessus porté par les hommes
au XVIᵉ siècle; 5. *Mémento :* prière pour les morts; 6. Entraîné vers d'autres pensées;
7. *Da jurandi (veniam) :* « accordez permission de jurer », formule d'excuse pour
avoir allégué le nom de Dieu.

QUESTIONS

2. Montrez tout ce qu'il y a de conventionnel, d'exagéré dans les
plaintes de Gargantua. Les différents tons de cette lamentation funèbre
ne résument-ils pas les lieux communs par lesquels les hommes croient
exprimer leur tristesse?

3. La soudaineté du revirement (lignes 31-44) est-elle seulement un
élément de comique? — L'expression de la joie ne paraît-elle pas beaucoup plus spontanée que celle de la tristesse? D'où vient cette différence?

nous; elle est bien heureuse; elle ne se soucie
plus de nos misères et calamités. Autant nous
60 en pend à l'œil[1]. Dieu gard' le demeurant[2]. Il
me faut penser d'en trouver une autre. **(4)**

« Mais voici que* vous ferez, dit-il aux sages-   * ce que
femmes (où sont-elles[3]? Bonnes gens, je ne vous
peux voir) : allez à l'enterrement d'elle, et
65 cependant* je bercerai ici mon fils, car je me sens   * pendant
bien fort altéré[4], et serais en danger de tomber   ce temps
malade; mais buvez quelque bon trait devant*,   * avant
car vous vous en trouverez bien, et m'en croyez
sur mon honneur. » **(5)**

70 A quoi obtempérant, allèrent à l'enterrement
et funérailles, et le pauvre Gargantua demeura
à l'hôtel*. Et cependant fit l'épitaphe[5] pour être   * la maison
engravé* en la manière que s'ensuit :   * gravé

ELLE EN MOURUT, LA NOBLE BADEBEC,
75 DU MAL D'ENFANT, QUE* TANT ME SEMBLAIT   * qui
[NICE** :   ** jolie
CAR ELLE AVAIT VISAGE DE REBEC[6],
CORPS D'ESPAGNOLE ET VENTRE DE SUISSE[7].
PRIEZ A DIEU QU'A ELLE SOIT PROPICE,
LUI PARDONNANT S'*EN RIEN OUTREPASSA[8].   * si
80 CI-GÎT SON CORPS, LEQUEL VÉCUT SANS VICE,
ET MOURUT L'AN ET JOUR QUE TRÉPASSA. **(6) (7)**

---

1. Nous avons la même menace devant les yeux; **2.** Celui qui reste, c'est-à-dire moi; **3.** Jeux de mots sur sages-femmes et femmes sages : où y a-t-il des femmes vraiment sages? **4.** Jeu de mots, *altéré* signifiant à la fois « ému » et « assoiffé »; **5.** *Épitaphe* est ici masculin (d'où l'accord *engravé*); **6.** *Rebec* : instrument de musique qui est devenu notre violoncelle : au bout du manche, on sculptait des figures grotesques; **7.** Corps très maigre et ventre énorme; **8.** Sous-entendu : les commandements.

━━━━ QUESTIONS ━━━━━━━━━━━━━━━━━━━━━━━

4. L'égoïsme de Gargantua : est-il différent du commun des mortels?

5. Comment Gargantua a-t-il finalement résolu son dilemme? Est-ce vraiment l'amour paternel qui l'emporte?

6. L'emploi de l'adjectif *pauvre* (ligne 71) n'évoque-t-il pas l'exclamation de l'Orgon de Molière : « Le pauvre homme! » et, de fait, n'y a-t-il pas ici quelque chose de commun entre Gargantua et Tartuffe?

7. SUR L'ENSEMBLE DU CHAPITRE III. — D'après Rabelais, Gargantua a-t-il raison de penser qu'une naissance est plus joyeuse que n'est triste une mort? Pourtant, quels traits de caractère Rabelais critique-t-il en Gargantua?

— Rabelais psychologue et moraliste, d'après ce chapitre.

CHAPITRE IV

DE L'ENFANCE DE PANTAGRUEL

Je trouve par* les anciens historiographes et
poètes, que plusieurs sont nés en ce monde
en façons bien étranges, qui seraient trop longues
à raconter : lisez le VIIe livre de Pline[1], si avez
5 loisir. Mais vous n'en ouïtes* jamais d'une si
merveilleuse comme fut celle de Pantagruel,
car c'était chose difficile à croire comment il crût
en corps et en force en peu de temps. Et n'était
rien Hercule, qui étant au berceau tua les deux
10 serpents, car lesdits serpents étaient bien petits
et fragiles, mais Pantagruel, étant encore au
berceau, fit cas* bien épouvantables.

Je laisse ici à dire comment, à chacun de ses
repas, il humait[2] le lait de quatre mille six cents
15 vaches, et comment, pour lui faire un poêlon
à cuire sa bouillie, furent occupés tous les poêliers
de Saumur en Anjou, de Villedieu en Normandie,
de Bramont en Lorraine, et lui baillait*-on la dite
bouillie en un grand timbre* qui est encore de
20 présent à Bourges, près du palais[3]. Mais les
dents lui étaient déjà tant crues et fortifiées
qu'il en rompit, du dit timbre, un grand morceau,
comme très bien apparaît[4].

Certain jour, vers le matin, qu'on le voulait
25 faire téter une de ses vaches (car de nourrices
il n'en eut jamais autrement, comme dit l'histoire), il se défit des liens qui le tenaient au
berceau un des bras, et vous prend la dite vache
par-dessous le jarret, et lui mangea les deux
30 tétins et la moitié du ventre, avec le foie et les

* chez

* entendîtes

* prouesses

* donnait
* auge

---

1. Il y est question « des enfantements prodigieux ». Rabelais y fait également
allusion dans *Gargantua*, fin du chapitre vi; 2. Il buvait. Rabelais emploie généralement ce verbe pour le vin; 3. Il y avait auprès du palais de Jean de Berry, aujourd'hui
préfecture, une grande auge de pierre qu'on emplissait de vin pour les pauvres une
fois par an et que l'on appelait l'« écuelle des géants »; 4. Comme il est bien visible.

rognons, et l'eût toute dévorée, n'eût été qu'elle
criait horriblement, comme si les loups la tenaient
aux jambes, auquel cri le monde arriva, et
ôtèrent ladite vache des mains de Pantagruel.
35 Mais ils ne surent si bien faire que le jarret ne
lui en demeurât comme il le tenait, et le mangeait
très bien, comme vous feriez d'une saucisse, et
quand on lui voulut ôter l'os, il l'avala bientôt,
comme un cormoran ferait d'un petit poisson,
40 et après commença à dire : « Bon, bon, bon »,
car il ne savait encore bien parler, voulant donner à entendre qu'il l'avait trouvé fort bon, et
qu'il n'en fallait plus qu'autant[1]. Ce que voyant,
ceux qui le servaient le lièrent à gros câbles,
45 comme sont ceux que l'on fait à Tain[2] pour le
voyage du sel à Lyon, ou comme sont ceux de
la grand nauf* *Française*[3] qui est au port de   * navire
Grâce[4] en Normandie.

Mais, quelque* fois qu'un grand ours, que   * une
50 nourrissait son père, échappa et lui venait lécher
le visage (car les nourrices ne lui avaient bien
à point torché les babines), il se défit des dits
câbles aussi facilement comme Samson d'entre
les Philistins, et vous prit Monsieur de[5] l'Ours
55 et le mit en pièces comme un poulet, et vous
en fit une bonne gorge chaude[6] pour ce repas.
Par quoi craignant Gargantua qu'il se gâtât*,   * abîmât
fit faire quatre grosses chaînes de fer pour le
lier et fit faire des arcs-boutants à son berceau,
60 bien ajustés. Et de ces chaînes en avez une à
La Rochelle[7] que l'on lève au soir entre les deux
grosses tours du havre*; l'autre est à Lyon,   * port
l'autre à Angers[8] et la quarte* fut emportée des**   * quatrième
diables pour lier Lucifer, qui se déchaînait en   ** par les
65 ce temps-là à cause d'une colique qui le tour-

---

1. Et qu'il ne demandait qu'à recommencer; 2. Il y avait à Tain un entrepôt de
sel gabelé; 3. La *Grande-Française* était le plus grand bateau construit jusqu'alors
en France : on ne put le faire sortir de la baie du Havre, et une tempête le détruisit;
4. Le Havre, fondé en 1517 par François Ier; 5. Anoblissement ironique; 6. La
gorge est la pâture prise sur la proie qu'on accordait au faucon : on l'appelle « chaude »
lorsqu'on la donne immédiatement après la prise; 7. Cette chaîne existait encore au
XVIIe siècle; 8. La Saône et la Maine étaient à l'occasion barrées par des chaînes.

mentait extraordinairement pour avoir mangé
l'âme d'un sergent* en fricassée à son déjeuner.   * agent de police
Dont pouvez bien croire ce que dit Nicolas de
Lyra[1] sur le passage du *Psautier* où il est écrit :
70 *Et Og regem Basan*, que le dit Og, étant encore
petit, était tant fort et robuste qu'il le fallait
lier de chaînes de fer en son berceau[2]. Et ainsi
demeura coi* et pacifique, car il ne pouvait   * tranquille
rompre tant facilement les dites chaînes, même-
75 ment* qu'il n'avait pas espace au berceau de   * surtout
donner la secousse des bras.

   Mais voici qu'arriva un jour d'une grande
fête, que son père Gargantua faisait un beau
banquet à tous les princes de sa cour. Je crois
80 bien que tous les officiers de sa cour étaient tant
occupés au service du festin que l'on ne se souciait du pauvre Pantagruel, et demeurait ainsi
à *reculorum*[3]. Que fit-il? Qu'*il fit, mes bonnes   * ce que
gens, écoutez. Il essaya de rompre les chaînes
85 du berceau avec les bras, mais il ne put, car
elles étaient trop fortes. Adonc il trépigna tant
des pieds qu'il rompit le bout de son berceau,
qui toutefois était d'une grosse poste* de sept   * poutre
empans[4] en carré, et ainsi qu'il* eut mis les   * lorsqu'il
90 pieds dehors, il s'avala* le mieux qu'il put,   * descendit
en sorte qu'il touchait les pieds en terre. Et
alors, avec grande puissance, se leva, emportant
son berceau sur l'échine ainsi lié, comme une
tortue qui monte contre une muraille, et à le
95 voir semblait que ce fût une grande caraque[5]
de cinq cents tonneaux qui fût debout.

   En ce point, entra en la salle où l'on banque-
tait, et hardiment, qu'il épouvanta bien l'assis-
tance; mais par autant qu'*il avait les bras liés   * dans la mesure
100 dedans, il ne pouvait rien prendre à manger,   où
mais en grande peine s'inclinait pour prendre
à tout* la langue quelque lippée. Quoi voyant,   * avec

---

1. *Nicolas de Lyra* : franciscain italien du XIVe siècle, dont le commentaire de la Bible fut fort apprécié jusqu'au XVIIe siècle; 2. A propos non des Psaumes, mais du Deutéronome, Nicolas de Lyra se moque des interprètes juifs, qui prêtaient une taille de trente coudées à Og, roi de Basan; 3. A l'écart, argot scolaire; 4. *Un empan* : 22 cm; 5. *Caraque* : grand bâtiment génois.

son père entendit* bien que l'on l'avait laissé   * comprit
sans lui bailler à repaître*, et commanda qu'il   * manger
105 fût délié des dites chaînes par* le conseil des   * selon
princes et seigneurs assistants, ensemble aussi[1]
que les médecins de Gargantua disaient que, si
l'on le tenait ainsi au berceau, qu[2]'il serait toute
sa vie sujet à la gravelle. Lorsqu'il fut déchaîné,
110 l'on le fit asseoir et reput* fort bien, et mit son dit   * se nourrit
berceau en plus de cinq cent mille pièces d'un
coup de poing qu'il frappa au milieu par dépit[3],
avec protestation de jamais n'y retourner. **(1)**

CHAPITRE V

DES FAITS DU NOBLE PANTAGRUEL
EN SON JEUNE ÂGE

Ainsi croissait Pantagruel de jour en jour et
profitait à vue d'œil, dont son père s'éjouissait
par affection naturelle. Et lui fit faire, comme
il était petit, une arbalète pour s'ébattre après
5 les oisillons, qu'on appelle de présent la grande

---

1. D'autant plus que; 2. La répétition pléonastique de *que* est assez fréquente
chez Rabelais; 3. Irritation violente.

──────── **QUESTIONS** ────────

1. SUR L'ENSEMBLE DU CHAPITRE IV. — Quel ton le narrateur adopte-t-il
de nouveau au début du chapitre (lignes 1-12)? En quoi la comparaison
avec Hercule (ligne 9) oriente-t-elle le lecteur vers les thèmes qui seront
développés? En fait, le style du chapitre reste-t-il aussi soutenu que le
laissait prévoir le Préambule?
— L'exploitation du thème gigantesque : montrez les effets quasi
mécaniques que Rabelais en tire. Comment la progression et la variété
sont-elles introduites dans des épisodes qui risqueraient d'être mono-
tones?
— Appréciez le procédé qui consiste à identifier et à situer les « reliques »
ou les vestiges de l'enfance de Pantagruel. Dans quelle sorte de légendes
trouve-t-on des rapprochements analogues?

Poictiers

Phot. Larousse.

« Une grosse roche ayant environ de douze toises en carré et d'épaisseur quatorze pans. » (Page 62.)

Dolmen de la Pierre levée près de Poitiers. — Illustration tirée du *Theatrum Urbium* (1580).

arbalète de Chantelle[1]; puis l'envoya à l'école
pour apprendre et passer son jeune âge. **(1)**

De fait vint à Poitiers pour étudier, et profita beaucoup; auquel lieu voyant que les éco-
10 liers étaient aucunes* fois de loisir et ne savaient   * quelques
à quoi passer temps, il en eut compassion; et,
un jour, prit d'un grand rocher qu'on nomme
Passelourdin[2] une grosse roche ayant environ
de douze toises en carré et d'épaisseur quatorze
15 pans[3], et la mit sur quatre piliers au milieu d'un
champ bien à son aise; afin que les dits écoliers,
quand ils ne sauraient autre chose faire, pas-
sassent temps à monter sur la dite pierre et là
banqueter à force flacons, jambons et pâtés,
20 et écrire leur nom dessus avec un couteau, et,
de présent, l'appelle-t-on la *Pierre levée*[4]. Et, en
mémoire de ce*, n'est aujourd'hui passé aucun   * ceci
en la matricule de la dite université[5] de Poitiers,
sinon* qu'il ait bu en la fontaine caballine[6] de   * sans
25 Croustelles, passé à Passelourdin et monté sur
la Pierre levée. **(2)**

En après lisant les belles chroniques de ses
ancêtres, trouva que Geoffroy de Lusignan, dit
Geoffroy à la grand dent[7], grand-père du beau

---

1. Vraisemblablement gros engin de siège provenant de la démolition du château
de Chantelle, rasé après la trahison de son propriétaire, le connétable de Bourbon;
2. Grotte proche de Poitiers; 3. *Une toise* : 1,949 m; *un pan* : 24 cm; 4. Ce dolmen
a été brisé au XVIIIe siècle; 5. Aucun n'a été immatriculé à ladite université; 6. *Che-
valine* : fontaine née d'un coup de sabot de cheval comme de nombreuses fontaines
de la mythologie grecque; 7. En raison d'une dent qui lui saillait hors de la bouche.
Il mourut en 1248, après avoir commis une infinité de méfaits et de violences. La
légende fit de lui le fils de la fée Mélusine.

——— QUESTIONS ———

1. Pourquoi Rabelais abandonne-t-il si brusquement le thème de
l'enfance? Que nous apprend sur ce point la comparaison avec le *Gargantua?* — L'*école* est-elle le lieu habituel d'apprentissage pour le héros
de romans?

2. Quelles paraissent être jusqu'ici les intentions de Rabelais? Cherche-
t-il autre chose que le pittoresque? — Les légendes folkloriques et les
usages locaux trouvent-ils aisément leur place dans le récit? Quel procédé, déjà utilisé dans le chapitre précédent, se précise ici? — La mission
de Pantagruel : en quoi ses bienfaits restent-ils conformes à sa destinée
et aux signes sous lesquels il est né?

30 cousin de la sœur aînée de la tante du gendre de
l'oncle de la bru de sa belle-mère, était enterré à
Maillezais[1], dont[2] prit un jour *campos*[3] pour le
visiter comme homme de bien. Et partant de Poi-
tiers avec aucuns* de ses compagnons, passèrent   * quelques-uns
35 par Legugé[4], visitant le noble Ardillon[5], abbé, par
Lusignan, par Sansay, par Celles[6], par Colonges[7],
par Fontenay-le-Comte, saluant le docte Tiraqueau[8] et de là arrivèrent à Maillezais, où
visita le sépulcre du dit Geoffroy à la grand
40 dent, dont il eut quelque peu de frayeur, voyant
sa portraiture, car il y est en image comme d'un
homme furieux, tirant à demi son grand malchus*   * cimeterre
de la gaine, et demandait la cause de ce*. Les   * cela
chanoines du dit lieu dirent que ce n'était autre
45 chose sinon que *Pictoribus atque Poetis*, etc.[9],
c'est-à-dire que les peintres et poètes ont liberté
de peindre à leur plaisir ce qu'ils veulent. Mais
il ne se contenta de leur réponse, et dit : « Il
n'est ainsi peint sans cause, et me doute qu'à
50 sa mort on lui a fait quelque tort, dont il demande
vengeance à ses parents. Je m'enquêterai plus à
plein* et en ferai ce que de raison. » (3)   * complètement

    Puis retourna non à Poitiers mais voulut
visiter les autres universités de France. Dont,
55 passant à La Rochelle, se mit sur mer et vint

---

    1. *Maillezais* : abbaye bénédictine proche de Fontenay-le-Comte, en Vendée;
l'évêque Geoffroy d'Estissac, protecteur de Rabelais, en était abbé; 2. A la suite
de quoi; 3. *Campos* : congé, en argot scolaire; 4. *Legugé* (aujourd'hui *Ligugé*) :
siège d'une abbaye bénédictine; celle-ci n'était, au temps de Rabelais, qu'un simple
prieuré relevant de Maillezais; 5. *Ardillon* : ecclésiastique ami des lettres; 6. *Celles* :
localité des Deux-Sèvres, avec une abbaye dont Geoffroy d'Estissac était l'abbé;
7. *Colonges* : localité des Deux-Sèvres, où Geoffroy d'Estissac possédait un château;
8. *Tiraqueau* : jurisconsulte humaniste; ami de Rabelais; 9. Citation d'Horace, *Art
poétique*, 8-9 : « Les peintres et les poètes ont toujours eu un égal pouvoir d'oser
ce qui leur plaisait. »

--- **QUESTIONS** ---

    3. Les préjugés nobiliaires et le respect des ancêtres semblent-ils dignes
de respect aux yeux de Rabelais? — Entre l'appréciation des chanoines
(lignes 44-45) et le raisonnement de Pantagruel (lignes 101-106), peut-on
distinguer à qui Rabelais donne raison? — Les allusions à certains personnages et à certaines particularités locales ne réduisent-elles pas l'intérêt
que pouvaient trouver au récit les lecteurs contemporains de Rabelais
et, à plus forte raison, les lecteurs d'aujourd'hui?

à Bordeaux[1], onquel* lieu ne trouva grand exer-
cice, sinon des guabarriers* jouant aux luettes[2]
sur la grève. De là vint à Toulouse[3], où apprit
fort bien à danser et à jouer de l'épée à deux
60 mains, comme est l'usance* des écoliers de la
dite université; mais il n'y demeura guère quand
il vit qu'ils faisaient brûler leurs régents* tout
vifs[4] comme harengs sorets*, disant : « Jà**
Dieu ne plaise qu'ainsi je meure, car je suis de
65 ma nature assez altéré sans me chauffer davan-
tage! » **(4)**

　　Puis vint à Montpellier, où il trouva fort bons
vins de Mirevaux[5] et joyeuse compagnie; et se
cuida* mettre à étudier en médecine, mais il
70 considéra que l'état était fâcheux par trop et
mélancolique et que les médecins sentaient les
clystères comme vieux diables. Pourtant voulait
étudier en lois; mais, voyant que là n'étaient que
trois teigneux et un pelé de légistes au dit lieu,
75 s'en partit et au* chemin fit le pont du Gard
et l'amphithéâtre de Nîmes en moins de trois
heures, qui toutefois semble œuvre plus divin
qu'humain; et vint en Avignon, où il ne fut
trois jours qu'il ne devint amoureux : car [...]
80 c'est terre papale[6]. Ce que voyant, son pédagogue,
nommé Épistémon[7], l'en tira et le mena à Valence
au Dauphiné; mais il vit qu'il n'y avait pas
grand exercice et que les maroufles* de la ville
battaient les écoliers : dont il eut dépit*; et un
85 beau dimanche que tout le monde dansait

* auquel
* dockers

* usage

* professeurs
* saurs
** déjà à

* pensa

* en

* mauvais
　garçons
* colère

---

1. Université alors en déclin; 2. *Luettes :* jeu de cartes d'origine espagnole; 3. L'université de Toulouse, fondée après la croisade des albigeois, était fort peu libérale et très sourcilleuse en matière de théologie; 4. Jean de Cahors, professeur de droit, fut condamné au feu en janvier 1532 pour avoir tenu des propos suspects d'hérésie à un dîner; 5. Cru renommé auquel Rabelais fait plusieurs fois allusion (III, LII; IV, XLIII; V, XXXIII et XLII); 6. Avignon et le comtat Venaissin appartinrent au Saint-Siège jusqu'à la Révolution; la licence des mœurs qui y régnaient nous est rapportée par les voyageurs; 7. *Épistémon :* le savant (transcription d'un adjectif grec).

QUESTIONS
---

4. La vie intellectuelle dans certaines universités, d'après ce passage.
— Sur quel ton Rabelais parle-t-il des supplices infligés aux hérétiques?
Comment la désinvolture des propos laisse-t-elle pourtant transparaître
son opinion?

publiquement, un écolier se voulut mettre en danse, ce que ne permirent lesdits maroufles. Quoi voyant, Pantagruel leur bailla* à tous la chasse jusqu'au bord du Rhône, et les voulait faire

90 tous noyer ; mais ils se mussèrent* contre terre comme taupes bien demi-lieue sous le Rhône. Le pertuis* encore y apparaît. Après il s'en partit, et à trois pas et un saut vint à Angers, où il se trouvait fort bien et y eût demeuré

95 quelque espace*, n'eût été que la peste les en chassa[1]. Ainsi vint à Bourges, où étudia bien longtemps et profita beaucoup en la faculté des lois. Et disait aucunes* fois que les livres de lois lui semblaient une belle robe d'or, triomphante

100 et précieuse à merveille, qui fût brodée de merde : « Car (disait-il) au monde n'y a livres tant beaux, tant ornés, tant élégants comme* sont les textes des *Pandectes*[2] : mais la brodure d'iceux*, c'est à savoir la glose** d'Accurse[3],

105 est tant sale, tant infâme et punaise*, que ce n'est qu'ordure et vilenie. » **(5)**

Partant de Bourges, vint à Orléans, et là trouva force rustres d'écoliers qui lui firent grande chère* à sa venue, et en peu de temps

110 apprit avec eux à jouer à la paume, si bien qu'il en était maître, car les étudiants du dit lieu en font bel exercice[4]. Et le menaient aucunes fois ès* îles pour s'ébattre au jeu du poussavant**.

* donna
* tapirent
* orifice
* temps
* certaines
* aussi... que
* ceux-ci
** commentaire
* puante
* bon accueil
* dans les
** boules

1. Angers souffrit d'épidémies en 1530 et 1532 ; 2. *Pandectes* : recueils de textes d'anciens jurisconsultes romains établis sur l'ordre de l'empereur Justinien ; 3. *François Accurse* (1182-1260), jurisconsulte florentin, le plus remarquable des glossateurs médiévaux du droit romain ; 4. Il n'y avait pas moins de quarante jeux de paume à Orléans au début du XVI⁰ siècle.

─────── **QUESTIONS** ───────

5. La part des souvenirs personnels dans ce paragraphe (lignes 66-106).
— Avait-on déjà entendu parler d'Épistémon (ligne 81) ? Que pensez-vous de la façon dont Rabelais introduit le personnage dans le récit ? Que dire à ce propos de la technique littéraire du roman chez Rabelais ?
— Au service de quelle cause Pantagruel met-il sa force ? Quel point important de sa pensée l'auteur exprime-t-il pour la première fois dans les lignes 98-106 ?

Et, au regard[1] de se rompre la tête à étudier,
115 il ne le faisait mie*, de peur que la vue lui dimi-   * pas
nuât; mêmement* qu'un quidam des régents**   * d'autant plus
disait souvent en ses lectures qu'il n'y a chose   ** professeurs
tant contraire à la vue comme est la maladie
des yeux. Et, quelque jour que l'on passa*   * fit passer
120 licencié en lois quelqu'un des écoliers de sa
connaissance, qui de science n'en avait guère
plus que sa portée, mais en récompense* savait   * compensation
fort bien danser et jouer à la paume, il fit le
blason[2] et devise des licenciés en ladite univer-
125 sité, disant :

Un éteuf* en la braguette[3],   * balle
En main une raquette,
Une loi en la cornette[4],
Une basse danse[5] au talon,
130 Vous voilà passé coquillon[6]. (6) (7)

---

1. Pour ce qui est de; 2. *Blason* : court poème, souvent satirique, qui décrit un objet, un animal ou un personnage; 3. Cette partie de vêtement servait de poche; 4. *Cornette* : pièce de taffetas noir faisant un tour sur le cou et pendant jusqu'à terre, portée par les docteurs en droit et en médecine, qui avaient reçu de François Ier le privilège de porter ce signe distinctif; 5. *Basse-danse* : danse calme; 6. *Coquillon* : chaperon de docteur, puis docteur.

— **QUESTIONS** —

6. Le ton et le style de cette fin de chapitre. Comparez la manière de conclure à celle du chapitre III.

7. Sur l'ensemble du chapitre V. — En quoi le tour de France universitaire de Pantagruel est-il une parodie des aventures habituelles aux héros des romans de chevalerie au cours de leur « apprentissage »? Quelle expérience Pantagruel tire-t-il de ses voyages? Dans quelle mesure intervient-il lui-même en certains cas?

— L'itinéraire de Pantagruel. Quel parti Rabelais tire-t-il des particularités locales? et de ses souvenirs personnels? Dégagez l'impression d'ensemble qui ressort de cette visite des universités. Comment Rabelais prépare-t-il son lecteur à une critique fondamentale du système pédagogique pratiqué en France au XVIe siècle?

— Les rapports entre l'auteur et ses personnages. Pourquoi Rabelais a-t-il prêté de ses propres aventures à Pantagruel? Qu'est-ce qui distingue pourtant ce chapitre d'un récit purement autobiographique? Quels sont les différents effets obtenus par Rabelais en mêlant des personnages et des faits réels à ses géants de contes de fées?

— L'ironie de Rabelais : en quoi ce chapitre fait-il penser à certains épisodes du *Candide* de Voltaire?

CHAPITRE VI

COMMENT PANTAGRUEL RENCONTRA UN LIMOUSIN QUI CONTREFAISAIT LE LANGAGE FRANÇAIS

Quelque jour, je ne sais quand, Pantagruel se pourmenait* après souper** avec ses compagnons par la porte dont* l'on va à Paris. Là rencontra un écolier* tout joliet qui venait par icelui**
5 chemin, et après qu'ils se furent salués, lui demanda :

« Mon ami, dont* viens-tu à cette heure? »

L'écolier lui répondit :

« De l'alme, inclyte et célèbre académie que
10 l'on vocite Lutèce[1].

— Qu'est-ce à dire? dit Pantagruel à un de ses gens.

— C'est, répondit-il, de Paris.

— Tu viens donc de Paris, dit-il. Et à quoi
15 passez-vous le temps, vous autres messieurs étudiants audit Paris? » **(1)**.

Répondit l'écolier :

« Nous transfrétons la Séquane au dilucule et crépuscule; nous déambulons par les compites
20 et quadrivies de l'urbe; nous despumons la verbocination latiale[2]. [...] Puis cauponisons ès tabernes méritoires[3] de la Pomme de pin, du Castel, de la Madeleine et de la Mule[4], belles spatules vervécines[5], perforaminées de pétrosil[6],
25 et si, par forte fortune, y a rareté ou pénurie de pécune en nos marsupies, et soient exhaustes

*promenait
**dîner
*par où
*étudiant
**ce

*d'où

---

1. De l'université nourricière, illustre et courue que l'on appelle « Paris ». Suite de latinismes ou d'hellénismes; cette phrase, conforme au jargon gréco-latin familier aux étudiants, se trouve textuellement reproduite d'un ouvrage de Geoffroy Tory, grammairien contemporain de Rabelais; 2. Nous traversons la Seine matin et soir; nous nous promenons par les places et les carrefours de la ville; nous écumons le parler du Latium; 3. Puis nous mangeons dans les boutiques payantes; 4. Cabarets célèbres de l'époque; 5. Belles épaules de mouton; 6. Piquées de persil.

——— QUESTIONS ———

1. Comment ce chapitre se place-t-il dans la ligne du précédent?

de métal ferruginé, pour l'écot nous dimittons nos codices et vestes opignerées, prestolant les tabellaires à venir des pénates et lares patrio-
30 tiques[1]. »

A quoi Pantagruel dit :

« Que diable de langage est ceci? Par Dieu, tu es quelque hérétique.

— Seignor, non, dit l'écolier, car libentissi-
35 mement dès ce qu'il illucesce quelque minutule lèche du jour, je démigre en quelqu'un de ces tant bien architectés moustiers, et là, m'irrorant de belle eau lustrale, grignotte d'un transon de quelque missique précation de nos sacrificules,
40 et, submirmillant mes précules horaires, élue et absterge mon anime de ses inquinaments noc-turnes. Je révère les olympicoles. Je vénère latrialement le supernel astripotent[2]. Je dilige et redame mes proximes. Je serve les prescrits
45 décalogiques, et selon la facultatule de mes vires, n'en discède le late unguicule. Bien est vériforme qu'à cause que Mammone ne supergurgite goutte en mes locules, je suis quelque peu rare et lent à superéroger les élémosynes à ces égènes quéri-
50 tants leur stipe hostiatement[3]. (2)

1. Si, par hasard, il y a rareté ou manque d'argent dans nos bourses, et qu'elles soient épuisées de métal monnayé, nous mettons en gage nos manuscrits et nos vêtements, attendant les messagers qui viendront des foyers paternels; 2. Seigneur, non, car très volontiers, dès que commence à luire quelque part un tout petit lam-beau de jour, je me rends en l'une de ces églises si bien bâties, et là, m'aspergeant de belle eau bénite, je grignote une tranche de quelque prière de la messe dite par nos petits prêtres, et, marmottant mes prières réglées par les heures, je lave et je nettoie mon âme des souillures de la nuit. Je révère les habitants du ciel. Je vénère avec adoration le suprême souverain des astres; 3. Je chéris mes proches et leur rends mon amour. J'observe les commandements du décalogue, et, selon les petites possi-bilités de mes forces, je ne m'en écarte pas de la largeur d'un ongle. Il est bien conforme à la vérité que parce que Mammon [dieu de la Richesse] ne dégorge pas une goutte en mes poches, je suis quelque peu lent et rare à donner les aumônes à ces pauvres qui cherchent leur obole de porte en porte.

──── **QUESTIONS** ────

2. En quoi les latinismes et les hellénismes de l'écolier limousin dif-fèrent-ils de ceux de Rabelais lui-même? Pour les choses et les notions de la vie courante, Rabelais fait-il souvent appel à d'autres mots que ceux du fonds français? N'y a-t-il pas pourtant des passages où Rabelais donne quelque peu dans les travers de son écolier limousin? Pouvez-vous en citer? Par ailleurs, cette description de la vie pieuse de l'étudiant est-elle sans aucune intention satirique?

— Et bren, bren, dit Pantagruel, qu'est-ce que
veut dire ce fol? Je crois qu'il nous forge ici
quelque langage diabolique et qu'il nous charme*   * ensorcèle
comme enchanteur. »

55   A quoi dit un de ses gens :
« Seigneur, sans doute ce galant veut contrefaire la langue des Parisiens; mais il ne fait
qu'écorcher le latin et cuide* ainsi pindariser¹   * pense
et lui semble bien qu'il est quelque grand ora-
60 teur en français parce qu'il dédaigne l'usance*   * usage
commun de parler. »

A quoi dit Pantagruel :
« Est-il vrai? »

L'écolier répondit :
65   « Seignor missaire, mon génie n'est point apte
nate à ce que dit ce flagitiose nébulon, pour
excorier la cuticule de notre vernacule gallique;
mais viceversement je gnave opère et par vèle
et rames je m'énite de le locupleter de la redon-
70 dance latinicome². (3)

— Par Dieu, dit Pantagruel, je vous appren-
drai à parler. Mais devant*, réponds-moi, dont**   * avant
es-tu? »   ** d'où

A quoi dit l'écolier :
75   « L'origine primève de mes aves et ataves fut
indigène des régions Lémoviques, où requiesce
le corpore de l'agiotate saint Martial³.

— J'entends bien, dit Pantagruel, tu es Limousin, pour tout potage, et tu veux ici contrefaire
80 le Parisien. Or viens çà*, que je te donne un   * ici
tour de pigne⁴. »

---

1. *Pindariser :* parler comme Pindare, c'est-à-dire de façon sublime ou pompeuse;
2. Seigneur Messire, mon génie n'est point né propre à ce que dit cet ignoble vau-
rien, pour écorcher la peau de notre français vulgaire, mais, au contraire, je donne
mes soins, et, avec voiles et rames, je m'efforce de l'enrichir de l'abondance à la
latine chevelure; 3. L'origine première de mes aïeux et ancêtres fut indigène des
régions limousines, où repose le corps du très auguste saint Martial; 4. Que je te
donne une peignée (*pigne*, peigne).

━━━ QUESTIONS ━━━

3. Le problème de l'écolier limousin est-il très différent de celui que
Rabelais doit se poser souvent à propos de la langue française? En quoi
les solutions diffèrent-elles?

Lors le prit à la gorge, lui disant :

« Tu écorches le latin; par saint Jean, je te
ferai écorcher le renard[1], car je t'écorcherai
85 tout vif. »

Lors commença le pauvre Limousin à dire :

« Vée dicou! gentilâtre, ho! saint Marsault,
adiouda mi; hau, hau, laissas à quau, au nom
de Dious, et ne me touquas grou[2]. » **(4)**

90 A quoi dit Pantagruel :

« A cette heure parles-tu naturellement. »

Et ainsi le laissa. [...]

Mais ce lui fut un tel remords toute sa vie
et tant fut altéré qu'il disait souvent que Pan-
95 tagruel le tenait à la gorge, et, après quelques
années mourut de la mort Roland[3], ce faisant la
vengeance divine, et nous démontrant[4] ce que
dit le philosophe et Aule Gelle[5] : qu'il nous
convient parler selon le langage usité et, comme
100 disait Octavien Auguste[6], qu'il faut éviter les
mots épaves[7] en pareille diligence* que les patrons   * précaution
des navires évitent les rochers de mer. **(5) (6)**

---

1. Vomir, en parlant d'un ivrogne; 2. Patois limousin : « Eh je dis, gentilhomme,
ho! saint Martial, aide-moi; oh! oh! Laisse-moi au nom de Dieu! et ne me touche
pas! »; 3. Mort de soif; 4. La vengeance divine faisant cela et nous démontrant;
5. Aulu-Gelle, VII, 10; 6. C'est-à-dire l'empereur Auguste; 7. Les mots qui ont fait
naufrage, les mots désuets.

--- **QUESTIONS** ---

4. Quel est l'effet comique tiré de ce soudain changement de langage?

5. La « morale » de cet épisode : montrez qu'elle est faite de la juxta-
position de deux éléments qui se rapportent chacun à un des deux aspects
fondamentaux du *Pantagruel.*

6. SUR L'ENSEMBLE DU CHAPITRE VI. — Le monde des écoliers parlait
volontiers en jargon fait de grec et de latin; quels sont les éléments simplement documentaires que ce chapitre apporte sur ce fossile?

— Le fond du problème : quelles sont les idées de Rabelais sur le vocabulaire et sur la langue? Qu'est-ce que parler *naturellement* (ligne 91)?
Qu'entend Rabelais par le *langage usité* (ligne 99)?

— Comparez aux idées de Rabelais les théories de Pascal et des classiques sur le naturel et le bon usage dans le style. Si les principes semblent
identiques, les résultats sont-ils les mêmes?

« Lors le prit à la gorge... » (Page 70.)

Gravure parue dans un recueil d'illustrations de la collection
Devéria. — B. N. Imprimés.

CHAPITRE VII

COMMENT PANTAGRUEL VINT À PARIS ET DES BEAUX LIVRES DE LA LIBRAIRIE DE SAINT-VICTOR

Après que Pantagruel eut fort bien étudié en
Aurélians[1], il délibéra* visiter la grande univer-   * décida
sité de Paris. Mais devant que partir, fut averti
qu'une grosse et énorme cloche était à Saint
5 Aignan[2], au dit Aurélians, en terre, passés deux
cent quatorze ans[3] : car elle était tant grosse
que, par engin* aucun, ne la pouvait-on mettre   * machine
seulement hors terre, combien que* l'on y eût   * bien que
appliqué tous les moyens que mettent Vitruvius[4],
10 *De architectura*, Albertus[5], *De re aedificatoria*,
Euclides, Théon, Archimèdes, et Hero, *De inge-
niis*[6], car tout n'y servit de rien. Dont* volon-   * Aussi
tiers incliné à l'humble requête des citoyens et
habitants de la dite ville, délibéra* la porter au   * décida
15 clocher à ce destiné. De fait, vint au lieu où elle
était et la leva de terre avec le petit doigt aussi
facilement que feriez une sonnette d'épervier[7].
Et, devant que la porter au clocher, Pantagruel

---

1. Orléans (d'après le nom latin [*Aurelianum*] de la ville); 2. *Saint-Aignan* : église au sud-est d'Orléans; 3. Tombée à terre depuis deux cent quatorze ans; 4. *Vitruve* : architecte romain du [I]er siècle av. J.-C.; son traité, *De l'architecture*, traduit dès 1486 en Italie, était l'ouvrage fondamental où les humanistes s'initiaient à l'art antique; *Héron*, (Ier s. av. J.-C.), également d'architecte florentin Léon Battista Alberti (1404-1472), dont les dix volumes du *De re aedificatoria* (1485) en latin, s'inspiraient de Vitruve pour fonder les principes d'une architecture renouvelée; 6. *Euclide*, d'Alexandrie (IIIe s. av. J.-C.), *Archimède* de Syracuse, son élève, et *Théon*, d'Alexandrie (IVe s. apr. J.-C.), sont trois parmi les plus célèbres mathématiciens de l'Antiquité; *Héron*, (Ier s. av. J.-C.), également d'Alexandrie, a écrit *sur les automates*, mais n'a jamais composé le traité que lui attribue Rabelais; 7. On attachait des grelots aux pattes des faucons et autres oiseaux utilisés à la chasse, pour les retrouver quand ils se cachaient dans un buisson en essayant de dévorer leur proie.

en voulut donner une aubade par la ville et la
20 fit sonner par toutes les rues en la portant en
sa main : dont tout le monde se réjouit fort;
mais il en advint un inconvénient bien grand,
car, la portant ainsi et la faisant sonner par
les rues, tout le bon vin d'Orléans[1] poussa* et   * tourna
25 se gâta[2]. De quoi le monde ne s'avisa que la
nuit ensuivant, car un chacun se sentit tant altéré
d'avoir bu de ces vins poussés* qu'ils ne faisaient   * tournés
que cracher aussi blanc comme coton de Malte[3],
disant : « Nous avons du Pantagruel, et avons
30 les gorges salées. » **(1)**

Ce fait, vint à Paris avec ses gens. Et, à son
entrée, tout le monde sortit hors pour le voir,
comme vous savez bien que le peuple de Paris
est sot par nature, par bécarre et par bémol[4],
35 et le regardaient en grand ébahissement et non
sans grande peur qu'il n'emportât le Palais*   * le Palais de jus-
ailleurs, en quelque pays *a remotis*[5], comme son   tice
père avait emporté les campanes* de Notre-   * cloches
Dame pour attacher au col de sa jument. Et,
40 après quelque espace de temps qu'il y eut demeuré
et fort bien étudié en tous les sept arts libéraux[6],
il disait que c'était une bonne ville pour vivre,
mais non pour mourir, car les guenaux* de Saint-   * gueux
Innocent[7] se chauffaient le cul des ossements

---

1. Le vin d'Orléans était alors fort goûté; 2. On croyait que le fracas du tonnerre
faisait tourner le vin; 3. Malte produisait alors un coton réputé; 4. Sur tous les tons,
de toutes les façons; 5. *A remotis* : reculé (jargon scolaire); 6. La grammaire, la logique,
la rhétorique, l'arithmétique, la géométrie, la musique et l'astronomie, enseignement
de la faculté des arts; 7. Le cimetière des Saints-Innocents, le plus ancien de Paris
(il était situé près des Halles, voir carte, page 93), étant surpeuplé, on déterrait des
ossements pour les entasser dans des galeries qui entouraient le cimetière. Les clochards se réfugiaient à l'époque dans les cimetières.

QUESTIONS

1. Y a-t-il seulement dans cet épisode l'exploitation des thèmes habi-
tuels sur la disproportion entre le géant et les hommes? Quel est le sens
symbolique de cet événement? — Comment Rabelais utilise-t-il les éléments de la légende populaire à ses fins personnelles? Quel sentiment
Rabelais nourrit-il à l'égard des cloches? Comment ce thème sera-t-il
utilisé dans le *Gargantua*? Qu'est-ce qui distingue, à ce propos, la manière
de Rabelais dans le *Pantagruel* et dans le *Gargantua*?

45 des morts. Et trouva la librairie de Saint-Victor[1] fort magnifique, mêmement* d'aucuns** livres qu'il y trouva, desquels s'ensuit le répertoire (2) :

* particulière-
ment
** certains

[L'énumération de titres fantaisistes s'étend sur plusieurs pages.]

CHAPITRE VIII

COMMENT PANTAGRUEL, ÉTANT À PARIS, REÇUT LETTRES DE SON PÈRE GARGANTUA, ET LA COPIE D'ICELLES

Pantagruel étudiait fort bien, comme assez* entendez, et profitait de même, car il avait l'entendement à double rebras* et capacité de mémoire à la mesure de douze oires* et bottes** 5 d'olif*. Et comme il était ainsi là demeurant, reçut un jour lettres[2] de son père en la manière qui s'ensuit :

* bien

* repli
* outres
** tonneaux
* huile

« Très cher fils, entre les dons, grâces et prérogatives desquelles le souverain plasmateur* Dieu 10 tout-puissant a endouairé* et orné** l'humaine nature à son commencement, celle me semble singulière et excellente par laquelle[3] elle peut, en état mortel, acquérir espèce d'immortalité, et, en décours* de vie transitoire, perpétuer son nom

* créateur

* doté
** gratifié

* au cours

1. L'abbaye de Saint-Victor, située sur la pente de la montagne Sainte-Geneviève qui descend vers la Seine, avait été un des centres intellectuels de l'Université de Paris; au Moyen Age, sa bibliothèque était connue par sa richesse; 2. *Lettres*, au pluriel, ne désigne qu'une seule lettre (latinisme); 3. A pour antécédent *celle*.

——————— **QUESTIONS** ———————

2. La première image de Paris : la part de l'éloge et celle de la satire. — Les détails pittoresques; pourquoi Rabelais fait-il le rappel d'un épisode du passage de Gargantua à Paris?

15 et sa semence, ce qu'est fait par lignée issue
de nous en mariage légitime. Dont* nous est   * Par où
aucunement[1] instauré* ce qui nous fut tollu**   * rétabli
par le péché de nos premiers parents, esquels*   ** ôté
fut dit que, parce qu'ils n'avaient été obéissants   * auxquels
20 au commandement de Dieu le créateur, ils
mourraient, et, par mort, serait réduite à néant
cette tant magnifique plasmature* en laquelle   * forme
avait été l'homme créé. (1)

     « Mais, par ce moyen de propagation séminale,
25 demeure ès* enfants ce qu'était de perdu ès   * dans les
parents, et ès neveux* ce que dépérissait ès   * petits-enfants
enfants, et ainsi successivement jusques à l'heure
du jugement final, quand Jésus-Christ aura rendu
à Dieu le Père son royaume pacifique[2], hors tout
30 danger et contamination* de péché : car alors   * souillure
cesseront toutes générations et corruptions, et
seront les éléments hors de leurs transmutations
continues[3], vu que la paix tant désirée sera
consumée* et parfaite, et que toutes choses   * consommée
35 seront réduites* à leur fin et période[4]. (2)   * ramenées

----

    1. En quelque sorte; 2. Selon la Bible, c'est Jésus-Christ qui présidera le Juge-
ment dernier à la fin du monde et rendra à Dieu le Père le royaume du monde,
définitivement purifié par la Rédemption; 3. Les éléments seront arrachés à leurs
incessantes transformations. Cette façon de caractériser le monde, après le Jugement
dernier, est conforme à l'enseignement de saint Thomas; 4. Le terme de leur révolution.

──── **QUESTIONS** ────

    1. Le thème de cet exorde : relevez toutes les idées qui formulent une
adhésion aux dogmes et à la morale du christianisme; quels textes bibliques
sont évoqués ici? Est-ce forcément une adhésion au christianisme de
l'Église catholique? — Comment cette soumission à Dieu se concilie-t-elle
avec l'admiration pour l'*humaine nature* (lignes 10-11)? Quelle est l'importance de l'expression : *espèce d'immortalité* (ligne 13)? L'admiration de
la nature humaine ne semble-t-elle pas plus forte que la foi en la déchéance
issue du péché originel? — Le ton et le style de ce début : étudiez notamment le vocabulaire et la structure des phrases.

    2. Il est démontré que tout ce passage n'est qu'un centon de textes
de théologiens médiévaux. Cette conception de l'immortalité vous paraît-
elle pourtant orthodoxe? Ne remonte-t-elle pas, au-delà des théologiens,
à la philosophie païenne (Platon lui-même la mentionnait et la considé-
rait comme une forme inférieure)? — En ce cas, comment Rabelais utilise-t-il saint Thomas et saint Bonaventure? Cette forme de l'immortalité
est-elle exclusive ou admet-elle d'autres formes?

« Non donc sans juste et équitable cause je
rends grâces à Dieu, mon conservateur, de ce
qu'il m'a donné pouvoir voir mon antiquité*   * vieillesse
chenue refleurir en ta jeunesse ; car quand, par
40 le plaisir de lui, qui tout régit et modère*, mon   * gouverne
âme laissera cette habitation humaine, je ne me
réputerai* totalement mourir, ains** passer d'un   * estimerai
lieu en autre, attendu que, en toi et par toi,   ** mais
je demeure en mon image visible en ce monde,
45 vivant, voyant et conversant* entre gens d'hon-   * fréquentant
neur et mes amis, comme je soulais*. Laquelle   * avais coutume
mienne conversation* a été, moyennant l'aide   * fréquentation
et grâce divine, non sans péché, je le confesse
(car nous péchons tous et continuellement requé-
50 rons à Dieu qu'il efface nos péchés), mais sans
reproche. (3)

« Par quoi, ainsi comme* en toi demeure   * que
l'image de mon corps, si pareillement ne relui-
saient les mœurs de l'âme, l'on ne te jugerait
55 être garde et trésor de l'immortalité de notre
nom, et le plaisir que prendrais ce voyant serait
petit, considérant que la moindre partie de moi,
qui est le corps, demeurerait, et la meilleure, qui
est l'âme, et par laquelle demeure notre nom en
60 bénédiction entre les hommes, serait dégénérante[1]
et abâtardie. Ce que je ne dis par défiance que
j'aie[2] de ta vertu, laquelle m'a été jà* par   * déjà
ci-devant* éprouvée** mais pour plus fort t'en-   * auparavant
courager à profiter de bien en mieux.   ** prouvée

65 « Et ce que présentement t'écris n'est tant afin
qu'en ce train vertueux tu vives, que d'ainsi

---

1. *Dégénérant* : qui déchoit ; 2. Que je pourrais avoir. Le subjonctif introduit une
nuance hypothétique.

------ QUESTIONS ------

3. Comparez ce paragraphe (lignes 36-51) au précédent (lignes 26-35) :
des deux thèmes posés au début de la lettre, quel est celui qui, peu à peu,
prend la prédominance sur l'autre ? — Commentez les lignes 46-51 :
qu'est-ce qui pouvait plaire à Calvin dans un texte de ce genre ?

4. Immortalité du corps et immortalité de l'âme : la supériorité de
l'âme sur le corps est-elle conçue tout à fait ici selon la perspective chrétienne ? Pourquoi l'immortalité de l'âme et celle du corps ne sont-elles
pas séparées ?

vivre et avoir vécu tu te réjouisses et te rafraî-
chisses[1] en courage[2] pareil pour l'avenir. A*   * pour
laquelle[3] entreprise parfaire et consommer, il
70 te peut assez souvenir comment je n'ai rien
épargné; mais ainsi y ai-je secouru* comme si   * porté aide
je n'eusse autre trésor en ce monde que de te
voir une fois[4] en ma vie absolu* et parfait tant   * accompli
en vertu, honnêteté et prud'homie*, comme en   * sagesse
75 tout savoir libéral* et honnête, et tel te laisser   * noble
après ma mort comme un miroir représentant
la personne de moi ton père, et sinon tant
excellent et tel de fait comme je te souhaite,
certes bien tel en désir. (5)
80   « Mais, encore que mon feu père, de bonne
mémoire, Grandgousier, eût adonné* tout son   * consacré
étude* à ce que je profitasse en toute perfection   * zèle
et savoir politique et que mon labeur et étude*   * zèle
correspondît très bien, voire encore outrepassât
85 son désir, toutefois, comme tu peux bien entendre,
le temps n'était tant idoine* ni commode ès**   * apte ** aux
lettres comme est de présent, et n'avais copie*   * quantité
de tels précepteurs comme tu as eu. Le temps
était encore ténébreux et sentant l'infélicité* et   * infortune
90 calamité des Goths[5] qui avaient mis à destruction
toute bonne littérature. Mais, par la bonté
divine, la lumière et dignité a été de mon âge*   * vivant
rendue ès* lettres, et y vois tel amendement que   * aux
de présent à difficulté* serais-je reçu en la pre-   * peine
95 mière classe des petits grimauds*, qui[6], en mon   * potaches

---

1. Tu reprennes des forces fraîches; 2. *Courage :* ensemble de dispositions et de
sentiments; 3. Relatif de liaison équivalant à une conjonction de coordination et
à un démonstratif (latinisme); 4. *Une fois :* un jour; 5. Chez les humanistes, les mots
Goth et *gothique* commençaient à s'appliquer au Moyen Age avec un sens péjoratif,
voisin de « barbare »; 6. L'antécédent de *qui* est *je ;* il faudrait aujourd'hui soutenir
ce relatif par le pronom tonique *moi.*

————— QUESTIONS —————

5. En quoi ce paragraphe est-il la conclusion de toute la première
partie de la lettre? Quel est finalement l'objet auquel doit tendre celui
qui cherche à accomplir de la manière la plus complète les possibilités
de la nature humaine? Reconstituez le raisonnement par lequel Gargantua est arrivé à cette conclusion. — Définissez le sens de chacun des
termes dans l'expression : *en vertu, honnêteté et prud'homie, comme
en tout savoir libéral et honnête* (lignes 74-75).

âge viril, étais (non à tort) réputé le plus savant
dudit siècle.

« Ce que je ne dis par jactance vaine, encore
que je le puisse louablement faire en t'écrivant,
100 comme tu as l'autorité de Marc Tulle[1] en son
livre de *Vieillesse*, et la sentence de Plutarque
au livre intitulé *Comment on se peut louer sans
envie*[2], mais pour te donner affection de plus
haut tendre[3]. **(6)**

105 « Maintenant toutes disciplines* sont resti-
tuées*, les langues instaurées** : grecque, sans
laquelle c'est honte qu'une personne se dise
savant; hébraïque, chaldaïque[4], latine. Les
impressions[5] tant élégantes et correctes, en
110 usance*, qui ont été inventées de mon âge par
inspiration divine, comme, à contre-fil*, l'artillerie par suggestion diabolique. Tout le monde
est plein de gens savants, de précepteurs très
doctes, de librairies* très amples, qu'il m'est
115 avis que ni au temps de Platon, ni de Cicéron,
ni de Papinien[6] n'était telle commodité d'étude
qu'on y voit maintenant; et ne se faudra plus
dorénavant trouver en place ni en compagnie,
qui[7] ne sera bien expoli* en l'officine** de
120 Minerve. Je vois les brigands, les bourreaux, les
aventuriers[8], les palefreniers de maintenant plus

* études
* restaurées
** honorées

* usage
* au rebours

* bibliothèques

* instruit
** école

---

1. C'est-à-dire Cicéron (*De senectute*, 9-10), qui fait dire au vieux Caton qu'un vieillard a le droit de parler de lui-même; 2. Au chapitre xx : « Il faut être indulgent aux vieillards qui se vantent. » *Sans envie* : sans mériter de reproche; 3. Le désir d'aller au plus haut; 4. *Chaldaïque* : ici, langue sémitique proche de l'hébreu et utile pour l'étude de certains textes bibliques. Ce passage pourrait faire allusion à la création (1530) par François Ier des « lecteurs royaux » (futur Collège de France) : les deux premières chaires créées avaient été celles de grec et d'hébreu; 5. Livres imprimés; 6. *Papinien* : jurisconsulte latin du temps de Septime Sévère; 7. Si on; 8. *Aventurier* : fantassin irrégulier.

──────── **QUESTIONS** ────────

6. Expliquez les motifs qui justifient l'attitude de Rabelais à l'égard du Moyen Age. Son jugement vous paraît-il équitable? — L'admiration de Gargantua pour les avantages offerts aux jeunes générations s'exprime-t-elle avec naturel? Commentez les lignes 91-104 : quelle vérité humaine ces propos donnent-ils au personnage de Gargantua?

doctes que les docteurs[1] et prêcheurs de mon
temps.

125 « Que dirai-je? Les femmes et filles ont aspiré
à cette louange et manne céleste de bonne doctrine[2]. Tant y a qu'en l'âge où je suis, j'ai été
contraint d'apprendre les lettres grecques, les-
quelles je n'avais contemné* comme Caton[3],   * méprisé
mais je n'avais eu loisir de comprendre* en mon   * étudier
130 jeune âge, et volontiers me délecte à lire les
Moraux[4] de Plutarque, les beaux *Dialogues* de
Platon, les *Monuments* de Pausanias[5] et *Anti-*
quités d'Atheneus[6], attendant l'heure qu'il plaïra
à Dieu mon créateur m'appeler et commander
135 issir* de cette terre. (7)   * sortir

« Par quoi*, mon fils, je t'admoneste** qu'em-   * Aussi
ploies ta jeunesse à bien profiter en étude et   ** engage
en vertus. Tu es à Paris, tu as ton précepteur
Épistémon, dont l'un par vives et vocales*   * orales
140 instructions, l'autre par louables exemples, te
peut endoctriner*. J'entends et veux que tu   * enseigner
apprennes les langues parfaitement, première-
ment la grecque, comme le veut Quintilien[7],
secondement la latine, et puis l'hébraïque pour
145 les saintes lettres, et le chaldaïque et arabique

---

1. Docteurs en théologie; 2. La manne céleste qu'est la bonne instruction; 3. *Caton l'Ancien* (234-149 av. J.-C.), défenseur de la tradition romaine menacée par l'hellé-nisme, dut, selon Plutarque, apprendre le grec dans sa vieillesse; 4. Les *Œuvres morales* de Plutarque, auteur grec (50-125 apr. J.-C.), sont constituées de nombreux opuscules sur les sujets les plus divers et sont alors aussi appréciées que ses *Vies parallèles*; 5. *Pausanias* : géographe grec du IIe siècle apr. J.-C. L'œuvre à laquelle il est fait allusion ici est une description de la Grèce; 6. *Atheneus* ou *Athénée* : compilateur grec, du IIIe s. apr. J.-C. Son ouvrage est une mine de renseignements et de docu-ments sur la vie antique; 7. *Quintilien*, rhéteur et pédagogue latin (30-100 apr. J.-C.), recommande l'éducation des enfants par le grec (*Institution oratoire*, I, 1).

QUESTIONS

7. Le bilan du temps présent : quelle est la seule partie négative dans ces acquisitions nouvelles de la culture? — Relevez quelques exagéra-tions manifestes : à quel sentiment les attribuer? Nuisent-elles à l'éloge de la Renaissance? — La valeur de l'exemple donné par Gargantua lui-même (lignes 126-133) : quelle idée importante sur l'éducation se trouve exprimée ici? Appréciez les lectures auxquelles se complaît Gargantua.

pareillement[1], et que tu formes ton style, quant
à la grecque, à l'imitation de Platon, quant à
la latine, de Cicéron, qu'il n'y ait histoire que tu
ne tiennes en mémoire présente, à quoi t'aidera
150 la cosmographie[2] de ceux qui en ont écrit. Des
arts libéraux, géométrie, arithmétique et musique,
je t'en donnai quelque goût quand tu étais encore
petit, en l'âge de cinq à six ans; poursuis le
reste, et d'astronomie saches-en tous les canons*.   * règles
155 Laisse-moi l'astrologie divinatrice[3] et l'art de
Lullius[4], comme abus et vanités. Du droit civil,
je veux que tu saches par cœur les beaux textes
et me les confères* avec philosophie.   * compares

   « Et quant à la connaissance des faits de nature,
160 je veux que tu t'y adonnes curieusement*, qu'il   * attentivement
n'y ait mer, rivière ni fontaine* dont tu ne   * source
connaisses les poissons; tous les oiseaux de
l'air, tous les arbres, arbustes et fructices* des   * arbrisseaux
forêts, toutes les herbes de la terre, tous les
165 métaux cachés au ventre des abîmes, les pierreries
de tout Orient et Midi, rien ne te soit inconnu.

   « Puis, soigneusement revisite* les livres des   * relis
médecins grecs, arabes et latins, sans contemner*   * dédaigner
les talmudistes et cabalistes[5], et par fréquentes
170 anatomies* acquiers-toi parfaite connaissance de   * dissections
l'autre monde, qui est l'homme[6]. Et par* quelques   * pendant
heures du jour commence à visiter* les saintes   * examiner
lettres, premièrement en grec le *Nouveau Testa-*
ment et *Epîtres* des apôtres, et puis en hébreu

---

   1. Outre les trois premières langues, Érasme avait recommandé que l'on étudiât
le chaldéen pour interpréter l'Ancien Testament; l'arabe était aussi utile pour cela :
certains psautiers donnaient leur texte dans ces cinq langues; 2. *Cosmographie* :
description du monde, géographie; 3. Rabelais vise ici l'astrologie judiciaire qui
prétendait déterminer l'influence des astres sur la destinée humaine; 4. L'alchimie,
dont s'est occupé le Catalan Raymond Lulle, théologien et savant du XVe siècle.
Elle consistait surtout à rechercher la pierre philosophale capable de transformer
tous les métaux en or; 5. Médecins juifs : ils étaient censés puiser leur science dans
la vaste compilation du Talmud, somme de l'enseignement des rabbins au cours
des siècles, et dans les ouvrages de la Cabbale, où se trouvent exposées les hypothèses
transmises des générations de docteurs juifs touchant le sens caché de la Bible (*kab-
balah* signifie « ce qui se conserve par tradition »); 6. La philosophie scolastique
faisait de l'homme un petit monde (microcosme), abrégé parfait du grand monde,
l'univers, ou macrocosme.

175 le *Vieux Testament* (8). Somme*, que je voie un
abîme de science, car dorénavant que tu deviens
homme et te fais grand, il te faudra issir* de
cette tranquillité et repos d'étude et apprendre
la chevalerie et les armes pour défendre ma
180 maison et nos amis secourir en tous leurs affaires
contre les assauts des malfaisants. Et veux que,
de bref*, tu essaies combien tu as profité, ce
que tu ne pourras mieux faire que tenant conclu-
sions¹ en tout savoir, publiquement, envers tous
185 et contre tous, et hantant les gens lettrés qui
sont tant à Paris comme ailleurs. (9)

« Mais parce que, selon le sage Salomon²,
sapience* n'entre point en âme malivole**, et
science sans conscience n'est que ruine de l'âme,
190 il te convient servir, aimer et craindre Dieu et
en lui mettre toutes tes pensées et tout ton
espoir, et par foi, formée de charité³, être à lui
adjoint, en sorte que jamais n'en sois désemparé* par péché. Aie** suspects les abus du
195 monde. Ne mets ton cœur à vanité⁴, car cette
vie est transitoire, mais la parole de Dieu demeure
éternellement. Sois serviable à tous tes prochains
et les aime comme toi-même. Révère tes précepteurs, fuis les compagnies de gens esquels*
200 tu ne veux point ressembler, et, les grâces que

* bref

* sortir

* rapidement

* sagesse
** malveillante

* séparé
** Tiens pour

* auxquels

---

1. Soutenant des conclusions de thèses ; 2. Citation biblique du Livre de la sagesse de Salomon I, IV : « Dans une âme malfaisante la sagesse n'entrera pas. » ; 3. Formule qui s'inspire d'une maxime du théologien médiéval saint Bonaventure : *Fides absque caritate virtus informis est*. « La foi et la vertu sans charité sont privées de forme » ; 4. Ne te consacre pas à ce qui est vain.

--------- **QUESTIONS** ---------

8. Résumez le programme proposé à Pantagruel. Dans quel ordre se placent les différentes disciplines ? Faut-il y voir une progression nécessitée par des difficultés croissantes ou un ordre méthodique dont les différents éléments se complètent progressivement ? Quelle place est réservée à l'étude des saintes Écritures ?

9. Pourquoi l'apprentissage des armes n'est-il pas, ici, mené de front avec les autres études, comme dans *Gargantua* ? Dans quel domaine Pantagruel devra-t-il accomplir ses prouesses ? Quelle est sa seule utilité ?

Dieu t'a données, icelles* ne reçois en vain.   * celles-ci
Et quand tu connaîtras que auras tout le savoir
de par-delà[1] acquis, retourne vers moi afin que
je te voie et donne ma bénédiction devant que
205 mourir. **(10)**

   « Mon fils, la paix et grâce de Notre Seigneur
soit avec toi, *amen.* D'Utopie, ce dix-septième
jour du mois de mars.

                 « Ton père,

210   « GARGANTUA. »

   Ces lettres reçues et vues, Pantagruel prit   * enflammé
nouveau courage et fut enflambé* à profiter**   ** faire des pro-
plus que jamais, en sorte que, le voyant étudier   grès
et profiter, eussiez dit que tel était son esprit
215 entre les livres comme est le feu parmi les brandes,
tant il l'avait infatigable et strident*. **(11)**   * perçant

---

1. De là-bas, de Paris.

─────── **QUESTIONS** ───────

10. Quelle est la portée de l'éducation religieuse morale esquissée
dans le dernier paragraphe? Cette formation de la conscience se fait-elle
indépendamment de l'éducation intellectuelle? Quel est le rapport entre
science et *conscience?* — Les principes évangéliques de cette morale :
tout en étant conformes à la lettre et à l'esprit des Écritures, sont-ils
étroitement liés à la pratique d'une religion? — L'inspiration religieuse
paraît-elle sincère ou les références à l'Évangile ne sont-elles qu'un moyen
d'échapper aux accusations d'impiété? La disproportion en étendue
entre le dernier paragraphe et le reste de la lettre peut-elle être retenue
comme indice?

11. SUR L'ENSEMBLE DU CHAPITRE VIII. — La composition de cette lettre :
pourquoi Rabelais insiste-t-il tellement sur les deux formes d'immortalité
réservées à l'homme? En quoi le programme d'études proposé à Pantagruel s'appuie-t-il sur ce principe?

— Le style de la lettre : en quoi fait-il contraste avec les autres chapitres? Le vocabulaire est-il le même dans les considérations morales
et dans les considérations historiques et pédagogiques? Quels sont les
emprunts faits par Rabelais au latin? Gargantua échappe-t-il tout à
fait aux travers de l'écolier limousin? Pouvait-il cependant s'exprimer
autrement?

— La personnalité de Gargantua et sa vérité humaine : comment
Rabelais réussit-il, dans ce chapitre par ailleurs fort abstrait, à incarner
dans Gargantua une image émouvante de la dignité humaine et de l'affection paternelle? Peut-on, en lisant ce chapitre, oublier aisément les aspects
burlesques du géant?

— L'idée de progrès, d'après ce chapitre.

CHAPITRE IX

COMMENT PANTAGRUEL TROUVA PANURGE[1], LEQUEL IL AIMA TOUTE SA VIE

Un jour Pantagruel se pourmenant* hors de la   * se promenant
ville, vers l'abbaye Saint-Antoine[2], devisant et
philosophant avec ses gens et aucuns* écoliers,   * quelques
rencontra un homme beau de stature et élégant
5 en tous linéaments du corps, mais pitoyablement
navré* en divers lieux, et tant mal en ordre   * blessé
qu'il semblait être échappé aux chiens ou mieux
ressemblait un cueilleur de pommes[3] du pays
du Perche. De tant loin que le vit Pantagruel,
10 il dit aux assistants : « Voyez-vous cet homme
qui vient par le chemin du Pont-Charenton[4]?
Par ma foi, il n'est pauvre que par fortune[5],
car je vous assure qu'à sa physionomie, Nature
l'a produit* de riche et noble lignée; mais les   * fait naître
15 aventures des gens curieux[6] l'ont réduit en telle
pénurie et indigence. » Et ainsi qu'il fut au droit[7]
d'entre eux, il[8] lui demanda : « Mon ami, je vous
prie qu'un peu veuillez ici arrêter et me répondre
à ce que vous demanderai, et vous ne vous en
20 repentirez point, car j'ai affection* très grande   * désir
de vous donner aide à* mon pouvoir en la cala-   * selon
mité où je vous vois, car vous me faites grand
pitié. Pourtant*, mon ami, dites-moi, qui   * Aussi

---

1. *Panurge* : transcription d'un nom grec, « qui peut tout faire, habile en tout »;
2. *Abbaye Saint-Antoine* : couvent de cisterciennes, situé alors hors des murs de
Paris, sur la voie qui menait au château de Vincennes; elle occupait la place où
se trouve aujourd'hui l'hôpital Saint-Antoine, dans le faubourg du même nom
(voir carte, page 93); 3. Expression proverbiale : loqueteux, dont les habits ont été
déchirés aux branches; 4. Aujourd'hui, rue de Charenton; 5. Hasard, jeu sur les
différents sens de *fortune*; 6. Auxquelles s'exposent les gens actifs; 7. Dès que Panurge
fut à leur hauteur; 8. Ce second *il* représente Pantagruel.

êtes-vous? dont* venez-vous? où allez-vous? que   * d'où
25 quérez*-vous, et quel est votre nom? » (1)   * cherchez

Le compagnon lui répond en langue ger-
manique : « Junker, Gott geb euch Glück und
hail. Zufor, lieber junker, ich las euch wissen,
das da ihr mich von fragt, ist ein arm und erbarm-
30 glich ding, und wer vil darvon zu sagen, welches
euch verdruslich zu heren, und mir zu erzelen
wer, vievol, die Poeten und Orators vorzeiten
haben gesagt in iren Sprüchen und Sententzen,
das die Gedechtnus des Ellends und Armuot
35 vorlangst erlitten ist ein grosser Lust. » (2)

A quoi répondit Pantagruel : « Mon ami,
je n'entends point ce baragouin; pourtant*, si   * aussi
voulez qu'on vous entende*, parlez autre lan-   * comprenne
gage. »

40 Adonc le compagnon lui répondit : « Al
barildim gotfano dech min brin alabo dordin
falbroth ringuam albaras. [...]

— Entendez-vous rien là? » dit Pantagruel
ès* assistants. A quoi dit Épistémon[1] : « Je crois   * aux
45 que c'est langage des antipodes, le diable n'y
mordrait mie*. » Lors dit Pantagruel : « Compère,   * rien
je ne sais si les murailles vous entendront, mais
de nous nul n'y entend note. »

Dont* dit le compagnon : « Signor mio, voi   * Aussi
50 vedete per esempio che la cornamusa non suona
mai s'ela non a il ventre pieno; cosi io parimente
non vi saprei contare le mie fortune, se prima
il tribulato ventre non a la solita refectione, al
quale é adviso che le mani e li denti habbiano
55 perso il loro ordine naturale e del tuto anni-
chillati. » (3)

A quoi répondit Épistémon : « Autant de
l'un comme de l'autre. »

---

1. *Epistémon :* voir page 64, note 6.

—————— QUESTIONS ——————

1. Le portrait de Panurge : de quel contraste est-il fait? L'opposition
entre *Nature* et *fortune* n'a-t-elle pas une valeur symbolique? — L'intui-
tion psychologique de Pantagruel est-elle juste? Sur quelle constatation
celui-ci fonde-t-il son jugement? — Comparez à ce portrait de Panurge
celui qui se trouve au chapitre xvi. Y a-t-il concordance parfaite?

LES LANGUES DE PANURGE

Panurge s'exprime successivement :

Lignes 27-35 : en allemand.

« Jeune gentilhomme, Dieu vous donne bonheur et prospérité. Je dois vous faire savoir, cher jeune gentilhomme, qu'à la vérité, ce que vous me demandez, est une chose triste et pitoyable, et il y aurait à dire, sur ce sujet, bien des choses ennuyeuses pour vous à entendre et pour moi à raconter, encore que les poètes et les orateurs du passé aient dit dans leurs adages et sentences que le souvenir des peines et de la pauvreté passées est une grande joie. »

Lignes 40-42 : en un jargon imaginaire.

Lignes 49-56 : en italien.

« Monseigneur, vous voyez par l'expérience que la cornemuse ne sonne pas, si elle n'a pas le ventre plein, et moi tout pareillement je ne saurais vous compter mes fortunes, si tout d'abord mon ventre troublé n'a pas sa réfection habituelle. Il lui est avis que mes mains et mes dents ont perdu leur fonction naturelle et sont entièrement anéanties. »

─────── QUESTIONS ───────

2. Outre l'emploi par Panurge d'une langue incompréhensible pour ses interlocuteurs, qu'y a-t-il de comique ici? Panurge fait tant de phrases et a recours à tant de rhétorique pour arriver à dire quoi?

3. Que pensez-vous de cette comparaison avec une cornemuse? La faim a-t-elle ôté sa verve à Panurge? Dans quelle mesure les propos de Panurge sur sa misère varient-ils de ton et de style selon la langue qu'il adopte?

Dont dit Panurge : « Lard, ghest tholb be
60 sua virtiuss be intelligence ass yi body schall
biss be naturall relutht, tholb suld of me pety
have, for nature hass uls egually maide; bot
fortune sum exaltit hess, an oyis deprevit. Non
ye less viois mou virtius deprevit and virtiuss
65 men descrivis, anen ye lad end, iss non gud. (4)

— Encore moins » répondit Pantagruel.

Adonc dit Panurge : « Jona andie, guaussa
goussyetan behar da er remedio beharde versela
ysser landa. Anbates oyto y es nausu eyn essassu
70 gour ray proposian ordine den. Nonyssena
bayta facheria egabeb genherassy badia sadassu
nouraa ssia. Aran Hondouan gualde cydassu
nay dassuna. Estou oussyc eguinan soury hin
er darstura eguy harm. Genicoa plasar vadu. (5)

75 — Etes-vous là, répondit Eudémon[1], Geni-   * Dieu
coa*? » A quoi dit Carpalim[2] : « Saint Trei-
gnan[3] foutys vous[4] d'Écosse, ou j'ai failli* à   * manqué
entendre ! »

Lors répondit Panurge : « Prug frest frins
80 sorgmand stocht dhrds pag brelang Gravot
Chavigny Pomardière rusth pkalhdracg Devinière près Nays. [...] »

A quoi dit Épistémon : « Parlez-vous chrétien, mon ami, ou langage patelinois[5]? Non
85 c'est langage lanternois[6]. »

Dont dit Panurge : « Heere, ie en spreeke
anders geen taele, dan kersten taele : my dunct
nochtans, al en seg ie u niet een woordt mynen
nood verklaart ghenonch wat ie beglere; gheest
90 my wyt bermherticheyt yet waer un ie ghevoed
magh zunch. »

A quoi répondit Pantagruel : « Autant de
cettui*-là. »   * celui

---

1. *Eudémon* : l'heureux (transcription d'un adjectif grec); 2. *Carpalim* : l'agile
(transcription d'un adjectif grec); il sera dit plus loin qu'il est le laquais de Pantagruel; 3. Saint écossais; 4. *Foutys vous* : vous êtes (dans le français approximatif
des mercenaires écossais); 5. Dans la farce de *Maître Pathelin*, le héros s'exprime
en un baragouin de ce genre au moment où il feint d'être pris de folie pour ne pas
payer; 6. Du pays des Lanternes.

LES LANGUES DE PANURGE

Lignes 59-65 : en écossais.

« Seigneur, si vous êtes aussi valeureux par votre intelligence que vous êtes naturellement élevé de corps, alors vous devriez avoir pitié de moi, car la nature nous a faits égaux, mais c'est le hasard qui a relevé certains et abaissé certains. Néanmoins la valeur est souvent rabaissée et les hommes valeureux méprisés, car il est vrai qu'avant la fin dernière, personne n'est bon. »

Lignes 67-74 : en basque.

« Grand seigneur, il faut un remède à tous maux. Etre comme il faut est difficile. Je vous ai tant prié! Faites que notre propos soit en ordre; cela sans fâcherie, si vous voulez me faire venir de quoi me rassasier. Après cela, demandez-moi ce que vous voudrez, il ne vous fera pas faute de faire même les frais de deux, s'il plaît à Dieu. »

Lignes 79-82 : en un jargon imaginaire.

Lignes 86-91 : en hollandais.

« Seigneur, je ne parle aucune langue qui ne soit une langue chrétienne. Il me paraît cependant que, sans que je vous dise un mot, mes haillons vous montrent assez ce que je souhaite. Soyez assez charitable pour me donner de quoi me restaurer. »

─────── **QUESTIONS** ───────

4. Quelle est l'idée importante exprimée parmi ces lieux communs? Comment reparaît le thème proposé au début du chapitre?

5. On a supposé que ce couplet en langue basque avait été suggéré et peut-être composé par un des laquais d'origine basque qu'il était alors de mode d'employer comme courriers. Quels propos du texte peuvent confirmer cette hypothèse?

Dont dit Panurge : « Seignor, de tanto hablar
95 yo soy cansado. Por que supplico a Vuestra
Reverencia que mire a los preceptos evangelicos,
para que ellos movant Vuestra Reverencia a
lo que es de consciencia ; y si ellos non bastarent
para mover Vuestra Reverencia a piedad, yo
100 supplico que mire a la piedad natural, la qual
yo creo que le movra como es de razon, y con
esto non digo mas. » (6)

A quoi répondit Pantagruel : « Dea*, mon
ami, je ne fais doute aucun que ne sachez[1]
105 bien parler divers langages, mais dites-nous
ce que voudrez en quelque langue que puissions
entendre. » (7)

    * vraiment

Lors dit le compagnon : « Myn Herre, endog,
jeg med inghen tunge ta lede, lyge son boeen,
110 ocg uskuulig creatner! Myne Kleebon och
my ne legoms magerbed udviser alligue kladig
huuad tyng meg meest behoff girered somder
sandeligh mad och drycke : hvuarpor forbarme
teg omsyder offuermeg ; oc befarlat gyffuc meg
115 nogueth ; aff hvylket ieg kand styre myne
groeendes magher lygeruff son man Cerbero
en soppe forsetthr. Soa shal tuloeffue lenge
och lyck salight. (8)

— Je crois, dit Eusthènes[2], que les Goths
120 parlaient ainsi. Et, si Dieu voulait, ainsi parle-
rions-nous du cul. »

Adonc, dit le compagnon : « Adoni, scholom
lecha : im ischar harob hal habdeca, bemeherah
thithen il kikar lehem, chancatbub : Laah al
125 Adonia chonenral. »

A quoi répondit Épistémon : « A cette heure
ai-je bien entendu*, car c'est langue hébraïque
bien rhétoriquement prononcée. » (9)

    * compris

---

1. Forme de subjonctif ; 2. *Eusthénès :* le robuste (transcription d'un adjectif grec).

QUESTIONS

6. Pourquoi Panurge recourt-il d'abord aux préceptes de l'Évangile
puis, en dernier lieu, à ceux de la raison naturelle, donnant ainsi plus
d'importance à ces derniers ?

LES LANGUES DE PANURGE

Lignes 93-101 : en espagnol.

« Seigneur, je suis fatigué de tant parler, c'est pourquoi je supplie votre Révérence qu'elle ait égard aux préceptes évangéliques afin que ceux-ci poussent Votre Révérence à ce qu'imposera sa conscience. Et si ceux-ci ne suffisaient point à pousser votre révérence à la pitié, je supplie qu'elle ait égard à la pitié naturelle dont je pense qu'elle le touchera, comme il est de raison, et avec ceci je n'en dis pas plus. »

Lignes 107-117 : en danois.

« Monsieur, même au cas où, tel les enfants et les bêtes, je ne parlerais aucune langue, mes habits et la maigreur de mon corps montreraient nettement ce dont j'ai besoin : manger et boire. Ayez donc pitié de moi et faites-moi donner de quoi maîtriser mon estomac aboyant, de même qu'on place une soupe devant Cerbère. Ainsi vous vivrez longtemps et heureux. »

Lignes 121-124 : en hébreu.

« Maître, la paix soit avec vous, si vous voulez faire du bien à votre serviteur, donnez-moi immédiatement un morceau de pain : ainsi qu'il est écrit, celui-là prête au Seigneur, qui a pitié du pauvre. »

───────── **QUESTIONS** ─────────

7. Comment l'ignorance de Pantagruel en matière de langues étrangères peut-elle s'expliquer? Est-il vraisemblable qu'un Français cultivé du XVIe siècle ne comprenne ni l'italien ni l'espagnol?

8. Pourquoi Panurge adopte-t-il le danois au moment où on le prie de s'exprimer en langage clair? Qu'y a-t-il de comique dans son impatience?

9. Pourquoi, puisque Épistémon a enfin compris, la scène ne s'arrête-t-elle pas là? Quelle est l'importance des mots *bien rhétoriquement prononcée?* — Panurge avait jusqu'ici parlé des langues incompréhensibles, tout comme l'étudiant limousin. Pourquoi Pantagruel ne traite-t-il pas de la même façon les deux personnages?

Dont* dit le compagnon : « Despota tinyn   * Aussi
130 panagathe, diati sy mi uc artodotis? horas
gar limo analiscomenon eme athlios. Ce en
to metaxy eme uc eleis udamos, zetis de par
emu ha u chre, ce homos philologi pantes homo-
logusi tote logus te kerhemata peritta hyparchin,
135 opote pragma afto pasi delon esti. Entha gar
anankei monon logi isin, hina pragmata (hon
peri amphisbetumen) me phosphoros epiphenete.

— Quoi! dit Carpalim, laquais de Pantagruel, c'est grec, je l'ai entendu. Et comment?
140 As-tu demeuré en Grèce? » **(10)**

Dont dit le compagnon : « Agonou dont
oussys vou denaguez algarou, [...]

— J'entends, ce me semble, dit Pantagruel,
car ou c'est langage de mon pays d'Utopie,
145 ou bien lui ressemble quant au son. »

Et, comme il voulait commencer quelque
propos, le compagnon dit : « Jam toties vos,
per sacra, perque deos deasque omnis obtestatus
sum, ut, si qua vos pietas permovet, egestatem
150 meam solaremini, nec hilum proficio clamans
et ejulans. Sinite, quaeso, sinite, viri impii,
quo me fata vocant abire, nec ultra vanis vestris
interpellationibus obtundatis, memores veteris
illius adagii, quo venter famelicus auriculis
155 carere dicitur. **(11)**

« Dea*, mon ami, dit Pantagruel, ne savez-   * vraiment
vous parler français?

— Si fais très bien[1], seigneur, répondit le
compagnon. Dieu merci, c'est ma langue natu-
160 relle et maternelle, car je suis né et ai été nourri
jeune au jardin de France, c'est Touraine. **(12)**

— Donc, dit Pantagruel, racontez-nous quel
est votre nom et dont vous venez : car, par ma
foi, je vous ai jà pris en amour si grand que,
165 si vous condescendez à mon vouloir, vous ne
bougerez jamais de ma compagnie, et vous et
moi ferons un nouveau pair* d'amitié, telle que   * couple
fut entre Énée et Achates[2].

---

1. Je le parle très bien; 2. Le fidèle *Achate* est, dans *l'Énéide* de Virgile, le compagnon dévoué d'Énée.

LES LANGUES DE PANURGE

Lignes 128-136 : en grec (prononciation non érasmienne).

« Maître excellent, pourquoi, pourquoi donc ne donnes-tu pas de pain ? Tu me vois en effet misérablement périr de faim, et cependant tu n'as nulle pitié de moi, et tu demandes de moi ce qu'il ne faut pas. Pourtant tous les amis des lettres sont d'accord que les discours et les paroles sont superflus lorsque les faits sont évidents pour tous. Les discours ne sont nécessaires que là où les faits sur lesquels nous discutons ne se montrent pas en lumière. »

Lignes 140-141 : en un langage imaginaire.

Lignes 146-154 : en latin.

« Je vous ai déjà tant de fois, par les choses sacrées, par tous les dieux et les déesses conjuré, si quelque pitié vous émeut, de soulager mon indigence, clamant et criant assurément pour rien. Laissez-moi, je vous en prie, laissez-moi, hommes impies, aller où m'appellent les destins et ne me fatiguez pas davantage de vos vaines interpellations, souvenez-vous de ce vieil adage qui dit que ventre affamé n'a point d'oreilles. »

───── **QUESTIONS** ─────

10. Est-il étonnant que le laquais de Pantagruel comprenne le grec ? Quelle affirmation de Gargantua dans sa lettre (chap. VIII) se trouve ainsi vérifiée ?

11. Comparez ce latin à celui, par exemple, de Janotus de Bragmardo dans *Gargantua*. Quelles révélations successives les langues pratiquées par Panurge apportent-elles sur le personnage ?

12. Où est l'effet comique ? Quel détail fait de Panurge quelqu'un de « bien français » ?

— Seigneur, dit le compagnon, mon vrai
170 et propre nom de baptême est Panurge, et à
présent viens de Turquie où je fus mené prisonnier lors qu'on alla à Mételin[1] en la male
heure[2], et volontiers vous raconterais mes fortunes*, qui sont plus merveilleuses que celles   * aventures
175 d'Ulysses ; mais, puisqu'il vous plaît me retenir
avec vous (et j'accepte volontiers l'offre, protestant jamais ne vous laisser, et allassiez-vous[3]
à tous les diables), nous aurons, en autre temps
plus commode, assez loisir d'en raconter, car
180 pour cette heure, j'ai nécessité bien urgente de
repaître* : dents aiguës, ventre vide, gorge   * manger
sèche, appétit strident*, tout y est délibéré[4]. Si   * dévorant
me voulez mettre en œuvre, ce sera baume*   * plaisir
de me voir briber* ; pour Dieu, donnez-y   * dévorer
185 ordre. » **(13)**

Lors commanda Pantagruel qu'on le menât
en son logis et qu'on lui apportât force vivres.
Ce que fut fait, et mangea très bien à ce soir,
et s'en alla coucher en chapon[5] et dormit jusques
190 au lendemain heure de dîner*, en sorte qu'il ne   * déjeuner
fit que trois pas et un saut du lit à table. **(14)**

---

1. *Mytilène*, qui fut assiégée en 1502 par les Français pour faire plaisir au pape,
qui réclamait une croisade pour son jubilé. Le siège ne réussit pas, et les Turcs firent
trente-deux prisonniers ; 2. Par malheur ; 3. Même si vous alliez ; 4. Bien disposé ;
5. C'est-à-dire : comme les poules, de bonne heure.

--- **QUESTIONS** ---

13. Quelle est la nature de Panurge ? Est-il aussi noble que le prévoyait
Pantagruel au début du chapitre ? Quelle est sa *fortune* ?

14. SUR L'ENSEMBLE DU CHAPITRE IX. — Par quel long détour passe-t-on
de la question posée par Pantagruel (lignes 17-25) à la réponse de Panurge
(lignes 167-185) ? Qu'en conclure sur le caractère de ce chapitre ?

— Le lecteur peut-il trouver intérêt à cette variation linguistique sur
un même thème ? Si c'est un appel destiné à éveiller sa curiosité, pourquoi
des jargons incompréhensibles alternent-ils avec des langues vivantes ?
Quelle signification donner aux langues de culture (hébreu, latin, grec)
employées en dernier lieu, avant d'arriver au français ?

— En quoi Panurge révèle-t-il ici son habileté ? Quelle signification
symbolique peut avoir la sympathie immédiate de Pantagruel, né sous
le signe de la soif, pour Panurge l'affamé ? Quels autres personnages
apparaissent brusquement dans le récit ? Quelle est la valeur symbolique
des noms de Carpalim, d'Eusthènes et d'Eudémon ?

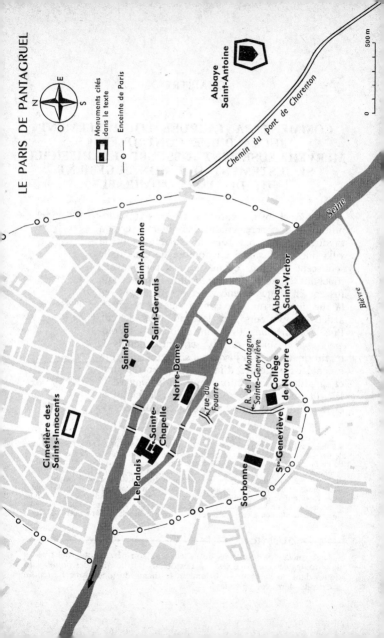

LE PARIS DE PANTAGRUEL

N
E
S
O

▣ Monuments cités
dans le texte

—o— Enceinte de Paris

0   500 m

Abbaye
Saint-Antoine

Chemin du pont de Charenton

Seine

Saint-Antoine

Saint-Gervais

Saint-Jean

Cimetière des
Saints-Innocents

Le Palais

Sainte-
Chapelle

Notre-Dame

rue du
Fouarre

Abbaye
Saint-Victor

Bièvre

R. de la Montagne-
Sainte-Geneviève

Collège
de Navarre

Sorbonne

Ste-Geneviève

CHAPITRE X

COMMENT PANTAGRUEL ÉQUITABLEMENT JUGEA D'UNE CONTROVERSE MERVEILLEUSEMENT OBSCURE ET DIFFICILE SI JUSTEMENT QUE SON JUGEMENT FUT DIT FORT ADMIRABLE

Pantagruel, bien records* des lettres et admonitions de son père, voulut un jour essayer son savoir. De fait, par tous les carrefours de la ville mit conclusions[1] en nombre de neuf mille
5 sept cent soixante et quatre, en tout savoir, touchant en icelles* les plus forts doutes qui fussent en toutes sciences. Et premièrement, en la rue du Feurre[2], tint contre tous les régents*, artiens et orateurs[3], et les mit tous de cul.
10 Puis en Sorbonne tint contre tous les théologiens par l'espace de six semaines, depuis le matin quatre heures jusques à six heures du soir, excepté deux heures d'intervalle pour repaître* et prendre sa réfection, non qu'il engardât*
15 les dits théologiens sorbonniques de chopiner et se rafraîchir à leurs buvettes accoutumées[4]. (1)

*se souvenant

*celles-ci

*professeurs

*manger
*empêchât

---

1. Le clerc qui voulait argumenter en discussion publique affichait à l'avance ses thèses ou conclusions. *Pic de La Mirandole*, penseur italien (1463-1494), modèle de science encyclopédique, était célèbre pour en avoir affiché 900 ; **2.** *Rue du Feurre* ou *du Fouarre*, près de la place Maubert ; c'est là que se trouvaient les locaux de la faculté des arts (voir carte, page 93). Le *feurre* était la paille que l'on étalait sur les planchers des salles de cours pour permettre aux étudiants d'y prendre place ; **3.** *Orateur :* étudiant de la faculté des arts, qui représentait un premier échelon des études supérieures qui se poursuivaient à la faculté de théologie (la Sorbonne), la faculté de droit canon (il n'y avait pas de faculté de droit civil à Paris) et la faculté de médecine ; **4.** Cette allusion a été supprimée après avoir figuré dans les premières éditions.

QUESTIONS

1. A quelles prescriptions de la lettre de son père Pantagruel obéit-il dans toutes ces controverses ? — Les détails pittoresques, les points satiriques dans ce passage. — Comment le thème du gigantisme reprend-il ses droits dans ces épisodes ?

Et à ce assistèrent la plupart des seigneurs
de la cour[1] : maîtres des requêtes, présidents,
conseillers, les gens de comptes, secrétaires,
20 avocats et autres, ensemble les échevins[2] de
la dite ville, avec les médecins et les canonistes[3].
Et notez que d'iceux* la plupart prirent bien   * ceux-ci
le frein aux dents[4]; mais nonobstant leurs
ergots* et fallaces**, il les fit tous quinauds[5]   * ergoteries
25 et leur montra visiblement qu'ils n'étaient que   ** tromperies
veaux engiponnés[6]. Dont tout le monde com-
mença à bruire et parler de son savoir si merveilleux, jusques ès* bonnes femmes, lavandières,   * parmi
courratières*, roustissières**, ganivetières[7] et   * courtières
30 autres, lesquelles, quand il passait, disaient :   ** rôtisseuses
« C'est lui ! » A quoi il prenait plaisir, comme
Démosthène, prince* des orateurs grecs, faisait,   * premier
quand de lui dit une vieille accroupie, le mon-
trant au doigt : « C'est cettui-là[8]*. » **(2)**   * celui-là
35   Or, en cette propre saison, était un procès
pendant en la cour entre deux gros seigneurs,
desquels l'un était Monsieur de Baisecul, demandeur, d'une part, l'autre Monsieur de Humevesne, défendeur, de l'autre, desquels la contro-
40 verse était si haute et si difficile en droit que
la cour de Parlement[9] n'y entendait que le haut
allemand. Dont*, par le commandement du   * à ce sujet
roi, furent assemblés quatre les plus savants
et les plus gras de tous les parlements de France,
45 ensemble le Grand Conseil[10], et tous les principaux régents* des universités, non seulement   * professeurs
de France, mais aussi d'Angleterre et Italie,

---

1. C'est-à-dire les magistrats; 2. *Echevin :* conseiller municipal; 3. *Canoniste :*
membre de la faculté de droit canon; 4. Usèrent de toute leur énergie; 5. Il les couvrit de confusion et de honte; 6. Enjuponnés : ils portaient tous la robe; 7. *Ganive-
tière :* marchande de ganivets, ou canifs; 8. Anecdote sur Démosthène racontée par
Cicéron, *Tusculanes,* v, 36; 9. *Parlement :* institution judiciaire, chargée de rendre
la justice sous l'Ancien Régime; 10. *Grand Conseil :* section du Conseil du roi, spécialement chargée des problèmes judiciaires.

――――― **QUESTIONS** ―――――

2. Les signes de la gloire : quelle différence d'attitude à l'égard de
Pantagruel de la part de l'élite intellectuelle et de la part des gens du
peuple?

comme Jason[1], Philippe Dèce[2], Petrus de Petro-
nibus[3] et un un tas d'autres vieux rabanistes[4].
50 Ainsi assemblés, par l'espace de quarante et
six semaines n'y avaient su mordre ni entendre
le cas au net pour le mettre en droit de façon
quelconque, dont ils étaient si dépits* qu'ils   * courroucés
se conchiaient de honte vilainement. Mais un
55 d'eux, nommé Du Douhet[5], le plus savant, le
plus expert et prudent de tous les autres, un jour
qu'ils étaient tous philogrobolisés* du cerveau,   * travaillés
leur dit :
    « Messieurs, jà* long temps a que nous sommes   * déjà
60 ici sans rien faire que dépendre*, et ne pouvons   * dépenser
trouver fond ni rive en cette matière, et, tant
plus y étudions*, tant moins y entendons, qui   * nous y appli-
nous est grand honte et charge de conscience,   quons
et à mon avis que nous n'en sortirons qu'à
65 déshonneur, car nous ne faisons que ravasser*   * radoter
en nos consultations; mais voici que j'ai advisé.
Vous avez bien ouï parler de ce grand personnage, nommé Maître Pantagruel, lequel on a
connu être savant dessus la capacité du temps
70 de maintenant ès* grandes disputations qu'il a   * dans
tenues contre tous publiquement? Je suis d'opinion que nous l'appelons[6] et conférons dans
cette affaire avec lui, car jamais homme n'en
viendra à bout si cettui-*là n'en vient. » (3)   * celui
75 A quoi volontiers consentirent tous ces conseillers et docteurs. De fait l'envoyèrent quérir sur

---

1. Maïnus, dit *Jason de Padoue* (1485-1519), jurisconsulte italien; **2.** *Philippe Dèce*,
professeur de droit à Pise et à Pavie, nommé conseiller au parlement de Bourges,
puis de Valence, mort en 1535; **3.** Nom latinisé qui correspond à Pierre des Perrons,
mais on ne connaît aucun personnage de ce nom; **4.** *Rabaniste :* disciple de Raban
Maur, philosophe nominaliste du IXᵉ siècle. Le mot signifie : « très érudit »; **5.** *Du
Douhet*, conseiller au parlement de Bordeaux, mort en 1544, ami des bonnes lettres
et des humanistes. Rabelais l'a sans doute connu à Saintes; **6.** Forme de subjonctif.

─────── **QUESTIONS** ───────

3. Le burlesque et la satire dans les lignes 35-58; quelles critiques
traditionnelles de la justice Rabelais prend-il à son compte? Le style de
la harangue de Du Douhet (lignes 59-74) : énumérez ses arguments;
à quoi reconnaît-on qu'il est un magistrat conscient des devoirs et des
intérêts de sa fonction?

l'heure et le prièrent vouloir le procès canabas-
ser¹ et grabeler* à point, et leur en faire le rapport   * examiner
tel que de bon lui semblerait en vraie science
80 légale, et lui livrèrent les sacs et pantarques*   * actes
entre ses mains, qui faisaient presque le faix*   * charge
de quatre gros ânes. Mais Pantagruel leur dit :
« Messieurs, les deux seigneurs qui ont ce
procès entre eux sont-ils encore vivants ? »
85 A quoi lui fut répondu que oui.
« De quoi diable donc, dit-il, servent tant
de fratrasseries* de papiers et copies que me   * fatras
bailliez* ? N'est-ce le mieux ouïr par leur vive   * donniez
voix leur débat que lire ces babouineries ici,
90 qui ne sont que tromperies, cautèles* diabo-   * ruses
liques de Cepola² et subversions de droit ? Car
je suis sûr que vous et tous ceux par les mains
desquels a passé le procès y avez machiné ce
qu'avez pu *Pro et Contra*³, et, au cas que leur
95 controverse était patente et facile à juger, vous
l'avez obscurcie par sottes et déraisonnables
raisons et ineptes opinions d'Accurse, Balde,
Bartole, de Castro, de Imola, Hippolytus,
Panorme, Bertachin, Alexandre, Curtius⁴ et
100 ces autres vieux mâtins qui jamais n'entendirent
la moindre loi des *Pandectes*⁵, et n'étaient que
gros veaux de dîme⁶, ignorants de tout ce qu'est
nécessaire à l'intelligence des lois. (4)
« Car (comme il est tout certain) ils n'avaient
105 connaissance de langue ni grecque ni latine,

---

1. *Canabasser* : mettre sur canevas ; 2. *Cepola* : jurisconsulte de Vérone (XVᵉ siècle),
qui avait publié sous le titre de *Cautelae* un recueil des moyens d'éluder la loi ; 3. Pour
et contre ; 4. A l'exception d'Accurse, qui vécut au XIIIᵉ siècle et commenta le droit
romain, tous les autres personnages cités ici sont des jurisconsultes du XVᵉ siècle,
spécialistes de droit civil ou de droit canon. Ils sont tous Italiens ; 5. *Pandectes* :
recueil de textes d'anciens jurisconsultes romains établi sur l'ordre de l'empereur
Justinien ; 6. Un grand sot. Expression proverbiale qui se trouve plusieurs fois dans
Rabelais, mais dont le sens est peu clair ; la *dîme* est un impôt du dixième.

═══ QUESTIONS ═══

4. Qu'est-ce qui explique le consentement des juges (ligne 75) ? Quel
rôle assignent-ils à Pantagruel (lignes 76-80) ? — Sur quel ton Pantagruel
s'adresse-t-il aux magistrats ? Qu'est-ce qui peut l'autoriser à parler
avec tant d'assurance ? — Comparez les lignes 96-103 aux lignes 98-106
du chapitre v : l'importance de cette idée.

mais seulement de gothique et barbare; et toutefois les lois sont premièrement prises des
Grecs, comme vous avez le témoignage d'Ulpien[1], *l. posteriori De Orig. juris*, et toutes les
110 lois sont pleines de sentences et de mots grecs;
et secondement sont rédigées en latin le plus
élégant et orné qui soit en toute la langue latine,
et n'en n'exceptèrais volontiers ni Salluste, ni
Varron, ni Cicéron, ni Sénèque, ni Tite-Live,
115 ni Quintilien. Comment donc eussent pu entendre   * fous
ces vieux rêveurs* le texte des lois, qui jamais
ne virent bon livre de langue latine, comme
manifestement appert* à leur style, qui est   * se voit
style de ramoneur de cheminée ou de cuisinier
120 et marmiteux, non de jurisconsulte? (5)

« Davantage, vu que les lois sont extirpées[2]
du milieu de philosophie morale et naturelle,
comment l'entendront ces fols qui ont, par
Dieu, moins étudié en philosophie que ma
125 mule? Au regard des lettres d'humanité et
connaissance des antiquités et histoire, ils en
étaient chargés comme un crapaud de plumes,
dont[3] toutefois les droits sont tous pleins et
sans ce ne peuvent être entendus, comme quelque
130 jour je montrerai plus apertement par écrit.

« Par ce, si vous voulez que je connaisse de
ce procès[4], premièrement faites-moi brûler tous
ces papiers, et secondement faites-moi venir
les deux gentilshommes personnellement devant
135 moi, et, quand je les aurai ouïs, je vous en dirai

---

1. Rabelais attribue à tort à Ulpien, jurisconsulte romain du IIᵉ siècle, cet ouvrage
sur l'*Origine du droit*, qui est de Pomponius, autre jurisconsulte romain de la même
époque; 2. Ont leur souche, leur origine; 3. *Dont* a pour antécédent *lettres d'humanité et histoire et connaissance des antiquités et histoire*; 4. Que j'aie qualité pour
juger ce procès. *Connaître de* est l'expression traditionnelle du langage juridique
encore employée aujourd'hui.

--- **QUESTIONS** ---

5. Comment apparaît ici l'idéal des humanistes en matière de lois?
Pourquoi les humanistes se sont-ils souciés de droit? Et pourquoi les
juristes se sont-ils souciés d'humanités? Que signifie le retour au droit
romain? — La critique du Moyen Age : comparez les termes de ce texte
avec les lignes 88-91 de la lettre de Gargantua (chap. VIII).

mon opinion, sans fiction ni dissimulation quelconques. » (6)

A quoi aucuns* d'entre eux contredisaient, comme vous savez qu'en toutes compagnies il y
140 a plus de fols que de sages et la plus grande partie surmonte toujours la meilleure, ainsi que dit Tite-Live parlant des Carthagiens[1]. Mais le dit Du Douhet tint au contraire virilement, contendant* que Pantagruel avait bien dit, que
145 ces registres, enquêtes, répliques, reproches[2], salvations[3] et autres telles diableries n'étaient que subversions de droit et allongement de procès et que le diable les emporterait tous s'ils ne procédaient autrement, selon équité évangé-
150 lique et philosophique. Somme*, tous les papiers furent brûlés, et les deux gentilshommes personnellement convoqués (7). Et lors Pantagruel leur dit :

« Etes-vous ceux qui avez ce grand différend
155 ensemble ?

— Oui, dirent-ils, Monsieur.

— Lequel de vous est demandeur ?

— C'est moi, dit le seigneur de Baisecul.

— Or, mon ami, contez-moi de point en point
160 votre affaire selon la vérité ; car, par le corps bieu[4], si vous en mentez d'un mot, je vous

* certains

* soutenant

* bref

---

1. Tite-Live, XXI, 4 : *Major pars meliorem vicit ;* 2. *Reproches :* actes de récusation des témoins adverses ; 3. *Salvations :* actes par lesquels on défendait ses propres témoins contre les reproches ; 4. Juron atténué pour éviter le blasphème : « Par le corps de Dieu ! »

——— QUESTIONS ———

6. L'importance de la théorie exprimée lignes 121-125 sur le fondement du droit : en quoi dans ce domaine comme dans les autres apparaît le divorce entre l'esprit de l'humanisme et celui du Moyen Age ? — Pourquoi Pantagruel veut-il brûler les dossiers ? La signification de ce geste.

7. L'opinion exprimée aux lignes 138-142 est-elle personnelle à Rabelais, ou l'a-t-il héritée d'une longue tradition ? Où Rabelais exprime-t-il encore des idées semblables ? Quelle est son opinion vis-à-vis du grand nombre ? — Commentez ces deux mots : *évangélique* et *philosophique* (ligne 150). Ne faut-il pas les rapprocher de quelques paroles tenues par Panurge dans le chapitre précédent ? N'y a-t-il pas d'autres chapitres où on a pu découvrir un essai de conciliation entre sagesse antique et esprit évangélique ?

ôterai la tête de dessus les épaules et vous montrerai qu'en justice et jugement l'on ne doit dire
que vérité. Par ce, donnez-vous garde d'ajouter
165 ni diminuer au narré* de votre cas. Dites. » (8) (9)   * récit

CHAPITRES XI-XII

[Les deux seigneurs plaident donc devant Pantagruel. Leurs plai-
doiries sont un interminable tissu d'absurdités et de coq-à-l'âne
ordonnés avec le plus de sérieux, de rigueur et de respect des formes
juridiques possibles.]

CHAPITRE XIII

COMMENT PANTAGRUEL DONNA SENTENCE SUR LE DIFFÉREND DES DEUX SEIGNEURS

Alors Pantagruel se lève et assemble tous les
présidents, conseillers et docteurs là assistants,
et leur dit :

« Or, ça*, Messieurs, vous avez ouï, *vive*   * eh bien !
5 *vocis oraculo*[1], le différend dont il est question.
Que vous en semble ? »

A quoi répondirent :

« Nous l'avons véritablement ouï, mais
nous n'y avons entendu*, au diable, la cause.   * compris
10 Par ce, nous vous prions *una voce*[2] et supplions
par grâce que veuilliez donner la sentence telle
que verrez, et *ex nunc prout et tunc*[3] nous l'avons
agréable et ratifions de nos pleins consentements.

---

1. Par oracle de vive voix; 2. Unanimement; 3. Dès à présent, comme dès lors.

--- QUESTIONS ---

8. Comment Rabelais parvient-il à sauvegarder le ton comique dans
un chapitre au fond fort sérieux ?

9. SUR L'ENSEMBLE DU CHAPITRE X. — La satire de la justice : Rabelais
se contente-t-il de reprendre les critiques habituelles (formalisme, len-
teur, etc.) ? Quelle explication l'humaniste donne-t-il de ces abus et de
ces incompétences ? Quelles solutions propose-t-il ?

Pantagruel et deux de ses acolytes.

Vignette ornant *le Disciple de Pantagruel*, ouvrage faussement
attribué à Rabelais (1538).

— Eh bien, Messieurs, dit Pantagruel, puis-
15 qu'il vous plaît, je le ferai; mais je ne trouve
pas le cas tant difficile que vous le faites[1]. Votre
paraphe *Caton*, la loi *Frater*, la loi *Gallus*, la loi
Quinque pedum, la loi *Vinum*, la loi *Si dominus*,
la loi *Mater*, la loi *Mulier bona*, la loi *Si quis*,
20 la loi *Pomponius*, la loi *Fundi*, la loi *Emptor*, la
loi *Pretor*, la loi *Venditor*[2] et tant d'autres sont
bien plus difficiles en mon opinion. » (1)

Et après ce dit, il se pourmena* un tour ou   * promena
deux par la salle, pensant bien profondément,
25 comme l'on pouvait estimer, car il geignait
comme un âne qu'on sangle trop fort, pensant
qu'il fallait à chacun faire droit, sans varier ni
accepter personne; puis retourna s'asseoir et
commença prononcer la sentence comme s'en-
30 suit : (2)

« Vu, entendu et bien calculé le différend
d'entre les seigneurs de Baisecul et Humevesne,
la cour leur dit :

« Que, considéré l'horripilation de la rate-
35 penade* déclinant bravement du solstice estival   * chauve-souris
pour mugueter* les billevesées qui ont eu mat   * courtiser
du pion par les males* vexations des lucifuges[3]   * mauvaises
qui sont au climat dia Rhomès[4] d'un matagot*   * grimacier
à cheval bandant une arbalète au rein, le deman-
40 deur eut juste cause de calfater le galion que la
bonne femme boursouflait, un pied chaussé et
l'autre nu, le remboursant bas et roide en sa
conscience d'autant de baguenaudes[5] comme il

---

1. Que vous le trouvez; 2. Toutes ces lois passaient trationnellement pour les
plus difficiles du droit romain; 3. *Lucifuge* : qui fuit la lumière; 4. *Dia Rhomès* :
dans Rome, en grec; 5. *Baguenaude* : petit fruit dont la gousse éclate avec bruit
quand on la presse; mais le mot est aussi synonyme de « niaiserie ».

--- QUESTIONS ---

1. A quoi vise la remarque de Pantagruel? Comment essaie-t-il de
déplacer les préoccupations des juges? Le procès plaidé ici présente-t-il
quelque importance?

2. Quel est l'idéal du juge qui est esquissé dans ce paragraphe? Les
traits comiques ridiculisent-ils le personnage?

y a de poils en dix-huit vaches, et autant pour
45 le brodeur.

« Semblablement est déclaré innocent du cas
privilégié des gringuenaudes* qu'on pensait   * ordures
qu'il eût encourues. [...]

« Mais en ce qu'il met sus au défendeur qu'il
50 fut rataconneur*, tyrofageux¹ et goudronneur   * cordonnier
de momie, que* n'a été en brimbalant trouvé   * ce qui
vrai, comme bien l'a débattu le dit défendeur,
la cour le condamne en trois verrassées² de
caillebottes³ assimentées*, prélorelitantées⁴ et   * assaisonnées
55 gaudepisées⁵ comme est la coutume du pays,
envers le dit défendeur, payables à la mi-d'août,
en mai;

« Mais le dit défendeur sera tenu de fournir
de foin et d'étoupes à l'embouchement des
60 chassetrappes gutturales, emburelucocquées*   * embrouillées
de guilverdons⁶ bien grabelés à rouelle⁷.

« Et amis comme devant⁸, sans dépens, et
pour cause⁹. » (3)

Laquelle sentence prononcée, les deux parties
65 départirent* toutes deux contentes de l'arrêt, qui   * partirent
fut quasi chose incroyable : car venu n'était
depuis les grandes pluies¹⁰ et n'adviendra de
treize jubilés¹¹ que deux parties, contendantes*   * s'opposant
en jugements contradictoires, soient également
70 contentées d'un arrêt définitif. Au regard des
conseillers et autres docteurs qui là assistaient,
ils demeurèrent en extase évanouis bien trois
heures, et tous ravis en admiration de la

---

1. *Tyrofageux :* mangeur de fromage (mot pédant fabriqué sur des racines grecques);
2. *Verrassée :* contenu d'un verre; **3.** *Caillebotte :* plat de laitage angevin ou poite-
vin; **4.** Mot inventé, qui évoque un refrain de chanson; **5.** Mot sans doute inventé;
6. Mot de sens inconnu; **7.** *Grabelés à rouelle :* passés au crible; **8.** Formule traditionnelle d'accommodement; **9.** *Pour cause :* et voilà pour la cause, la cause est entendue;
10. Le déluge; **11.** L'année 1532, date de la parution de *Pantagruel*, était une année
de jubilé (année sainte) pour la France.

———— QUESTIONS ————

3. Le jugement de Pantagruel ne présente aucun sens littéral; pourquoi
Rabelais l'a-t-il voulu ainsi? Dans quelle mesure a-t-il, cependant,
conservé une apparence de cohérence logique et syntaxique? Qu'est-ce
que ce jugement et son style doivent évoquer?

prudence* de Pantagruel plus qu'humaine,   * sagesse
75 laquelle avaient connue clairement en la décision
de ce jugement tant difficile et épineux, et y fussent
encore, sinon qu'on apporta force vinaigre et
eau rose[1] pour leur faire revenir le sens et entendement accoutumé, dont Dieu soit loué par-
80 tout. **(4) (5)**

CHAPITRES XIV-XV

[Rabelais raconte quelques exploits et joyeux propos de Panurge.]

CHAPITRE XVI

DES MŒURS ET CONDITIONS DE PANURGE

Panurge était de stature moyenne, ni trop
grand, ni trop petit, et avait le nez un peu aqui-
lin, fait à manche de rasoir, et pour lors était
de l'âge de trente et cinq ans ou environ, fin à
5 dorer comme une dague de plomb[2], bien galant
homme de sa personne, sinon qu'il était sujet
de nature à une maladie qu'on appelait en ce
temps-là : « Faute d'argent, c'est douleur non
pareille[3] » (toutefois il avait soixante et trois

---

1. Eau distillée de rose, aux vertus calmantes ; 2. *Fin à dorer* signifie « très fin » ;
l'adjonction imprévue de *comme une dague de plomb* détruit le compliment, le plomb
ne supporte pas la dorure au mercure, la seule qu'on connût à l'époque ; 3. Vers
proverbial dès le XVe siècle.

——— **QUESTIONS** ———

4. Pourquoi les deux parties sont-elles satisfaites ? Le jugement avait-il
un sens pour elles ? — L'attitude des conseillers : ne faut-il voir dans
cette fin de chapitre que l'habituelle conclusion comique ?

5. SUR L'ENSEMBLE DU CHAPITRE XIV. — Comment ce chapitre précise-t-il
les vues que Rabelais avait déjà ébauchées dans d'autres chapitres de
Pantagruel sur le droit ? Pourquoi attaque-t-il le droit féodal coutumier
au profit du droit romain ?

10 manières d'en trouver toujours à son besoin,
dont la plus honorable et la plus commune était
par façon de larcin furtivement fait); malfai-
sant, pipeur*, buveur, batteur de pavés[1], ribleur**   * trompeur
s'il en était en Paris, au demeurant le meilleur   ** chapardeur
15 fils du monde[2], et toujours machinait quelque
chose contre les sergents et contre le guet. (1)

A l'une fois, il assemblait trois ou quatre
bons rustres, les faisait boire comme Templiers[3]
sur le soir, après les menait au-dessous de Sainte-
20 Geneviève ou auprès du collège de Navarre[4] et
à l'heure que le guet[5] montait par là (ce qu'il
connaissait en mettant son épée sur le pavé et
l'oreille auprès, et lorsqu'il oyait* son épée   * entendait
branler, c'était signe infaillible que le guet
25 était près), à l'heure donc, lui et ses compagnons prenaient un tombereau et lui baillaient
le branle[6], le ruant* de grande force contre la   * précipitant
vallée, et ainsi mettaient tout le pauvre guet
par terre comme porcs, puis fuyaient de l'autre
30 côté, car en moins de deux jours il sut toutes
les rues, ruelles et traverses de Paris comme
son *Deus det*[7].

A l'autre fois, faisait en quelque belle place,

---

1. Vagabond; 2. *Au demeurant, le meilleur fils du monde*. Marot dit la même chose
du valet qui l'avait volé. (« Épître au roi par Marot étant malade à Paris », vers 12).
Le poème de Marot avait été adressé à François Ier le 1er janvier 1532 (donc avant
la publication de *Pantagruel*), mais il ne fut publié qu'en 1538. Il est donc difficile
de savoir si Rabelais fait ici un emprunt à Marot ou s'il s'agit d'une rencontre for-
tuite entre les deux auteurs, utilisant l'un et l'autre une formule courante; 3. *Templiers*:
chevaliers de l'ordre du Temple. Cet ordre, à la fois militaire et monastique, qui
avait connu son beau temps à l'époque des croisades, avait été, à la suite de ses
abus et de ses exactions, supprimé en 1314 par Philippe le Bel. Mais certaines expressions proverbiales qui concernaient les Templiers avaient survécu; 4. L'ancienne
église *Sainte-Geneviève* se trouvait à la place de l'actuelle rue Clovis, le *collège de
Navarre* à celle de l'école Polytechnique (rue de la Montagne-Sainte-Geneviève et
rues avoisinantes). Voir carte, page 93; 5. Le *guet* : la police de nuit; 6. Le mettaient
en mouvement; 7. Comme la courte prière que l'on récitait après les repas : *Deus
det nobis suam pacem* (« Que Dieu nous donne sa paix »).

--- QUESTIONS ---

1. Qu'est-ce que le portrait de Panurge doit à la tradition littéraire
et populaire? Comparez ce portrait à celui qui ouvre le chapitre IX :
se trouve-t-on tout à fait devant le même personnage? — Le style et le
vocabulaire des deux portraits ne contribuent-ils pas également à créer
une impression différente?

par où le dit guet devait passer, une traînée de
35 poudre de canon et, à l'heure que passait,
mettait le feu dedans, et puis prenait son passe-
temps à voir la bonne grâce qu'ils avaient en
fuyant, pensant que le feu saint Antoine[1] les
tînt aux jambes. **(2)**

40   Et au regard des pauvres maîtres ès arts[2],
il les persécutait sur tous autres. Quand il ren-
contrait quelqu'un d'entre eux par la rue, jamais
ne faillait* de leur faire quelque mal : mainte-   * manquait
nant* leur mettant un étron dedans leur chape-   * tantôt
45 ron au bourrelet[3], maintenant leur attachant de
petites queues de renard ou des oreilles de lièvre
par-derrière, ou quelque autre mal.

Un jour que l'on avait assigné à tous les théologiens de se trouver en Sorbonne pour examiner
50 les articles de la foi[4], il fit une tarte bourbonnaise[5], composée de force d'ail, de *galbanum*,
d'*assa fetida*, de *castoreum*[6], d'étrons tous chauds,
[...] et de fort bon matin en graissa et oignit
théologalement tout le treillis de Sorbonne en
55 sorte que le diable n'y eût pas duré. Et tous ces
bonnes gens rendaient là leurs gorges[7] devant
le monde comme s'ils eussent écorché le renard :
et en mourut dix ou douze de peste, quatorze en
furent ladres*, dix et huit en furent pouacres**,   * lépreux
60 [...] mais il ne s'en souciait mie*. **(3)**   ** rogneux
                                                        * pas

1. Le *feu saint Antoine* : voir page 42, note 1. Convulsions et brûlures étaient les
symptômes de cette maladie (mal des ardents), dont les conséquences étaient souvent mortelles; 2. *Maître ès arts* : titre qu'obtenaient les étudiants à la fin de leurs
études à la faculté des arts; 3. *Chaperon* avec un *bourrelet* sur le haut qui peut retenir tout ce qu'on y met; 4. Les *maîtres ès arts* ont remplacé les théologiens de la
Sorbonne dans les dernières éditions, et il n'y a plus question de foi; 5. Jeu de
mots : la tarte bourbonnaise est une pâtisserie bien connue, mais on désigne aussi
de cette façon les bourbiers du Bourbonnais; 6. Le *galbanum* et l'*assa fetida* sont
des résines tirées de certaines fleurs ombellifères qui poussent en Perse et dont l'odeur
est affreuse; le *castoreum*, extrait de glandes du castor, n'est pas plus agréable à
sentir; 7. Vomir, en parlant d'un ivrogne.

───── **QUESTIONS** ─────

2. Qui, traditionnellement, se plaisait à rosser le guet? A quelle caté-
gorie sociale Panurge s'apparente-t-il, du moins par les traits racontés
dans les lignes 17-39?

3. Montrez la gradation qui existe entre le traitement infligé aux artiens
et celui qui est réservé aux théologiens. Expliquez-la.

Et portait ordinairement un fouet sous sa robe, duquel il fouettait sans rémission les pages qu'il trouvait portants du vin à leurs maîtres pour les avancer d'aller[1].

65 En son saie* avait plus de vingt et six petites bougettes* et fasques** toujours pleines, l'une d'un petit deau* de plomb et d'un petit couteau affilé comme l'aiguille d'un pelletier, dont il coupait les bourses ; l'autre d'aigret* qu'il jetait aux
70 yeux de ceux qu'il trouvait ; l'autre de glaterons[2] empennés de petites plumes d'oisons ou de chapons qu'il jetait sur les robes et bonnets des bonnes gens, et souvent leur en faisait de belles cornes qu'ils portaient par toute la ville, aucunes
75 fois* toute leur vie. [...]

* pardessus
* poches
** sacoches
* dé

* verjus

* quelquefois

En l'autre un tas de cornets tous pleins de puces et de poux qu'il empruntait des guenaux* de Saint-Innocent[3], et les jetait, avec belles petites cannes* ou plumes dont on écrit, sur les collets
80 des plus sucrées demoiselles qu'il trouvait, et mêmement* en l'église, car jamais ne se mettait au chœur au haut, mais toujours demeurait en la nef entre les femmes, tant à la messe, à vêpres, comme au sermon.

* gueux

* roseaux

* notamment

85 En l'autre, force provision de haims* et claveaux* dont il accouplait souvent les hommes et les femmes en compagnies où ils étaient serrés, et mêmement* celles qui portaient robes de taffetas armoisi[4], et, à l'heure qu'elles se vou-
90 laient départir*, elles rompaient toutes leurs robes.

* hameçons
* crochets

* surtout

* séparer

En l'autre, un fusil[5] garni d'amorce, d'allumettes, de pierre à feu et tout autre appareil à ce requis.

95 En l'autre, deux ou trois miroirs ardents, dont il faisait enrager aucunes* fois les hommes et

* quelques

---

1. Pour les faire avancer plus vite ; 2. *Glateron* ou *grateron* : fruit de la bardane, boule entourée de piquants qui s'accrochent au tissu des vêtements ; 3. Cimetière où se réfugiaient les clochards (voir page 73, note 7) ; 4. Taffetas mince et non lustré ; 5. *Fusil* : petite boîte où l'on mettait la pierre à feu et l'attirail alors nécessaire pour allumer du feu.

les femmes et leur faisait perdre contenance à
l'église. [...] (4)

En l'autre avait provision de fil et d'aiguilles,
100 dont il faisait mille petites diableries. Une fois,
à l'issue du Palais, à la Grand Salle, lorsqu'un
cordelier* disait la messe de Messieurs[1], il lui   * franciscain
aida à soi habiller et revêtir; mais en l'accoutrant,
il lui cousit l'aube[2] avec sa robe et chemise, et
105 puis se retira quand Messieurs de la cour vinrent
s'asseoir pour ouir icelle* messe. Mais quand ce   * cette
fut à l'*Ite missa est*[3], que le pauvre frater[4] se voulut dévêtir de son aube, il emporta ensemble et
habit et chemise, qui étaient bien cousus ensemble,
110 et se rebrassit* jusqu'aux épaules. [...] (5)   * retroussa

Item, il avait une autre poche pleine d'alun
de plume[5], dont il jetait dedans le dos des femmes
qu'il voyait les plus accrétées*, et les faisait   * fières
dépouiller devant tout le monde, les autres danser
115 comme jau* sur braise ou bille sur tambour, les   * coq
autres courir les rues; et lui après courait, et à
celles qui se dépouillaient il mettait sa cape sur
le dos comme homme courtois et gracieux.

Item, en une autre il avait une petite guedoufle*   * fiole
120 pleine de vieille huile, et quand il trouvait ou
femme ou homme qui eût quelque belle robe,
il leur engraissait et gâtait tous les plus beaux
endroits, sous le semblant de les toucher et dire :
« Voici de bon drap, voici bon satin, bon taffetas,
125 madame; Dieu vous donne ce que votre noble

---

1. Les juges; **2.** *Aube :* longue robe blanche que le prêtre revêt sous la chasuble
pour dire la messe; **3.** Formule rituelle qui indique la fin de la messe; **4.** *Frater :*
frère. Les moines de l'ordre de saint François étaient aussi appelés « frères mineurs »;
5. L'*alun*, ainsi nommé parce qu'il ressemblait un peu à une barbe de plume, était
importé du nord de l'Afrique. L'alun est fort astringent et crée des démangeaisons.

━━━━━ **QUESTIONS** ━━━━━

4. Analysez les différentes sources de comique dans cette énumération
du matériel de Panurge.

5. Des anecdotes de ce genre se retrouvent dans de nombreux récits
médiévaux; la sainte Vierge elle-même aurait eu coutume de jouer de
pareils tours aux mauvais prêtres. Au XVIe siècle, une telle histoire peut-
elle être aussi innocente qu'au Moyen Age?

cœur désire : vous avez robe neuve, nouvel ami;
Dieu vous y maintienne! » Ce disant, leur mettait la main sur le collet, ensemble la male[1]
tache y demeurait perpétuellement, si énormé-
130 ment engravée* en l'âme, en corps et en renom-   * gravée
mée, que le diable ne l'eût point ôtée. [...] En
l'autre un davier*, un pélican[2], un crochet et   * pince-
quelques autres ferrements[3], dont il n'y avait   monseigneur
porte ni coffre qu'il ne crochetât.

135   En l'autre, tout plein de petits gobelets dont
il jouait fort artificiellement*, car il avait les   * artistement
doigts faits à la main[4] comme Minerve ou
Arachné[5], et avait autrefois crié le thériacle[6],
et quand il changeait un teston[7] ou quelque
140 autre pièce, le changeur eût été plus fin que
maître Mouche[8] si Panurge n'eût fait évanouir
à chacune fois cinq ou six grands blancs[9], visiblement, apertement*, manifestement, sans faire   * ouvertement
lésion* ni blessure aucune, dont le changeur   * douleur
145 n'en eût senti que le vent[10]. (6) (7)

---

1. Et en même temps la mauvaise tache. « A la male tache » était le cri des déta-
cheurs; 2. *Pélican* : crochet à fausser les serrures; 3. *Ferrement* : outil de fer; 4. Souples;
5. *Arachné* : habile fileuse que Minerve, par jalousie, changea en araignée; 6. *Thériacle* : drogue de charlatan; 7. *Teston* : monnaie d'argent (environ 2 F), où était
gravée la tête du souverain; 8. *Maître Mouche* : type traditionnel de l'escamoteur;
9. *Blanc* : pièce de monnaie, qui, du moins à l'origine, était en alliage d'argent;
le *grand blanc*, frappé « au soleil », valait à peu près la moitié d'un franc; 10. Le vent
du geste.

--- QUESTIONS ---

6. Il ne s'agit plus de jouer de plus ou moins bonnes plaisanteries,
mais de cambrioler ou d'escroquer. Le larcin ne témoigne-t-il pas cependant du même esprit que les tours précédents? Est-ce l'une des activités
importantes de Panurge? Et pourquoi?

7. SUR L'ENSEMBLE DU CHAPITRE XVI. — La place de ce chapitre dans
l'ensemble : s'explique-t-on cette réapparition de Panurge, seul, dans
le récit?

— La composition de ce chapitre : l'accumulation des anecdotes et
des détails contribue-t-elle à l'effet comique?

— La tradition gauloise dans ce chapitre : quel est l'héritage du Moyen
Age que Rabelais ne refuse pas?

— La personnalité de Panurge : n'est-il qu'un joyeux farceur? Qu'y
a-t-il d'inquiétant et même de diabolique en lui? Quelle impression d'ensemble se dégage de ce mélange?

CHAPITRE XVII

COMMENT PANURGE GAGNAIT LES PARDONS[1]
ET MARIAIT LES VIEILLES FILLES
ET DES PROCÈS QU'IL EUT À PARIS

Un jour, je trouvai Panurge quelque peu
écorné* et taciturne, et me doutai bien qu'il
n'avait denare*; dont** je lui dis : « Panurge,
vous êtes malade à ce que je vois à votre physio-
5 nomie, et j'entends le mal : vous avez un flux*
de bourse; mais ne vous souciez; j'ai encore
« six sols et maille[2] qui ne virent oncq* père ni
mère[3], qui ne vous faudront [...] en votre nécessité. » A quoi il me répondit : « Eh bren* pour
10 l'argent! je n'en aurai quelque jour que trop,
car j'ai une pierre philosophale qui m'attire
l'argent des bourses comme l'aimant attire le
fer. Mais voulez-vous venir gagner les pardons?
dit-il.

15 — Et par ma foi, je lui réponds, je ne suis
grand pardonneur[4] en ce monde ici; je ne sais
si je serai en l'autre. Bien allons, au nom de
Dieu, pour un denier ni plus ni moins. (1)

— Mais, dit-il, prêtez-moi donc un denier à
20 l'intérêt.

* abattu

* argent
** aussi

* écoulement

* jamais

* merde

---

1. *Pardon* ou « indulgence » : dans la théologie catholique, rémission des peines temporelles qui sont dues pour obtenir le pardon de certains péchés. A l'origine, il s'agissait de racheter, par un don, par un pèlerinage, les effets de certaines pénitences publiques imposées par l'Église pour certaines fautes graves. Puis l'indulgence avait été interprétée comme une possibilité d'obtenir une réduction du temps de purgatoire infligé aux âmes pécheresses après la mort, d'où la croyance qu'on pouvait à l'avance racheter soi-même son temps de purgatoire au prix de certaines offrandes. Ce marchandage des indulgences fut suffisamment toléré par l'Église pour que Luther y trouvât un des arguments favorables à la Réforme; 2. Le *sol* (ou sou) représentait le 1/20 du franc (ou livre); il se divisait lui-même en 12 deniers; une *maille* était une petite monnaie de billon valant un demi-denier; 3. Réminiscence de Pathelin, v. 215-216 : *Encore ai-je denier et maille Q'onc ne virent père ne mère*; 4. Jeu de mots entre *pardonneur* : qui gagne les *pardons*, c'est-à-dire les indulgences pour l'autre monde, et *pardonneur* : qui pardonne les injures.

— Rien, rien, dis-je. Je vous le donne de bon cœur.

— *Grates vobis, dominos*[1] », dit-il.

Ainsi allâmes, commençant à Saint-Gervais[2],
25 et je gagne les pardons au premier tronc seulement, car je me contente de peu en ces matières;
puis disais mes menus suffrages* et oraisons de   * prières
sainte Brigitte. Mais il gagna* à tous les troncs,   * alla
et toujours baillait* argent à chacun des pardon-   * donnait
30 naires[3]. De là nous transportâmes à Notre-Dame,
à Saint-Jean[4], à Saint-Antoine[5], et ainsi des
autres églises où était banque de pardons[6]. De
ma part, je n'en gagnais plus; mais lui, à tous les
troncs il baisait les reliques et à chacun donnait.
35 Bref, quand nous fûmes de retour, il me mena
boire au cabaret du Château[7] et me montra dix
ou douze de ses bougettes* pleines d'argent.   * poches
A quoi je me signai faisant la croix et disant :
« Dont* avez-vous tant recouvert** d'argent en   * D'où
40 si peu de temps? » A quoi il me répondit qu'il   ** recouvré
l'avait pris ès bassins* des pardons : « Car, en   * plateaux
leur baillant le premier denier, dit-il, je le mis
si souplement qu'il sembla que fut un grand
blanc[8]. Ainsi d'une main je pris douze deniers,
45 voire bien douze liards[9] ou doubles[10] pour le
moins, et de l'autre, trois ou quatre douzains[11],

---

1. *Grates vobis do* : je vous remercie; Panurge y ajoute une terminaison macaro-
nique; 2. *Saint-Gervais* : église de Paris, à l'est de la place de Grève (place de l'Hôtel-
de-Ville); elle avait été construite au XVᵉ siècle. Voir carte, page 93; 3. *Pardonnaires* :
prêtres qui se tiennent à la porte de l'église pour y vendre les pardons; 4. Il y a plusieurs églises Saint-Jean; il s'agit peut-être de l'église Saint-Jean-de-Grève, dans le
même quartier que Saint-Gervais; elle a été démolie à la Révolution; 5. *Saint-Antoine* :
église qui se trouvait rue Saint-Antoine, près de la rue Pavée; 6. Le comptoir, c'est-à-
dire le plateau où les pardonnaires reçoivent les offrandes en argent. Mais le mot
évoque aussi le trafic des indulgences; 7. Taverne célèbre dont parlait déjà l'écolier
limousin (chap. VI, ligne 23); 8. Voir page 109, note 9; 9. *Liard* : monnaie valant
3 deniers; 10. *Double* : pièce de 2 deniers; 11. *Douzain* : pièce de 12 deniers. Ce
genre d'escroquerie était très répandu; Érasme le cite.

--------- **QUESTIONS** ---------

1. L'apparition du narrateur dans le récit était-elle nécessaire? Est-
elle cependant contraire à la manière dont Rabelais a défini le caractère
de son récit dans le Prologue? Pantagruel n'aurait-il pas pu tenir le rôle
tenu ici par le narrateur? — Voit-on, au début de ce récit, le rapport
entre le besoin d'argent de Panurge et le gain des pardons?

et ainsi par toutes les églises où nous avons été. (2)

50 — Voire*, mais, dis-je, vous vous damnez comme une serpe* et êtes larron et sacrilège.

* Soit

* serpent

— Oui bien, dit-il, comme il vous semble ; mais il ne me semble, quant à moi, car les pardonnaires me le[1] donnent quand ils me disent, en présentant les reliques à baiser : « *Centuplum*
55 *accipies*[2] », que pour un denier j'en prenne cent. Car *accipies* est dit selon la manière des Hébreux, qui usent du futur en lieu de l'impératif, comme vous avez en la Loi : *Diliges dominum, id est dilige*[3]. Ainsi quand le pardonnigère[4] me dit :
60 *Centuplum accipies*, il veut dire *Centuplum accipe*[5], et ainsi l'expose rabi Kimy[6] et rabi Aben Ezra[7], et tous les massorètes[8], et *ibi Bartolus*[9] (3). Davantage, le pape Sixte[10] me donna quinze cents livres de rente sur son
65 domaine et trésor ecclésiastique pour lui avoir guéri une bosse [...] qui tant le tourmentait qu'il en cuida* devenir boiteux toute sa vie. Ainsi je me paie par mes mains, car il n'est

* pensa

---

1. *Le* représente l'argent ; 2. Tu recevras le centuple, selon le verset de saint Matthieu : « Quiconque quittera sa maison à cause de mon nom recevra le centuple » ; 3. « Tu aimeras le Seigneur, c'est-à-dire aime » ; 4. Colporteur de pardon ; 5. Prends le centuple ; 6. *Rabi Kimy :* savant juif, mort à Narbonne en 1240, auteur d'une grammaire et d'un dictionnaire hébraïque ; 7. *Rabi Aben Ezra :* savant rabbin espagnol du XIIᵉ siècle ; 8. *Massorètes :* exégètes juifs de la Bible ; 9. « Et, à ce sujet, Bartole. » *Bartole* était un célèbre juriste italien du XIVᵉ siècle, dont l'autorité est souvent invoquée ; 10. Sixte IV, pape de 1471 à 1484, qui fit construire la chapelle Sixtine.

QUESTIONS

2. L'art du récit : quels détails le rendent vivant ? Par quel procédé l'intérêt est-il soutenu ? — Cherchez, dans le chapitre précédent, le trait qui pouvait préparer le lecteur à ce genre d' « habileté » chez Panurge. — Relevez les allusions qui laissent transparaître l'opinion du narrateur sur la vente des indulgences.

3. La casuistique de Panurge : quelle est l'importance de la distinction faite aux lignes 50-52 ? Peut-il y avoir péché sans conscience de faire mal ? — Dans quelle mesure Panurge, en se référant aux commentateurs et à Bartole, retourne-t-il contre l'Église certaines des méthodes que celle-ci pratique dans l'interprétation des textes ?

— Montrez qu'ici nous n'avons pas affaire à un passage sérieux égayé par quelques plaisanteries extérieures, mais que l'élément comique et l'élément sérieux ne font qu'un.

Le commerce des indulgences.

Gravure sur bois de Jörg Breu (XVIe siècle).

Phot. X.

tel, sur le dit trésor ecclésiastique. « Ho, mon
70 ami, disait-il, si tu savais comment je fis mes
choux gras de la croisade[1], tu serais tout ébahi.
Elle me valut plus de six mille florins[2].

— Et où diable sont-ils allés, dis-je? car tu
n'en as une maille.

75 — Dont* ils étaient venus (dit-il); ils ne firent   * D'où
seulement que changer de maître. » **(4)**

[Panurge explique comment il a dépensé tant d'argent : en dotant
et mariant les très vieilles femmes qui autrement n'auraient plus pu
trouver preneur, en frais de procédure pour obtenir un arrêt des
tribunaux qui obligeât les demoiselles à porter toilettes décolletées,
les vidangeurs à exercer leur métier en plein jour à la Sorbonne,
les mules des juges à porter des bavoirs...]

« Or sommez* à cette heure combien me   * calculez
coûtent les petits banquets que je fais aux pages
du Palais de jour en jour.

80 — Et à quelle fin? dis-je.

— Mon ami, dit-il, tu n'as passe-temps aucun
en ce monde. J'en ai plus que le Roi. Et si vou-
lais te rallier avec moi, nous ferions diables*.   * merveilles

— Non, non, dis-je, par saint Adauras[3]! Car
85 tu seras une fois pendu.

— Et toi, dit-il, tu seras une fois enterré :
lequel est plus honorable, ou l'air ou la terre?
Hé, grosse pécore! Jésus-Christ ne fut-il pas
pendu en l'air? Cependant que les pages ban-
90 quètent, je garde leurs mules et coupe à quelqu'une l'étrivière[4] du côté du montoir[5], en sorte
qu'elle ne tient qu'à un filet. Quand le gros enflé

---

1. Les papes avaient coutume de réclamer des fonds pour financer des croisades
qui n'avaient jamais lieu : on prêcha en particulier des croisades en 1515, 1517, 1518;
2. *Florin* : monnaie d'or d'origine florentine; 3. Saint dont le nom semble bien avoir
été inventé par Rabelais; 4. *Etrivière* : courroie qui soutient l'étrier; 5. Du côté
gauche, où l'on monte en selle.

QUESTIONS

4. Qu'il s'agisse de pardons ou de croisades, montrez que le plaisir
que l'on prend à ce récit vient pour une part de ce qu'au fond les victimes
des escroqueries de Panurge sont, du moins Rabelais l'affirme-t-il, d'encore plus grands escrocs. — Pourquoi Panurge et le narrateur sont-ils
passés au tutoiement?

de conseiller a pris son branle* pour monter sus,   * élan
ils tombent tout à plat comme porcs devant tout
95 le monde et apprêtent à rire pour plus de cent
francs. Mais je me ris encore davantage, c'est
que, eux arrivés au logis, ils font fouetter Monsieur du page comme seigle vert. Par ainsi, je
ne plains point ce que m'a coûté à les ban-
100 queter. »

Fin de compte, il avait (comme ai dit dessus)
soixante et trois manières de recouvrer argent;
mais il en avait deux cent quatorze de le dépenser
hormis la réparation de dessous le nez. (5) (6)

CHAPITRES XVIII-XXII

[Un savant anglais, nommé Thaumaste, ayant eu connaissance de
la renommée de Pantagruel veut avoir une controverse publique
avec celui-ci. Le débat se fera par gestes, par signes et sans recours
à la parole. Panurge remplace Pantagruel et a raison de l'Anglais.
Thaumaste, après sa défaite, fait l'éloge de Pantagruel et de Panurge,
puis tous s'en vont boire de compagnie. Panurge, amoureux sans
succès d'une haute dame de Paris, se venge de ses dédains en la
faisant poursuivre par une meute de six cent mille et quatorze chiens.]

CHAPITRE XXIII

[Pantagruel apprend que son père Gargantua a été mystérieuse-
ment enlevé pour être transporté par la fée Morgane au « pays des
fées ». Les Dipsodes (c'est-à-dire les Assoiffés), peuple voisin du
royaume d'Utopie, profitent de cette disparition pour envahir le

─────── **QUESTIONS** ───────

5. La philosophie de Panurge face aux biens de ce monde et face à
la mort : est-il seulement un joyeux compagnon? A quelles tendances
de la pensée antique pourrait-on le rattacher? — La verve de Panurge :
d'où vient le comique de son récit des lignes 89-100?

6. SUR L'ENSEMBLE DU CHAPITRE XVII. — Le rapport de ce chapitre
avec le précédent : comment le complète-t-il? Est-il construit selon la
même technique? Quelles sont les qualités de Rabelais conteur?

— Les rapports de l'auteur et de son personnage : cherchez dans ce
chapitre quels sont les services que Panurge rend à Rabelais, ce qu'il lui
permet d'exprimer et ce qu'il lui permet de vivre, fût-ce en imagination.

pays de Gargantua et ils assiègent la ville des Amaurotes. Pantagruel quitte précipitamment Paris pour prendre la défense de son pays.

Avec ses compagnons, Pantagruel passe par Rouen pour s'embarquer à Honfleur. Là, alors qu'un vent favorable se fait attendre, Pantagruel reçoit un message d'une dame parisienne, qu'il avait eue pour amie. La lettre porte en suscription :

Au plus aimé des belles, et moins loyal des preux

P. N. T. G. R. L.

Cette lettre intrigue le héros.]

CHAPITRE XXIV

LETTRES QU'UN MESSAGER APPORTA À PANTAGRUEL D'UNE DAME DE PARIS, ET L'EXPOSITION D'UN MOT ÉCRIT EN UN ANNEAU D'OR

Quand Pantagruel eut lu l'inscription[1], il fut bien ébahi et, demandant au dit messager le nom de celle qui l'avait envoyée, ouvrit les lettres[2], et rien ne trouva dedans écrit, mais seulement
5 un anneau d'or, avec un diamant en table[3]. Lors appela Panurge et lui montra le cas. (1)

A quoi Panurge lui dit que la feuille de papier était écrite, mais c'était par telle subtilité* qu'on   * finesse
n'y voyait point d'écriture.

10 Et, pour le savoir, la mit auprès du feu, pour voir si l'écriture était faite avec du sel ammoniac détrempé en eau[4].

---

1. Voir la fin du résumé du chapitre XXIII; 2. La lettre (le pluriel est une transcription du latin, qui disait *litterae* en ce sens); 3. Taillé en surface plate, sans facette; 4. Il s'agit d'une encre de sympathie, faite d'une solution de chlorhydrate d'ammoniaque, d'après la *Polygraphia* de Tritheim (1518).

─── **QUESTIONS** ───────────────

1. Pourquoi Pantagruel s'adresse-t-il à Panurge plus spécialement qu'à aucun de ses autres compagnons? Comment les rôles sont-ils répartis entre les principaux personnages du roman?

Puis la mit dedans l'eau, pour savoir si la lettre était écrite du suc de tithymale[1].

15 Puis la montra à la chandelle, si elle était point écrite du jus d'oignons blancs.

Puis en frotta une partie d'huile de noix, pour voir si elle était point écrite de lessive de figuier[2].

20 Puis en frotta une part de lait de femme allaitant sa fille première née, pour voir si elle était point écrite de sang de rubettes*.   * crapauds

Puis en frotta un coin de cendres d'un nid d'arondelles*, pour voir si elle était écrite de   * hirondelles
25 rosée qu'on trouve dedans les pommes d'Alicacabut[3].

Puis en frotta un autre bout de la sanie des oreilles, pour voir si elle était écrite de fiel de corbeau.

30 Puis en trempa au vinaigre, pour voir si elle était écrite de lait d'épurge[4].

Puis les graissa d'axonge* de souris-chauves,   * graisse
pour voir si elle était écrite avec sperme de baleine qu'on appelle ambre gris[5].

35 Puis la mit tout doucement dedans un bassin d'eau fraîche et soudain la tira, pour voir si elle était écrite avec alun de plume[6]. (2)

Et, voyant qu'il n'y connaissait rien, appela le messager et lui demanda : « Compaing*, la   * compagnon
40 dame qui t'a ici envoyé t'a-t-elle point baillé*   * donné
de bâton pour apporter ? » pensant, que fût la finesse que met Aule Gelle[7]. Et le messager lui répondit : « Non, Monsieur. »

---

1. *Tithymale* : euphorbiacée au suc laiteux. Pline l'Ancien rapporte que son lait sert à la cryptographie; 2. Lessive faite avec de la cendre de figuier; 3. *Alicacabut* : fruit du coqueret, ou alkékenge; 4. *Epurge* : sorte d'euphorbe; 5. L'*ambre gris*, utilisé en parfumerie, est en effet tiré de certaines concrétions des cachalots; 6. *Alun de plume* : voir page 104, note 5; 7. Aulu-Gelle, XVII, 9, rapporte le procédé employé par les Lacédémoniens pour leurs lettres officielles : le message était inscrit sur une bande qui ne devenait lisible qu'enroulée sur un bâton de dimensions déterminées.

QUESTIONS

2. Qu'y a-t-il d'amusant dans la suite d'expériences de Panurge? Panurge a-t-il l'esprit scientifique? — Quel genre d'intérêt le lecteur peut-il prendre à cette énumération de procédés d'alchimie?

Adonc Panurge lui voulut faire raire* les che-
45 veux pour savoir si la dame avait fait écrire
avec fort[1] moret sur sa tête rase ce qu'elle voulait mander ; mais, voyant que ses cheveux
étaient fort grands, il désista*, considérant que
en si peu de temps ses cheveux n'eussent crû si
50 longs. (3)

  Alors dit à Pantagruel :

  « Maître, par les vertus Dieu, je n'y saurais
que faire ni dire ! J'ai employé, pour connaître
si rien n'y a ici écrit une partie de ce qu'en
55 met Messere Francesco di Nianto[2], le Toscan,
qui a écrit en la manière de lire lettres non appa-
rentes, et ce qu'écrit Zoroaster, *Peri Grammaton
acriton*[3], et Calphurnius Bassus, *De litteris ille-
gibilibus*[4] ; mais je n'y vois rien et crois qu'il
60 n'y a autre chose que l'anneau. Or le voyons. »

  Lors, le regardant trouvèrent écrit par dedans
en hébreu :

LAMAH HAZABTHANI[5]. (4)

  Dont* appelèrent Épistémon, lui demandant
65 que c'était à dire. A quoi répondit que c'étaient
mots hébraïques signifiant : *Pourquoi m'as-tu
laissé ?* Dont* soudain répliqua Panurge :

  « J'entends le cas. Voyez-vous ce diamant ?
C'est un diamant faux. Telle est donc l'exposi-
70 tion* de ce que veut dire la dame :

* raser
* abandonna
* Aussi
* Aussi
* explication

---

1. *Fort moret* : sorte d'encre ; 2. Personnage imaginaire, *Nianto* est formé sur *niente*, rien ; 3. « Sur les écrits difficiles à discerner ». Zoroastre (ou *Zoroaster*), réformateur religieux de la Perse (VIIe s. avant J.-C.), à qui il est fait allusion ici, n'a rien écrit de ce genre ; 4. « Des lettres illisibles », ouvrage de Calpurnius Bassus, grammairien latin du temps de Domitien ; 5. « Pourquoi m'as-tu abandonné ? », dernières paroles de Jésus-Christ s'adressant, sur la croix, à Dieu (Évangile, Matthieu, XXVII, 46).

QUESTIONS

3. Comment la connaissance des Anciens peut-elle, d'après les hommes du XVIe siècle, servir dans la vie courante ?

4. Faut-il reprocher à Panurge de n'avoir pas commencé par examiner l'anneau au lieu de se livrer à toutes les expériences qu'il a tentées ? — Que pensez-vous de cette façon d'utiliser les dernières paroles du Christ (ligne 63) ? De quel ordre est l'effet de surprise ainsi produit ?

« Dis, amant faux, pourquoi m'as-tu lais-
sée ? » (5)

Laquelle exposition entendit Pantagruel incontinent, et lui souvint comment à son départir*
75 n'avait dit adieu à la dame et s'en contristait,   * départ
et volontiers fût retourné à Paris pour faire sa
paix avec elle. Mais Épistémon lui réduit* à   * remit
mémoire le département* d'Énéas d'avec Dido[1],   * séparation
et le dit* d'Héraclides, Tarentin[2], que, la navire * parole
80 restant à l'ancre, quand la nécessité presse, il
faut couper la corde plutôt que perdre temps à
la délier, et qu'il devait laisser tout pensement*   * souvenir
pour survenir à la ville de sa nativité, qui était
en danger. (6)

85 De fait, une heure après, se leva le vent
nommé nord-nord-ouest, auquel ils donnèrent
pleines voiles, et prirent la haute mer, et, en brefs
jours, passant par Porto Sancto et par Madère,
firent escale ès îles de Canarre[3]. De là partant,
90 passèrent par Cap Blanco, par Senège*, par   * Sénégal
Cap Virido*, par Gambre**, par Sagres, par   * Cap-Vert
Melli[4], par le cap de Bona Sperantza*, et firent   ** Gambie
escale au royaume de Mélinde[5]. De là partant,   * Bonne-
firent voile au vent de la transmontane*, passant   Espérance
95 par Meden, par Uti, par Uden, par Gelasim,   * tramontane
par les îles de Fées, et jouxte* le royaume de   (vent du nord)
Achorie[6]; finalement arrivèrent au port d'Utopie,   * le long de

---

1. Allusion au chant IV de *l'Enéide* : la reine de Carthage, Didon, ne réussit pas
à retenir Énée, qui doit continuer son voyage et accomplir sa mission ; elle se tuera
de désespoir ; 2. On ne sait rien sur ce médecin mentionné par Diogène Laërce ;
3. Les Canaries ; c'est l'itinéraire ordinaire des Espagnols vers les Indes ; 4. *Sagres* :
cap de la côte du Liberia ; *Melli* : ville de la Libéria ; 5. *Mélinde* : localité du Zanzibar,
rendue célèbre par l'escale de Vasco de Gama en 1498 ; 6. Suite de pays imaginaires
aux noms formés sur le grec : *Meden, Uti, Uden* (prononcer « outi, ouden »), néant ;
Gélasim, risible ; *Achorie*, nulle part.

QUESTIONS

5. La valeur symbolique que prend la collaboration de Panurge et
d'Épistémon pour résoudre le problème. — Quel genre d'épisode romanesque est parodié par cette recherche d'une énigme ?

6. Quel est ici le rôle d'Épistémon ? Le lui avez-vous déjà vu jouer
dans d'autres passages du *Pantagruel?* Connaissez-vous dans les légendes
héroïques traditionnelles des personnages qui jouent ce rôle de sages
conseillers ?

distant de la ville des Amaurotes par trois lieues
et quelque peu davantage. **(7)**

100   Quand ils furent en terre quelque peu rafraî-
chis, Pantagruel dit :

« Enfants, la ville n'est loin d'ici. D'avant
que marcher outre[1], il serait bon délibérer de
ce qu'est à faire, afin que ne semblons[2] ès*   * aux
105 Athéniens, qui ne consultaient jamais, sinon le   * événement
cas* fait[3]. Etes-vous délibérés** de vivre et mourir ** décidés
avec moi ?

— Seigneur, oui, dirent-ils tous ; tenez-vous
assuré de nous comme de vos doigts propres.

110   — Or, dit-il, il n'y a qu'un point que je
tienne mon esprit suspens* et douteux : c'est   * incertain
que je ne sais en quel ordre ni en quel nombre
sont les ennemis qui tiennent la ville assiégée,
car, quand je le saurais, je m'y en irais en plus
115 grande assurance. Par ce, avisons ensemble du
moyen comment nous le pourrons savoir. »

A quoi tous ensemble dirent :

« Laissez-nous y aller voir et nous attendez
ici, car, pour tout le jour d'hui, nous vous en
120 apporterons nouvelles certaines.

— Je, dit Panurge, entreprends d'entrer en
leur camp par le milieu des gardes et du guet,
et banqueter avec eux [...] à leurs dépens, sans
être connu de nului*, visiter l'artillerie, les tentes   * personne
125 de tous les capitaines et me prélasser par les
bandes*, sans jamais être découvert. Le diable   * troupes
ne m'affinerait* pas, car je suis de la lignée de   * découvrirait
Zopyre[4].

— Je, dit Épistémon, sais tous les stratagé-
130 mates* et prouesses des vaillants capitaines et   * stratagèmes
champions du temps passé et toutes les ruses et

---

1. Avant d'aller plus loin ; 2. Forme de subjonctif ; 3. Souvenir d'Érasme (*Adages*,
I, VIII, 44), qui s'inspire lui-même d'une idée souvent exprimée par Démosthène
reprochant à ses compatriotes de ne jamais agir à temps pour lutter contre les empié-
tements de Philippe de Macédoine ; 4. *Zopyre* : Perse qui se coupa le nez et les oreilles
et se donna aux Babyloniens assiégés par Darius pour un transfuge (d'après Héro-
dote, VIII).

━━━ QUESTIONS ━━━

7. Quel pouvait être l'attrait des voyages pour Rabelais et ses contemporains ? Le voyage, thème romanesque.

finesses de discipline militaire. J'irai et, encore
que fusse découvert et décelé, j'échapperai en
leur faisant croire de vous tout ce que me plaira,
135 car je suis de la lignée de Sinon[1].

— Je, dit Eusthènes, entrerai par à travers
leurs tranchées, malgré le guet* et tous les   * sentinelles
gardes, car je leur passerai sur le ventre et leur
romprai bras et jambes, et fussent-ils aussi forts
140 que le diable, car je suis de la lignée d'Hercule.

— Je, dit Carpalim, y entrerai si les oiseaux y
entrent, car j'ai le corps tant allègre que j'aurai
sauté leurs tranchées et percé outre tout leur
camp davant* qu'ils m'aient aperçu, et ne crains   * avant
145 ni trait ni flèche ni cheval, tant soit léger, et
fût-ce Pégase de Perseus ou Pacolet[2], que devant
eux je n'échappe gaillard et sauf. J'entreprends
de marcher sur les épis de blé, sur l'herbe des
prés, sans qu'elle fléchisse dessous moi, car je
150 suis de la lignée de Camille[3], amazone. » (8) (9)

CHAPITRES XXV-XXVIII

[Une manœuvre rusée de Panurge permet de déconfire six cent
soixante chevaliers venus pour s'emparer du navire. Le seul survi-
vant est prisonnier : il donne à Pantagruel les renseignements que
celui-ci désirait. L'armée, menée par Anarche, le roi des Dipsodes
en personne, comprend trois cents géants et des centaines de milliers
d'hommes très bien armés. Pantagruel élève un trophée pour commé-
morer la première victoire, puis profite de l'ivresse des ennemis
pour, après avoir lui-même bu quantité de vin et absorbé de nombreux diurétiques, noyer durant la nuit tout le camp ennemi.]

---

1. *Sinon* : guerrier grec, qui, se faisant passer à Troie pour un transfuge, décida
les Troyens à laisser entrer le cheval (*l'Enéide*, II, vers 57 et suivants); 2. *Pégase*
était le cheval ailé du héros Persée; *Pacolet*, personnage des romans de chevalerie,
nain, qui fabriqua un cheval de bois magique, devenu proverbial; 3. *Camille* : reine
des Volsques, qui, dit Virgile, était accoutumée à battre les vents à la course
(*l'Enéide*, VII, 808).

--- QUESTIONS ---

8. Qu'est-ce que Rabelais parodie ici? Quel est le sens de cette parodie? Relevez les allusions et les comparaisons qui orientent le lecteur
vers certains rapprochements avec des œuvres célèbres.

9. SUR L'ENSEMBLE DU CHAPITRE XXIV. — Le caractère composite de
ce chapitre : lui enlève-t-il son unité? Quels sont les différents genres de
récits qui sont successivement parodiés?

CHAPITRE XXIX

COMMENT PANTAGRUEL DÉFIT LES TROIS CENTS GÉANTS ARMÉS DE PIERRES DE TAILLE, ET LOUPGAROU, LEUR CAPITAINE

Les géants, voyant que tout leur camp était noyé, emportèrent leur roi Anarche à leur cou, le mieux qu'ils purent, hors du fort, comme fit Énéas son père Anchise[1] de la conflagration* *incendie
5 de Troie. Lesquels quand Panurge aperçut, dit à Pantagruel :

« Seigneur, voyez là les géants qui sont issus* : *sortis
donnez dessus de votre mât, galantement*, à la *vigoureusement
vieille escrime, car c'est à cette heure qu'il se
10 faut montrer homme de bien. Et de notre côté
nous ne vous faudrons. Et hardiment, que je
vous en tuerai beaucoup. Car quoi? David tua
bien Goliath facilement. Et puis ce gros paillard
Eusthènes, qui est fort comme quatre bœufs, ne
15 s'y épargnera. Prenez courage, choquez à travers
d'estoc et de taille. » (1)

Or dit Pantagruel : « De courage, j'en ai pour
plus de cinquante francs. Mais quoi! Hercule
n'osa jamais entreprendre contre deux[2].

20 — C'est, dit Panurge, bien chié en mon nez;
vous comparez-vous à Hercule? Vous avez, par
Dieu, plus de force aux dents et plus de sens
au cul que n'eut jamais Hercule en tout son
corps et âme. Autant vaut l'homme comme il
25 s'estime. »

Eux disant ces paroles, voici arriver Loupgarou, avec tous ses géants, lequel, voyant Pantagruel seul, fut épris de témérité et outrecui-

---

1. D'après *l'Énéide*, Anchise, vieux et infirme, fut sauvé de l'incendie de Troie
par son fils Énée, qui le transporta sur ses épaules hors de la ville en flammes; 2. Dicton
ancien qu'Érasme avait commenté dans ses *Adages*, I, v, 39.

QUESTIONS

1. Panurge conservera-t-il ce courage et cet esprit offensif dans le
reste de l'œuvre? Au profit de quel autre personnage les a-t-il perdus?

dance, par espoir qu'il avait d'occire le pauvre
30 bonhomme, dont* dit à ses compagnons géants :   * aussi
« Paillards de plat pays[1], par Mahom[2], si aucun*   * l'un
de vous entreprend combattre contre ceux-ci,
je vous ferai mourir cruellement. Je veux que
me laissiez combattre seul ; cependant* vous aurez   * pendant
35 votre passe-temps à nous regarder. » Adonc se   ce temps
retirèrent tous les géants avec leur roi là auprès,
où étaient les flacons*, et Panurge et ses compa-   * bouteilles
gnons avec eux, [...] leur dit : « Je renie bieu*,   * Dieu
compagnons, nous ne faisons point la guerre.
40 Donnez-nous à repaître avec vous, cependant que
nos maîtres s'entre-battent. » A quoi volontiers
le roi et les géants consentirent, et les firent
banqueter avec eux.

Cependant Panurge leur contait les fables de
45 Turpin[3], les exemples de saint Nicolas[4] et le
conte de la Cicogne[5]. **(2)**

Loupgarou donc s'adressa* à Pantagruel avec   * se dirigea sur
une masse toute d'acier, pesante neuf mille sept
cents quintaux deux quarterons d'acier de Cha-
50 lybes[6], au bout de laquelle étaient treize pointes
de diamants, dont la moindre était aussi grosse
comme la plus grande cloche de Notre-Dame
de Paris[7] (il s'en fallait par aventure l'épaisseur
d'un ongle, ou au plus, que je ne mente, d'un dos
55 de ces couteaux qu'on appelle coupe-oreille[8],

---

1. Le *plat pays*, au Moyen Age, c'est la campagne découverte par opposition
au château ; l'expression est péjorative ; 2. Par Mahomet : juron des mécréants
dans la littérature médiévale ; 3. Roman en forme de chronique attribué à l'archevêque, compagnon de Charlemagne ; 4. Les miracles de saint Nicolas, dont les récits
se vendaient dans les campagnes en éditions populaires ; 5. Ce sont les *Contes de
ma mère l'oie* ; 6. Acier réputé dans l'Antiquité ; 7. Cette cloche pesait 12 500 kg ;
8. L'auteur, pris de scrupules, tient à préciser que l'indication qu'il vient de donner
est exacte à l'épaisseur d'un ongle près, ou tout au plus d'un de ces petits couteaux
qui servaient à couper les oreilles des malfaiteurs.

——— QUESTIONS ———

2. La parodie burlesque de l'épopée : les deux chefs d'armée qui vont
s'affronter ont-ils le même caractère ? A quel genre de personnage fait
penser Loupgarou ? — Le rôle des assistants. Pourquoi Panurge parle-t-il
tant ?

mais pour un petit, ni avant ni arrière[1]), et était
fée*, en manière que jamais ne pouvait rompre,
mais au contraire, tout ce qu'il en touchait
rompait incontinent.

       * magique

60   Ainsi donc, comme il approchait en grande
fierté*, Pantagruel, jetant les yeux au ciel, se
recommanda à Dieu de bien bon cœur, faisant
vœu tel comme s'ensuit : « Seigneur Dieu, qui
toujours as été mon protecteur et mon serva-
65 teur*, tu vois la détresse en laquelle je suis
maintenant. Rien ici ne m'amène, sinon zèle
naturel, ainsi comme[2] tu as octroyé ès* humains
de garder et défendre soi, leurs femmes, enfants,
pays et famille, en cas que ne serait ton négoce*
70 propre qui est la foi, car en telle affaire tu ne veux
nul coadjuteur, sinon de confession catholique
et service de ta parole; et nous as défendu toutes
armes et défenses, car tu es le tout-puissant,
qui, en ton affaire propre, et où ta cause propre
75 est tirée en action, te peux défendre trop* plus
qu'on ne saurait estimer, toi qui as mille milliers
de centaines de millions de légions d'anges,
duquel le moindre[3] peut occire tous les humains,
et tourner le ciel et la terre à son plaisir, comme
80 jadis bien apparut en l'armée de Sennachérib[4].
Donc, s'il te plaît à cette heure m'être en aide,
comme en toi seul est ma totale confiance et
espoir, je te fais vœu que, par toutes contrées
tant de ce pays d'Utopie que d'ailleurs où j'aurai
85 puissance et autorité, je ferai prêcher ton saint
Évangile purement, simplement et entièrement,
si que* les abus d'un tas de papelards** et faux
prophètes, qui ont par constitutions* humaines
et inventions dépravées envenimé tout le monde,
90 seront d'entour moi exterminés. »

      * férocité

      * sauveur

      * aux

      * affaire

      * beaucoup

      * si bien que
      ** hypocrites
      * règlements

---

   1. Sans ajouter la plus petite épaisseur, ni sur la face arrière, ni sur la face avant;
2. Étant donné que; **3.** *Duquel* a pour antécédent *anges*, avec attraction du nombre;
4. En une nuit, un ange du Seigneur fit périr 185 000 hommes dans l'armée de Senna-
cherib (Rois, IV, 19, 35).

Alors fut ouïe* une voix du ciel, disant : « *Hoc* * entendu
fac et vinces[1] », c'est-à-dire : « Fais ainsi et tu
auras victoire. » (3)

Puis voyant Pantagruel que Loupgarou appro-
95 chait la gueule ouverte, vint contre lui hardiment et s'écria tant qu'il put : « A mort, ribaud !
à mort ! » pour lui faire peur, selon la discipline
des Lacédémoniens, par son horrible cri. Puis
lui jeta de sa barque*, qu'il portait à sa ceinture, * baril
100 plus de dix et huit caques et un minot[2] de sel,
dont il lui emplit et gorge et gosier, et le nez
et les yeux. De ce* irrité, Loupgarou lui lança * cela
un coup de sa masse, lui voulant rompre la
cervelle, mais Pantagruel fut habile et eut tou-
105 jours bon pied et bon œil. Par ce* démarcha** * Aussi
du pied gauche un pas en arrière, mais il ne sut ** recula
si bien faire que le coup ne tombât sur la barque,
laquelle rompit* en quatre mille octante et six * se brisa
pièces, et versa le reste du sel en terre.

110 Quoi voyant, Pantagruel galantement* ses bras * vigoureusement
déplie, et, comme est l'art de la hache, lui donna
du gros bout de son mât en estoc, au-dessus de
la mamelle, et retirant le coup à gauche en tail-
lade*, lui frappa entre col et collet. * coupure

[Pantagruel esquive le coup de Loupgarou dont la masse s'enfonce
en terre ; mais, en touchant la dite masse, qui avait un pouvoir magique,
le mât de Pantagruel se brise. Panurge remarque que les deux adversaires finiront par se faire mal si on ne les sépare, mais les géants
empêchent Carpalim de secourir Pantagruel.]

---

1. Allusion parodique à un épisode connu de la vie de l'empereur Constantin :
au cours de sa campagne contre Maxence, il eut la vision d'une croix lumineuse
entourée de ces mots : *In hoc signo vinces* (« Par ce signe tu vaincras »). Il fit, après
sa victoire, du christianisme la religion officielle de l'Empire ; 2. Un *minot* valait
trente-neuf litres, mais la *caque* n'était pas une mesure : c'est une barrique où l'on
conserve les salaisons.

--------- **QUESTIONS** ---------

3. Analysez en détail la prière de Pantagruel. Comment fait-elle écho
aux professions évangéliques ? Qu'y a-t-il de contradictoire entre la première et la seconde partie de cette prière ? De quoi Rabelais se moque-t-il ?
A quel autre de ses personnages, dans le *Gargantua*, prêtera-t-il des intentions de conversion forcée ? — Le style de cette prière. Le vocabulaire
est-il le même que celui qui est employé par Gargantua au début de la
lettre du chapitre VIII ? — Quelle est l'intention de Rabelais en parodiant
par une allusion très précise un « miracle » rapporté par l'Histoire ?

115 Puis Pantagruel, ainsi destitué* de bâton**,   * privé
reprit le bout de son mât, en frappant torche   ** arme
lorgne[1] dessus le géant; mais il ne lui faisait mal
en plus que feriez baillant* une chiquenaude   * donnant
sur une enclume de forgeron. Cependant Loup-
120 garou tirait de terre sa masse, et l'avait jà*   * déjà
tirée et la parait* pour en férir** Pantagruel;   * préparait
   ** frapper
mais Pantagruel, qui était soudain au remuement[2],
déclinait* tous ses coups, jusqu'à ce qu'une   * esquivait
fois, voyant que Loupgarou le menaçait, disant :
125 « Méchant, à cette heure te hacherai-je comme
chair à pâté, jamais tu n'altéreras[3] les pauvres
gens », Pantagruel lui frappa du pied un si
grand coup contre le ventre, qu'il le jeta en
arrière à jambes rebindaines[4], et vous le traînait
130 ainsi à l'écorche-cul plus d'un trait d'arc. Et
Loupgarou s'écriait, rendant le sang par la
gorge : « Mahom! Mahom! Mahom! » A
quelle voix se levèrent tous les géants pour le
secourir. Mais Panurge leur dit : « Messieurs,
135 n'y allez pas si m'en croyez, car notre maître
est fol et frappe à tort et à travers, et ne regarde
point où. Il vous donnera malencontre*. » Mais   * malheur
les géants n'en tinrent compte, voyant que Pantagruel était sans bâton*.   * arme
140 Lorsque approcher les vit, Pantagruel prit
Loupgarou par les deux pieds et son corps leva
comme une pique en l'air, et, d'icelui armé
d'enclumes[5], frappait parmi ces géants armés
de pierres de taille, et les abattait comme un
145 maçon fait de copeaux[6], que nul n'arrêtait
devant lui qu'il ne ruât[7] par terre. Dont*, à la   * Aussi
rupture de ces harnais* pierreux, fut fait un   * armures
si horrible tumulte qu'il me souvint quand la
grosse tour de beurre, qui était à Saint-Étienne
150 de Bourges[8], fondit au soleil. Panurge, ensemble*   * en même temps

---

1. A tort et à travers; 2. Rapide à se remuer; 3. On sait que Pantagruel est le démon de la soif; 4. Les jambes en l'air; 5. Avec celui-ci (le corps de Loupgarou), qui était armé d'enclumes; 6. *Copeaux* : déchets de bois ou de pierre; 7. Éclats que personne n'arrêtait sans être précipité en terre; 8. Confusion : la tour nord de la cathédrale Saint-Étienne de Bourges s'écroula en 1506, mais c'est la tour qui lui succéda qui fut appelée « Tour de beurre » : elle avait été élevée avec de l'argent donné pour avoir la permission de manger du beurre en carême.

« Pantagruel prit Loupgarou par les deux pieds... » (Page 126.)
Gravure parue dans un recueil d'illustrations de la collection Devéria. —
B. N. Imprimés.

Carpalim et Eusthènes, cependant égorgetaient[1]
ceux qui étaient portés par terre. Faites votre
compte qu'il n'en échappa un seul, et à voir
Pantagruel, semblait un faucheur qui de sa faux
155 (c'était Loupgarou) abattait l'herbe d'un pré
(c'était les géants), mais à cette escrime, Loupgarou perdit la tête. Ce fut quand Pantagruel
en abattit un qui avait nom Riflandouille[2],
qui était armé à haut appareil[3], c'était de pierres
160 de grison[4], dont un éclat coupa la gorge tout
outre à Épistémon, car autrement la plupart
d'entre eux étaient armés à la légère : c'était
de pierres de tuf[5], et les autres de pierre ardoi-
sine. Finalement, voyant que tous étaient morts,
165 jeta le corps de Loupgarou tant qu'il put contre
la ville, et tomba comme une grenouille sur
ventre en la place mage[6] de la dite ville, et
en tombant, du coup tua un chat brûlé, une   * outarde
chatte mouillée, une canepetière* et un oison
170 bridé[7]. **(4) (5)**

---

1. Ne cessaient d'égorger ; 2. *Riflandouille* joue le rôle, dans les mystères, du tyran
ou du bourreau ; 3. Il y avait plusieurs façons d'appareiller les pierres de taille, le
petit appareil, le moyen et le grand, ou haut : ne pas oublier que les géants avaient
une armure de pierre de taille ; 4. *Grison* : grès très dur ; 5. *Tuf* : pierre tendre ; 6. Grand
place ; 7. *Oison bridé* : jeune oie à qui on passe un brin de bois au travers du bec
pour l'empêcher de traverser les haies et de courir dans les jardins.

=========== **QUESTIONS** ===========

4. Montrez que Rabelais n'a pas manqué d'utiliser les péripéties traditionnelles qui donnent au combat singulier tout son intérêt drama-
tique. Ce genre de récit garde-t-il cependant pour nous autant d'intérêt
que pour les lecteurs du XVIe siècle ? — Classez les différents procédés
burlesques destinés : 1º à parodier les détails qui donnent à la légende
épique sa véracité ; 2º à détruire par un certain prosaïsme le caractère
« noble » du combat ; 3º à user du merveilleux d'une façon cocasse.

5. SUR L'ENSEMBLE DU CHAPITRE XXIX. — Quelle était encore au XVIe siècle
la faveur des romans chevaleresques et des récits d'aventures héroïques ?
La parodie qu'en fait ici Rabelais traduit-elle le sentiment qu'il pouvait
avoir sur ce genre de littérature ?

— Rabelais et la guerre : ce chapitre signifie-t-il que Rabelais est
admirateur des exploits militaires ? Quel genre de combat Pantagruel
a-t-il à soutenir ici ? Peut-on comparer ces épisodes à ceux de la guerre
picrocholine dans *Gargantua* ?

CHAPITRE XXX

COMMENT ÉPISTÉMON,
QUI AVAIT LA COUPE TÊTÉE[1],
FUT GUÉRI HABILEMENT PAR PANURGE,
ET DES NOUVELLES DES DIABLES
ET DES DAMNÉS

Cette déconfite* gigantale parachevée, Pantagruel se retira au lieu des flacons et appela
Panurge et les autres, lesquels se rendirent à
lui sains et saufs, excepté Eusthènes, lequel un
5 des géants avait égraphiné* quelque peu au
visage, ainsi* qu'il l'égorgetait, et Épistémon
qui ne comparaît* point. Dont Pantagruel fut
si dolent* qu'il se voulut tuer soi-même, mais
Panurge lui dit : « Déa*, Seigneur, attendez
10 un peu, et nous le chercherons entre les morts
et verrons la vérité du tout. » (1)

Ainsi donc comme ils le cherchaient, ils le
trouvèrent tout roide mort, et sa tête entre les
bras toute sanglante. Lors Eusthènes s'écria :
15 « Ha! male mort, nous as-tu tollu* le plus
parfait des hommes! »

A laquelle voix se leva Pantagruel, au* plus
grand deuil qu'on vit jamais au monde, et dit
à Panurge : « Ha! mon ami, l'auspice de vos
20 deux verres et du fût de javeline était bien par
trop fallace²*! »

Mais Panurge dit : « Enfants, ne pleurez
goutte. Il est encore tout chaud : je vous le
guérirai aussi sain qu'il fut jamais. »

* déroute

* égratigné
* alors
* comparaissait
* affligé
* vraiment

* ôté

* dans le

* trompeur

1. Contrepèterie pour la *tête coupée*; 2. Panurge, après avoir placé deux verres
sur un fût, avait brisé le fût sans casser les verres : c'était, affirmait-il, un présage
de victoire.

──────── QUESTIONS ────────

1. Pourquoi ces paroles de bon sens dans la bouche de Panurge? —
A quel épisode célèbre de *la Chanson de Roland* peuvent faire penser
cette douleur de Pantagruel et cette intention de retrouver Épistémon
parmi les morts? — Pourquoi la perte d'Épistémon peut-elle être plus
affligeante pour Pantagruel que celle d'un autre de ses compagnons?

25   Ce disant, prit la tête et la tint [...] chaude-
ment, afin qu'elle ne prît vent; Eusthènes et
Carpalim portèrent le corps au lieu où ils avaient
banqueté, non par espoir que jamais guérît,
mais afin que Pantagruel le vît. Toutefois Panurge
30 les réconfortait, disant : « Si je ne le guéris,
je veux perdre la tête (qui* est le gage** d'un   * ce qui
fol); laissez ces pleurs et m'aidez. » (2)   ** pari

   Adonc* nettoya très bien de beau vin blanc   * Alors
le col et puis la tête, et y sinapisa de poudre de
35 diamerdis¹, qu'il portait toujours en une de ses
fasques*; après les oignit de je ne sais quel   * poches
oignement*, et les affûta** justement, veine   * onguent
contre veine, nerf contre nerf, spondyle contre   ** ajusta
spondyle, afin qu'il ne fût torticolis² (car telles
40 gens il haïssait de mort). Ce fait, lui fit à l'entour quinze ou seize points d'aiguille afin qu'elle
ne tombât derechef, puis mit à l'entour un peu
d'un onguent qu'il appelait ressuscitatif.

   Soudain Épistémon commença respirer, puis
45 ouvrir les yeux, puis bâiller, puis éternuer,
puis fit un gros pet de ménage. Dont* dit Panurge: * Aussi
« A cette heure est-il guéri assurément » (3).
Et lui bailla* à boire un verre d'un grand vilain**   * donna
vin blanc, avec une rôtie sucrée³. En cette façon   ** ordinaire
50 fut Épistémon guéri habilement, excepté qu'il
fut enroué plus de trois semaines et eut une toux

---

1. Mot burlesque formé sur le modèle des mots pharmaceutiques qui commençaient alors si souvent par *dia-;* **2.** Ce terme de *torticolis* évoque l'attitude des hypo-
crites et des cafards; **3.** La *rôtie* est un morceau de pain qu'on plaçait au fond du
verre; *sucrée :* le sucre était rare et coûteux, c'était un aliment pour malades ou
convalescents.

─────── **QUESTIONS** ───────

2. Comment Rabelais accentue-t-il le contraste entre l'optimisme
d'un Panurge et le désespoir des autres? Pourquoi pense-t-on à certains
détails de l'épisode évangélique de la résurrection de Lazare?

3. Le retour d'Épistémon à la vie : est-ce par la magie ou par le recours
aux forces surnaturelles que Panurge réussit ce « miracle »? — Une telle
opération chirurgicale a-t-elle une chance de réussir? Faut-il en conclure
que Rabelais veut démontrer que la seule façon dont on pourrait ranimer
un mort reste en dehors des possibilités de la science? — Les premières
manifestations de la vie chez Épistémon : comment les connaissances
médicales de Rabelais lui servent-elles une fois de plus?

sèche, dont il ne put onques* guérir, sinon à   * jamais
force de boire. **(4)**

    Et là commença à parler, disant qu'il avait
55 vu les diables, avait parlé à Lucifer familière-
ment et fait grand chère en enfer et par les
Champs-Élysées, et assurait devant tous que les
diables étaient bons compagnons. Au regard
des damnés, il dit qu'il était bien marri* de ce   * malheureux
60 que Panurge l'avait si tôt révoqué* en vie :   * rappelé
« Car je prenais, dit-il, un singulier passe-temps
à les voir.

    — Comment? dit Pantagruel.

    — L'on ne les traite, dit Épistémon, si mal
65 que vous penseriez; mais leur état est changé
en étrange façon. Car je vis Alexandre le Grand
qui rapetassait de vieilles chausses et ainsi gagnait
sa pauvre vie.

>   Xerxès criait la moutarde,
> 70 Romulus était saunier*   * marchand de
>   Numa, cloutier,   sel
>   Tarquin, taquin*   * avare
>   Pison, paysan
>   Sylla, riverain*.   * passeur

[Suit toute une énumération de personnages illustres (empereurs,
papes, héros de romans de chevalerie) et de leur misérable condition
aux Enfers.]

75 « En cette façon ceux qui avaient été gros seigneurs en ce monde ici gagnaient leur pauvre
méchante et paillarde vie là-bas. Au contraire
les philosophes et ceux qui avaient été indigents
en ce monde, de par là étaient gros seigneurs
80 en leur tour. **(5)**

━━━━━ **QUESTIONS** ━━━━━

    4. Quelle est la signification de ce miracle? Témoigne-t-il, comme
l'a affirmé un critique contemporain, que Rabelais partageait la foi de
son époque à l'égard des miracles ou, au contraire, se moque-t-il de la
crédulité de ses contemporains? — Comment reparaît ici le thème mythique
de la soif pantagruélique?

    5. Quel thème littéraire est repris ici sous une forme parodique? —
Relevez les détails qui mêlent en une seule image l'enfer païen et l'enfer
chrétien. Pourquoi pense-t-on cependant plutôt aux *Dialogues des morts*
de Lucien qu'à *la Divine Comédie* de Dante?

« Je vis Diogène[1] qui se prélassait en magnificence avec une grande robe de pourpre et un
sceptre en sa dextre, et faisait enrager Alexandre
le Grand, quand il n'avait bien rapetassé ses
85 chausses, et le payait en grands coups de bâton.
Je vis Épictète[2] vêtu galamment à la française,
sous une belle ramée, avec forces demoiselles,
se rigolant, buvant, dansant, faisant en tout
cas grande chère, et auprès de lui force écus
90 au soleil[3]. Au-dessus de la treille étaient pour
sa devise ces vers écrits :

> Sauter, danser, faire les tours
> Et boire vin blanc et vermeil
> Et ne faire rien tous les jours
95 > Que compter écus au soleil.

« Lors, quand me vit, il m'invita à boire avec
lui courtoisement, ce que je fis volontiers, et
chopinâmes théologalement. Cependant vint
Cyre[4] lui demander un denier en l'honneur de
100 Mercure, pour acheter un peu d'oignons pour
son souper. « Rien, rien, dit Épictète, je ne
donne point deniers. Tiens, maraud, voilà un
écu, sois homme de bien. » Cyre fut bien aise
d'avoir rencontré tel butin ; mais les autres
105 coquins de rois qui sont là-bas, comme Alexandre,
Daire[5] et autres, le dérobèrent la nuit. Je vis
Pathelin[6], trésorier de Rhadamante[7], qui mar-
chandait des petits pâtés que criait le pape
Jules[8], et lui demanda : « Combien la douzaine ?

---

1. *Diogène* : philosophe grec (IVe siècle av. J.-C.), qui affichait un profond mépris
pour tous les biens matériels ; contemporain d'Alexandre le Grand, il affecta, selon
certaines anecdotes, un parfait dédain pour le maître du monde ; 2. *Épictète* : philosophe stoïcien (50-125) ; d'abord esclave d'Épaphrodite, affranchi de Néron, il
garda, même devenu libre, la même rigueur et la même austérité ; 3. *Écu au soleil* :
monnaie d'or, frappée par Louis XI et valant 2 francs-or, elle portait un soleil au-dessus
de l'écu de France ; 4. Cyrus, roi de Perse (VIe s. av. J.-C.), fondateur de l'Empire
perse ; 5. Darius, nom de deux rois de Perse célèbres ; l'un fut vaincu par les Grecs
à Marathon (490 av. J.-C.) ; le deuxième par Alexandre le Grand ; 6. Le personnage
de la farce du XVe siècle ; 7. *Rhadamante* : un des trois juges des Enfers avec Minos
et Éaque ; 8. Jules II, pape de 1503 à 1513, est visé ici non pas tellement pour avoir
lutté contre Louis XII et contre la Réforme, mais pour avoir publié une indulgence
destinée à trouver l'argent nécessaire aux embellissements somptueux du Vatican.

110 — Trois blancs[1], dit le pape. — Mais, dit Pathelin, trois coups de barre! Baille ici, vilain, baille,
et en va quérir d'autres! » Le pauvre pape allait
pleurant. Quand il fut devant son maître pâtissier, lui dit qu'on lui avait ôté ses pâtés; adonc

115 le pâtissier lui bailla l'anguillade[2] si bien que
sa peau n'eût rien valu à faire cornemuses. Je
vis maître Jean le Maire[3] qui contrefaisait du
pape et à tous ces pauvres rois et papes de ce
monde, faisait baiser ses pieds, et en faisant du

120 grobis[4], leur donnait sa bénédiction, disant :
« Gagnez les pardons[5], coquins, gagnez; ils
sont à bon marché. Je vous absous de pain et
de soupe[6], et vous dispense de ne valoir jamais
rien. » Et appela Caillette[7] et Triboulet[8], disant :

125 « Messieurs les Cardinaux, dépêchez leurs
bulles : à chacun un coup de pieu sur les reins. »
Ce que fut fait incontinent.

« Je vis maître François Villon, qui demanda
à Xerxès : « Combien la denrée[9] de moutarde?

130 — Un denier » dit Xerxès. A quoi dit ledit
Villon : « Tes fièvres quartaines[10], vilain! la
blanchée[11] n'en vaut qu'un pinard[12] et tu nous
surfais ici les vivres? Adonc* pissa dedans son   * alors
baquet, comme font les moutardiers à Paris[13].

135 Je vis le franc archer de Bagnolet[14], qui était
inquisiteur des hérétiques. Il rencontra Perceforest[15] pissant contre une muraille, en laquelle

---

1. *Blanc* : voir page 109, note 9; 2. *Anguillade* : coup de fouet de peau d'anguille;
3. Lemaire (ou Le Maire) de Belges (1473-1525), poète et chroniqueur qui avait écrit
deux livres d'inspiration gallicane où le pape était vivement attaqué; 4. Faisait
l'important (se disait d'abord d'un chat qui fait le gros dos); 5. Sur les pardons et
indulgences, voir page 110, note 1; 6. Parodie de la formule d'absolution : « Je vous
absous de peine et de coulpe »; 7. *Caillette* : fou de Louis XII; 8. *Triboulet* : fou de
François Ier; 9. *Denrée* : quantité que l'on peut avoir pour un denier; 10. Impré-
cation répandue aux XVIe et XVIIe siècles; 11. *Blanchée* : quantité que l'on peut avoir
pour un blanc, soit 5 deniers; 12. *Pinard*, monnaie de faible valeur, valant à peu près
un denier. Il y a une sorte de dévaluation de la moutarde aux enfers; 13. Du moins
le disait-on; 14. Les francs-archers, sorte de corps territoriaux créés par Charles VII
pendant la guerre de Cent Ans, étaient fort raillés; un monologue comique, *le Franc
Archer de Bagnolet*, raillait leurs fanfaronnades et leur couardise; 15. *Perceforest* :
héros d'un roman d'aventures (1528) qui reprenait les thèmes des romans médiévaux
(cycle d'Arthur, roman d'Alexandre).

était peint le feu de saint Antoine[1]. Il le déclara
hérétique et l'eût fait brûler tout vif, n'eût été
140 Morgant[2] qui, pour son *proficiat*[3] et autres
menus droits, lui donna neuf muids de bière. » **(6)**

Or dit Pantagruel : « Réserve-nous ces beaux
contes à une autre fois. Seulement dis-nous
comment y sont traités les usuriers.

145   — Je les vis, dit Épistémon, tout occupés à
chercher les épingles rouillées et vieux clous
parmi les ruisseaux des rues, comme vous voyez   * pauvres
que font coquins* en ce monde ; mais le quintal   * morceau
de ces quincailleries ne vaut qu'un boussin*   * débit
150 de pain ; encore y en a-t-il mauvaise dépêche* :   * infortunés
ainsi les pauvres malotrus* sont aucunes** fois   ** quelque
plus de trois semaines sans manger morceau ni
miette, et travaillent jour et nuit, attendant la
foire à venir ; mais de ce travail et de malheurté*   * malheur
155 y ne leur souvient, tant ils sont actifs et mau-
dits, pourvu que, au bout de l'an, ils gagnent
quelque méchant denier. **(7)**

     — Or, dit Pantagruel, faisons un transon*   * morceau
de bonne chère et buvons, je vous prie, enfants :
160 car il fait beau boire tout ce mois. »

---

1. On le peignait sur les murs des hôpitaux où était soigné le feu saint Antoine
(voir page 42, note 1 et page 106, note 1) ; **2.** *Morgant :* bon géant, goinfre et niais,
qui est le héros d'une parodie burlesque des romans de chevalerie écrite par Pulci
au XVe s. ; **3.** *Proficiat :* don de bienvenue fait aux évêques.

——— QUESTIONS ———

6. Étudiez la composition de tout ce développement : quelle est l'idée
qui se trouve illustrée par cette suite d'exemples ? — Est-ce la seule fantaisie qui a dicté le choix de ces personnages mis en présence dans ces
nouveaux *Dialogues des morts* ? Comment passe-t-on des personnages
tirés de l'Antiquité à des exemples beaucoup plus modernes ? Le voisinage des héros venus de la littérature avec des personnages historiques
s'explique-t-il par un simple jeu de l'imagination ? Contre qui s'exerce
surtout la satire ? Quels sont les grands personnages qui sont absents
de ce tableau ? — La hiérarchie respectée aux enfers traduit-elle l'idéal
social de Rabelais ? — Les détails pittoresques dans ce passage : pourquoi
une telle fiction peut-elle tout particulièrement donner naissance à des
épisodes humoristiques ?

7. Quelle raison peut expliquer que les usuriers aient une mention
spéciale dans cet enfer ? Voit-on en d'autres passages l'opinion de Rabelais sur ceux qui trafiquent en quelque domaine que ce soit ?

Lors dégaînèrent flacons à tas*, et des muni-
tions* du camp firent grande chère, mais le
pauvre roi Anarche ne se pouvait éjouir. Dont*
dit Panurge : « De quel métier ferons-nous
165 Monsieur du[1] roi ici, afin qu'il soit jà tout
expert en l'art quand il sera de par-delà à tous
les diables?

— Vraiment, dit Pantagruel, c'est bien avisé
à toi. Or, fais-en à ton plaisir, je te le donne.

170 — Grand merci, dit Panurge, le présent n'est
de refus, et l'aime de vous. » **(8) (9)**

* en masse
* provisions
* Aussi

CHAPITRE XXXI

COMMENT PANTAGRUEL
ENTRA EN LA VILLE DES AMAUROTES,
ET COMMENT PANURGE
MARIA LE ROI ANARCHE
ET LE FIT CRIEUR DE SAUCE VERT[2]

Après cette victoire merveilleuse, Pantagruel
envoya Carpalim en la ville des Amaurotes dire
et annoncer comment le roi Anarche était pris
et tous leurs ennemis défaits. Laquelle nouvelle
5 entendue, sortirent au-devant de lui tous les
habitants de la ville en bon ordre et en grande
pompe triomphale, avec une liesse divine, et
le conduisirent en la ville, et furent faits beaux
feux de joie par toute la ville, et belles tables

---

1. Anoblissement ironique, comme « Monsieur du pape » ou « Monsieur du corbeau »; 2. Dans l'ancienne langue, *vert* a la même forme au masculin et au féminin.

--- **QUESTIONS** ---

8. La conclusion de ce chapitre : cherchez dans d'autres chapitres des exemples qui illustrent la façon un peu désinvolte dont Rabelais renoue le fil de son récit.

9. SUR L'ENSEMBLE DU CHAPITRE XXX. — Les procédés parodiques. Dans quelle mesure ce chapitre peut-il être considéré comme conçu suivant une technique comparable à celle du chapitre précédent?

— Faut-il considérer que le burlesque masque ici de graves considé-rations sur des problèmes importants? Voit-on nettement l'opinion de Rabelais sur les miracles, sur l'au-delà, sur l'ordre social?

10 rondes, garnies de force vivres, dressées par
les rues. Ce fut un renouvellement du temps
de Saturne[1], tant y fut faite lors grande chère. (1)

Mais Pantagruel, tout le Sénat ensemblé*,   * assemblé
dit : « Messieurs, cependant que le fer est chaud,
15 il le faut battre ; pareillement, devant* que   * avant
nous débaucher* davantage, je veux que nous   * débander
allions prendre d'assaut tout le royaume des
Dipsodes. Pourtant*, ceux qui avec moi voudront   * Aussi
venir, s'apprêtent à demain après boire, car
20 lors je commencerai marcher. Non qu'il me faille
gens davantage pour m'aider à le conquêter*,   * conquérir
car autant vaudrait que je le tinsse déjà[2] ; mais
je vois que cette ville est tant pleine des habitants qu'ils ne peuvent se tourner par les rues.
25 Donc je les mènerai comme une colonie en
Dipsodie, et leur donnerai tout le pays qui est
beau, salubre, fructueux* et plaisant sur tous[3]   * fertile
les pays du monde, comme plusieurs de vous
savent, qui y êtes allés autrefois. Un chacun
30 de vous qui y voudra venir soit prêt comme j'ai   * décision
dit. » Ce conseil* et délibération fut divulgué
par la ville, et au lendemain, se trouvèrent en
la place devant le palais jusques au nombre de
dix-huit cent cinquante et six mille et onze,
35 sans les femmes et petits enfants[4]. Ainsi commencèrent à marcher droit en Dipsodie, en si bon
ordre qu'ils ressemblaient ès* enfants d'Israël,   * aux
quand ils partirent d'Égypte pour passer la mer
Rouge[5]. (2)

---

1. L'âge d'or ; 2. C'est à peu près comme si je le tenais déjà ; 3. Plus que tous ;
4. Restriction burlesque, parodie de l'Évangile ; 5. Souvenirs de l'Exode, qui raconte
la sortie d'Égypte.

QUESTIONS

1. Pourquoi Rabelais n'a-t-il pas développé davantage la description
de ces réjouissances ? Sous quel signe se déroulent ces fêtes ?

2. Comment Pantagruel justifie-t-il la guerre de conquête et la colo-
nisation ? Gargantua agit-il de même envers le royaume de Picrochole ?
Faut-il en conclure qu'il y a contradiction dans la pensée de Rabelais ?
Quelle est la difficulté à laquelle se heurte toujours le lecteur quand il
faut interpréter la pensée de l'auteur ?

40 Mais, devant que poursuivre cette entreprise,
je vous veux dire comment Panurge traita son
prisonnier le roi Anarche. Il lui souvint de ce
qu'avait raconté Épistémon, comment étaient
traités les rois et riches de ce monde par les
45 Champs-Élysées[1] et comment ils gagnaient
pour lors leur vie à vils et sales métiers.

Pourtant*, un jour, habilla son dit roi d'un   * Aussi
beau petit pourpoint de toile, tout déchiqueté
comme la cornette* d'un Albanais[2], et de belles   * coiffure
50 chausses à la marinière[3], sans souliers (car,
disait-il, ils lui gâteraient la vue), et un petit
bonnet pers* avec une grande plume de cha-   * bleu
pon. Je faux*, car il m'est avis qu'il y en avait   * me trompe
deux, et une belle ceinture de pers et vert, disant
55 que cette livrée lui advenait* bien, vu qu'il   * convenait
avait été pervers. (3)

En tel point, l'amena devant Pantagruel, et
lui dit : « Connaissez-vous ce rustre?
— Non, certes, dit Pantagruel.
60 — C'est monsieur du roi de trois cuites[4].
Je le veux faire homme de bien. Ces diables
de rois ici ne sont que veaux et ne savent ni ne
valent rien, sinon à faire des maux ès* pauvres   * aux
sujets et à troubler tout le monde par guerre,
65 pour leur inique et détestable plaisir. Je le veux
mettre à métier[5] et le faire crieur de sauce vert[6].
Or commence à crier : « Vous faut-il point de
sauce vert? » Et le pauvre diable criait. « C'est

---

1. C'est-à-dire les Enfers, allusion au chapitre précédent; 2. Cavaliers légers dont le premier corps avait été formé par Louis XII; ils portaient un bonnet conique, autour duquel était entortillée une *cornette*; 3. Larges et flottantes; 4. C'est-à-dire parfait : expression tirée du vocabulaire des apothicaires, qui vendaient des sucres dits « d'une cuite », « de deux cuites » et « de trois cuites », suivant leur qualité; 5. A un métier; 6. La *sauce verte* (*vert* est un féminin archaïque) se faisait avec du verjus et du gingembre. Elle était vendue par des marchands ambulants.

QUESTIONS
---

3. L'importance des lignes 42-46 : comment confirment-elles l'interprétation qu'il faut donner au spectacle des Enfers tel que l'a vu Épistémon? — Le déguisement d'Anarche : est-ce une simple fantaisie de la part de Panurge ou une revanche?

trop bas », dit Panurge, et le prit par l'oreille,
70 disant : « Chante plus haut, en *g, sol, ré, ut*[1].
Ainsi, diable! tu as bonne gorge, tu ne fus jamais
si heureux que de n'être plus roi. » **(4)**

Et Pantagruel prenait à tout plaisir, car j'ose
bien dire que c'était le meilleur petit bonhomme
75 qui fût d'ici au bout d'un bâton. Ainsi fut Anarche
bon crieur de sauce vert. Deux jours après,
Panurge le maria avec une vieille lanternière,
et lui-même fit les noces à* belles têtes de mou-   * avec
ton, bonnes hâtilles[2] à la moutarde et beaux
80 tribars[3] aux ails, dont il en envoya cinq som-
mades[4] à Pantagruel, lesquelles il mangea toutes,
tant il les trouva appétissantes, et à boire belle
piscantine* et beau cormé[5]. [...]   * piquette

Pantagruel leur donna une petite loge auprès
85 de la basse rue, et un mortier de pierre à piler
la sauce, et firent en ce point leur petit ménage,
et fut aussi gentil crieur de sauce vert qui fut
onques* vu en Utopie. Mais l'on m'a dit depuis   * jamais
que sa femme le bat comme plâtre, et le pauvre
90 sot ne s'ose défendre, tant il est niais. **(5) (6)**

---

1. Dans la musique du temps, on indiquait ainsi le ton de *sol ;* 2. *Hâtille :* tranche
de porc rôti ; 3. Mets inconnu, le sens ordinaire du mot est « bâton » ; 4. *Sommade :*
charge de bête de somme ; 5. *Cormé :* boisson fermentée faite avec les fruits du cormier.

QUESTIONS

4. Comment faut-il interpréter ces attaques contre la royauté? S'ap-
pliquent-elles à la royauté en général ou seulement à certains rois? Pré-
cisez, de ce point de vue, la signification du nom que Rabelais a donné
à son personnage.

5. Comment la nouvelle situation d'Anarche révèle-t-elle ce qu'il était
en réalité, même au temps de sa grandeur? Mettez en relief toutes les
expressions qui semblent s'accorder parfaitement à la médiocrité du
personnage.

6. SUR L'ENSEMBLE DU CHAPITRE XXXI. — Quels sont les problèmes
politiques et sociaux posés par ce chapitre?

CHAPITRE XXXII

COMMENT PANTAGRUEL DE SA LANGUE COUVRIT TOUTE UNE ARMÉE ET DE CE QUE L'AUTEUR VIT DEDANS SA BOUCHE

Ainsi que* Pantagruel avec toute sa bande   * lorsque
entrèrent ès* terres des Dipsodes, tout le monde   * dans les
en était joyeux, et incontinent* se rendirent à lui,   * immédiatement
et, de leur franc vouloir, lui apportèrent les
5 clefs de toutes les villes où il allait, excepté les
Almyrodes[1], qui voulurent tenir contre lui, et
firent réponse à ses hérauts qu'ils ne se ren-
draient sinon à bonnes enseignes[2].

« Quoi! dit Pantagruel, en demandent-ils
10 meilleures que la main au pot et le verre au
poing? Allons, et qu'on me les mette à sac. »
Adonc* tous se mirent en ordre, comme déli-   * Alors
bérés* de donner l'assaut. Mais, au chemin,   * décidés
passant une grande campagne*, furent saisis   * plaine
15 d'une grosse housée* de pluie. A quoi com-   * averse
mencèrent se trémousser et se serrer l'un l'autre.
Ce que voyant, Pantagruel leur fit dire par les
capitaines que ce n'était rien, et qu'il voyait bien
au-dessus des nuées que ce ne serait qu'une
20 petite rosée, mais à toutes fins[3], qu'ils se missent
en ordre et qu'il les voulait couvrir. Lors se
mirent en bon ordre et bien serrés, et Pantagruel tira sa langue seulement à demi et les en
couvrit comme une geline* fait ses poulets[4]. (1)   * poule
25 Cependant, je, qui vous fais ces tant véri-
tables contes, m'étais caché dessous une feuille

---

1. Mot grec : les salés; 2. A bon escient; dans la phrase suivante, Pantagruel prend
l'expression au sens propre; 3. En tout cas; 4. Couvre ses poulets. Emploi du verbe
faire pour remplacer n'importe quel autre verbe.

QUESTIONS

1. Quelle est la taille de Pantagruel? Rabelais semble-t-il toujours
se souvenir que son héros est un géant? Et même alors, lui attribue-t-il
toujours les mêmes dimensions? Son rôle ne confine-t-il pas ici à celui
d'un dieu protecteur?

de bardane[1], qui n'était moins large que l'arche
du pont de Monstrible[2]; mais quand je les vis
ainsi bien couverts, je m'en allai à eux rendre[3]
30 à l'abri, ce que je ne pus, tant ils étaient : comme   * manque
l'on dit, au bout de l'aune faut* le drap[4]. Donc,
le mieux que je pus montai par-dessus, et chemi-
nai bien deux lieues sur sa langue, tant que
j'entrai dedans* sa bouche. Mais, ô dieux et   * dans
35 déesses, que vis-je là? Jupiter me confonde de
sa foudre trisulque[5] si j'en mens. J'y cheminais
comme l'on fait en Sophie[6] à Constantinople,
et y vis de grands rochers, comme les monts
des Danois[7] (je crois que c'étaient ses dents),
40 et de grands prés, de grandes forêts, de fortes
et grosses villes, non moins grandes que Lyon
ou Poitiers. (2)

Le premier qu'y trouvai ce fut un bonhomme
qui plantait des choux. Dont*, tout ébahi, lui   * Aussi
45 demandai : « Mon ami, que fais-tu ici?

— Je plante, dit-il, des choux.

— Et à quoi ni comment[8]? dis-je.

— Ha! monsieur, dit-il, [...] ne pouvons être
tous riches. Je gagne ainsi ma vie, et les porte
50 vendre au marché, en la cité qui est ici derrière[9].

— Jésus! dis-je, il y a ici un nouveau monde?

— Certes, dit-il, il n'est mie* nouveau; mais   * absolument pas
l'on dit bien que, hors d'ici, y a une terre neuve
où ils ont et soleil et lune, et tout plein de belles
55 besognes*; mais celui-ci est plus ancien.   * affaires

— Voire* mais, dis-je, mon ami, comment   * oui
a nom cette ville où tu portes vendre tes choux?

— Elle a, dit-il, nom Aspharage[10], et sont

1. *Bardane* : plante très courante dans les lieux incultes (voir page 107, note 2);
2. Pont dont il est question dans le roman de *Fierabras;* 3. Me rendre près d'eux;
4. L'expression signifie : « la mesure est comble »; 5. *Trisulque* : qui trace trois
sillons; 6. Sainte-Sophie, la grande basilique construite par Justinien (VIᵉ siècle);
7. Il n'y a pas de monts au Danemark; 8. Pourquoi et comment; 9. Épisode emprunté
à l'*Histoire véritable* de Lucien, I, xxx, 40 : le héros du voyage imaginaire pénètre
dans la gueule d'une baleine et y découvre un monde nouveau; 10. En grec : ville
du gosier.

——— **QUESTIONS** ———————

2. Relevez dans les lignes tous les détails qui préparent le lecteur à
ce « voyage extraordinaire »?

christians*, gens de bien, et vous feront grande   * chrétiens
60 chère*. »   * bon accueil

Bref, je délibérai* d'y aller. (3)   * décidai

Or, en mon chemin, je trouvai un compagnon
qui tendait[1] aux pigeons, auquel je demandai :
« Mon ami, dont* vous viennent ces pigeons ici?   * d'où
65 — Sire*, dit-il, ils viennent de l'autre monde. »   * Monsieur
Lors je pensai que, quand Pantagruel baillait,
les pigeons à pleines volées entraient dedans sa
gorge, pensant que fût un colombier. Puis entrai
en la ville, laquelle je trouvai belle, bien forte
70 et en bel air; mais, à l'entrée, les portiers me
demandèrent mon bulletin[2], de quoi je fus fort
ébahi, et leur demandai : « Messieurs, y a-t-il
ici danger de peste?

— O seigneur, dirent-ils, l'on se meurt ici
75 tant que le chariot[3] court par les rues.

— Vrai Dieu, dis-je, et où? » A quoi me dirent
que c'était en Laryngues et Pharyngues[4], qui
sont deux grosses villes telles comme Rouen
et Nantes, riches et bien marchandes. Et la cause
80 de la peste a été pour une puante et infecte
exhalation qui est sortie des abîmes depuis
naguère*, dont ils sont morts plus de vingt et   * peu
deux cents soixante mille et seize personnes,
depuis huit jours. Lors je pense et calcule, et
85 trouve que c'était une puante haleine qui était
venue de l'estomac de Pantagruel alors qu'il
mangea tant d'aillade[5] comme nous avons dit
dessus. (4)

---

1. Sous-entendu : des filets; 2. *Bulletin* : laissez-passer et en même temps certificat de santé; 3. Le *chariot* pour enlever les morts; 4. Villes du Larynx et du Pharynx; 5. Ragoût à l'ail consommé lors des noces du roi Anarche.

--- QUESTIONS ---

3. Pourquoi avoir choisi comme premier épisode la rencontre du paysan qui plante ses choux? La surprise naît-elle du caractère extraordinaire de la scène? Comment la leçon de relativité prend-elle forme?

4. Quel parti Rabelais tire-t-il maintenant des relations entre l'« ancien monde » et le nouvel univers qu'il découvre? — Les termes d'anatomie qui jalonnent la description : comment le médecin Rabelais initie-t-il son lecteur à l'image d'un microcosme de l'organisme humain, dont l'ordre est comparable à celui du monde visible?

De là partant, passai entre les rochers qui
90 étaient ses dents et fis tant que je montai sur une,
et là trouvai les plus beaux lieux du monde,
beaux grands jeux de paume, belles galeries,
belles prairies, force vigne et une infinité de
cassines[1] à la mode italique par les champs
95 pleins de délices, et là demeurai bien quatre mois,
et ne fis onques* telle chère que pour lors.

      * jamais

Puis descendis par les dents du derrière pour
venir aux baulièvres*; mais en passant, je fus
détroussé des* brigands par** une grande forêt
100 qui est vers la partie des oreilles. Puis trouvai
une petite bourgade à la devallée* (j'ai oublié
son nom), où je fis encore meilleure chère que
jamais, et gagnai quelque peu d'argent pour
vivre. Savez-vous comment? A dormir, car l'on
105 loue les gens à journée pour dormir, et gagnent
cinq et six sols par jour; mais ceux qui ronflent
bien fort gagnent bien sept sols et demi. Et
contais aux sénateurs comment on m'avait
détroussé par la vallée, lesquels me dirent que,
110 pour tout vrai[2], les gens de delà[3] étaient mal
vivants et brigands de nature. A quoi je connus
qu'ainsi comme* nous avons les contrées de deçà
et delà les monts, aussi ont-ils deçà et delà les
dents. Mais il fait beaucoup meilleur deçà, et y
115 a meilleur air.

      * lèvres
      * par les
      ** dans

      * descente

      * de même que

Là commençai penser qu'il est bien vrai ce
que l'on dit que la moitié du monde ne sait
comment l'autre vit, vu que nul n'avait encore
écrit de ce pays-là, auquel sont plus de vingt-
120 cinq royaumes habités, sans les déserts et un
gros bras de mer (5). Mais j'en ai composé un
grand livre intitulé l'*Histoire des Gorgias*[4], car
ainsi les ai-je nommés, parce qu'ils demeurent

---

1. *Cassine* : petite maison de plaisance; 2. A dire le vrai; 3. Qui sont au-delà (des dents); 4. *Gorgias* veut dire « élégant », avec, ici, un jeu de mot sur *gorge*.

——— ◼ QUESTIONS ———————————————

5. Le progrès du développement dans les derniers paragraphes : comment la similitude des deux univers se précise-t-elle même dans les détails? Est-il si insolite qu'on paie les gens à dormir? — Quelle est, sur le plan moral et humain, la valeur de ce monde par rapport au nôtre?

en la gorge de mon maître Pantagruel. Finale-
125 ment voulus retourner*, et, passant par sa barbe,   * rentrer
me jetai sur ses épaules, et de là me dévale* en   * descends
terre et tombe devant lui. Quand il m'aperçut,
il me demanda : « Dont* viens-tu, Alcofribas[1]? »   * D'où
Je lui réponds : « De votre gorge, monsieur.

130   — Et depuis quand y es-tu? dit-il.

— Depuis, dis-je, que vous alliez contre les
Almyrodes.

— Il y a, dit-il, plus de six mois. Et de quoi
vivais-tu? Que buvais-tu? » Je réponds : « Sei-
135 gneur, de même vous, et des plus friands morceaux qui passaient par votre gorge, j'en pre-
nais le barrage*.   * péage

— Voire, mais, dit-il, où chiais-tu?

— En votre gorge, Monsieur, dis-je.

140   — Ha! ha! tu es gentil compagnon, dit-il.
Nous avons, avec l'aide de Dieu, conquesté*   * conquis
tout le pays des Dipsodes; je te donne la châtellenie de Salmigondin[2].

— Grand merci, dis-je, Monsieur; vous me
145 faites du bien plus que n'ai desservi* envers   * mérité
vous. » (6) (7)

---

1. On sait que Rabelais se met lui-même en scène sous ce nom : le nom complet
est *Alcofribas Nasier*, anagramme de « François Rabelais »; 2. La même châtellenie
sera plus tard donnée à Panurge. Le mot est une déformation de *Salmigondis*, terme
culinaire.

--------- QUESTIONS ---------

6. L'habileté de Rabelais à clore un épisode pour ramener le lecteur
au fil du récit. — Quel est en tout cas l'épisode que ce voyage a permis
de passer sous silence? Que s'est-il passé pendant qu'Alcofribas visitait
ainsi la gorge de Pantagruel?

7. SUR L'ENSEMBLE DU CHAPITRE XXXII. — Est-ce la première fois que
le narrateur entre lui-même dans le récit? Cette technique nuit-elle à
l'intérêt de l'ensemble? Lit-on *Pantagruel* comme un roman où on s'attache aux personnages pour eux-mêmes?

— L'héritage de l'*Histoire véritable* de Lucien dans ce récit du « Voyage
extraordinaire ». Comment Rabelais réintègre-t-il à la littérature française un usage du merveilleux, bien différent de l'inspiration fantastique
qu'avait exploitée le Moyen Age? Quels auteurs après Rabelais reprendront
des fictions du même genre?

— Comment ce voyage est-il lié à la curiosité du XVIe siècle pour les
découvertes? L'émerveillement est-il ici le sentiment dominant du voya-
geur? Quelle leçon tire-t-il de la relativité des choses? Montaigne aura-t-il
à ce sujet des opinions très différentes de celles de Rabelais?

CHAPITRE XXXIII

[Pantagruel, malade, souffre de l'estomac : il avale comme pilules de grosses sphères de cuivre contenant chacune un homme chargé de nettoyer les endroits malades.]

CHAPITRE XXXIV

[Rabelais prend congé de ses lecteurs en leur promettant la suite de l'histoire pour les prochaines foires de Francfort.]

Les jugements sur Rabelais et sur son œuvre, ainsi que les sujets de devoirs sur *Pantagruel* et *Gargantua*, sont groupés à la fin du volume consacré à *Gargantua*.

DOCUMENTATION THÉMATIQUE

réunie par la Rédaction des Nouveaux Classiques Larousse

1. RABELAIS ET LES CHIFFRES :
UNE ÉTUDE DE MICHEL BUTOR

Dans un article de la revue *Littérature* (n° 2, mai 1971, Larousse), Michel Butor étudie la manière dont Rabelais manie les chiffres. Nous donnons ci-dessous les deux premiers paragraphes de son étude.

1. L'arithmétique des géants.

Les nombres sont d'abord des mots, et les mathématiciens, dans leur langage, n'étudient qu'une partie de leurs propriétés. On a depuis longtemps remarqué leur abondance dans le texte de Rabelais, sa sensibilité particulière à leur égard.

Liés aux géants fourmillent les gros nombres, qui ne dépassent pas d'ailleurs un certain maximum ; il n'en est aucun qui nécessite plus de 10 chiffres arabes pour son inscription ; mais ils suffisent largement à leur fonction, car ils sont déjà pratiquement inimaginables. Jusqu'à 12 à peu près, les nombres évoquent en nous des représentations précises, après cela, sauf si les objets sont rangés en unités intermédiaires, nous ne percevons plus leur quantité qu'en gros. En présence d'un troupeau, d'une foule, que nous n'avons pas le temps ou la possibilité de dénombrer, nous utilisons des numéraux massifs : dizaine, douzaine, quinzaine, vingtaine, trentaine, quarantaine, cinquantaine, soixantaine, centaine (remarquons ce trou entre 60 et 100), millier.

Ces termes s'appuient en quelque sorte sur les nombres précis divisibles en général par 10, qu'il est donc facile de ranger en unités intermédiaires. La présence d'un ou plusieurs éléments supplémentaires, le 1 des 1 001 nuits par exemple, si elle ne change pas l'évaluation globale (on est toujours dans le millier), perturbe considérablement la maniabilité.

Nous pouvons établir une progression :

un millier est facile à imaginer ; c'est une évaluation globale, mille suppose un dénombrement, mais nous pouvons nous le représenter aisément, en le considérant comme $10 \times 10 \times 10$, c'est un chiffre rond,

mille et un est déjà plus difficile, mais sa relation avec le chiffre rond reste très simple,

mille trois cent soixante-douze nous demande un gros effort d'imagination.

A cause de cet effort, un nombre comme celui-ci donnera une

plus forte impression de grandeur au lecteur qu'un autre objectivement plus grand comme deux mille ou deux milliers. Et la précision perdue, souvent soulignée par des approximations (« ou quelque peu davantage »), la vanité de cet effort se résout en rire.

Si je dis : trois millions, j'ai immédiatement la totalité du nombre, il reste stable, par contre si je dis deux millions sept cent mille huit cent trente et un moutons à la grande laine (il s'agit d'une pièce de monnaie), la quantité augmente à mesure que je l'énonce, elle enfle comme ceux qui ont mangé des nèfles dans le premier chapitre de *Pantagruel*.

En général, dans notre langue, cet accroissement reste limité : si je commence par dire deux millions, quoi que j'ajoute par la suite, je resterai au-dessous de trois millions ; nos nombres, dans leur exposition, vont donc toujours en décroissant ; j'ajoute, mais j'ajoute de moins en moins. On peut très bien imaginer des structures linguistiques où l'augmentation irait s'accélérant. Nous devons dire « vingt et un », les Allemands traduisent : *ein und zwanzig*. En antipodal ou en lanternois pourquoi ne trouverait-on pas une forme qui littéralement donnerait : un plus trente plus huit cent plus sept cent mille plus deux millions de moutons à la grande laine ? Mais si j'y regarde de plus près, à l'intérieur même de l'expression française, je puis déceler au moins des esquisses d'augmentations de ce genre : si je lis à haute voix « deux millions sept » et que j'attende quelque peu, l'auditeur interprétera cela comme 2.000.007 ; si je donne alors le terme suivant « cent », le 7 se met à sauter en arrière, à se multiplier, l'auditeur interprétera 2.000.700 ; je continue avec « mille », nouveau saut, plus fort : 2.700.000. Une lecture intelligente, il suffit ici qu'elle soit assez lente, révèle dans de tels nombres des trésors de surprise. Rabelais utilise au maximum les possibilités offertes par la langue de son temps pour retarder l'apparition du plus gros terme, de celui qui va fixer la limite qui ne pourra plus être dépassée. Au lieu d'écrire comme je l'ai fait, ce qui aurait été aussi conforme à l'usage, voici comment il s'y prend pour exprimer le même nombre et quelques autres :

« Pour le bastiment et assortiment de l'abbaye, Gargantua feist livrer de content vingt et sept cent mille huyt cent trente et un moutons à la grande laine, et par chascun an, jusqu'à ce que le tout feust parfaict, assigna, sur la recepte de la Dive, seze cent soixante et neuf mille escuz au soleil, et autant à l'estoille poussinière. Pour la fondation et entretenement d'icelle donna à perpétuité vingt troys cent soixante neuf mille cinq cens quatorze nobles à la rose de rente foncière, indemnez, amortys, et solvables par chascun an à la porte de l'abbaye, et de ce leur passa belles lettres. »

2. Nombres optiques.

Les nombres longs (cette longueur étant en partie indépendante de leur grandeur au sens mathématique, mais donnant l'impression de celle-ci), surtout si on les énonce comme Rabelais, ont la propriété de troubler le fil de la lecture, de la ralentir, de la faire déraper. Ils sont écrits en toutes lettres, ce qui nous oblige à suivre ce fil, à subir ce ralentissement, à éprouver ce trouble. S'ils avaient été donnés en chiffres, nous aurions saisi immédiatement leur masse générale, en effet 2.000.000 exige 7 caractères, exactement comme 2.700.831.

Mais Rabelais ne se contente pas d'utiliser les propriétés des nombres liées à la langue dans laquelle on les énonce, il joue aussi avec celles qui dérivent de l'écriture qui nous permet de les tracer. Prenez le premier chapitre du *Tiers Livre*, et essayez d'en lire à haute voix la première phrase, vous allez buter sur un nombre en chiffres arabes que vous traduirez, bien sûr, en toutes syllabes : neuf milliards huit cent soixante-seize millions cinq cent quarante-trois mille deux cent dix, mais seulement au bout d'un certain temps. Si l'inscription du nombre en chiffres nous renseigne sur son ordre de grandeur avant même que nous le détaillions, encore faut-il que la quantité de ces caractères ne soit pas trop élevée. Comme Rabelais n'a pas mis de points ou d'espaces entre les groupes de trois signes, selon notre habitude actuelle, nous avons la preuve que, sans unités intermédiaires, le 10 est déjà difficile à identifier dans la perception. Pourtant, malicieusement, Rabelais avait utilisé 10 signes différents, les 10 caractères qui nous permettent de tracer tous les nombres entiers, mais de telle sorte que nous sommes entraînés par ce que nous voyons à une autre lecture que celle que nous devrions avoir. En effet, si vous n'êtes pas allé consulter le texte même de Rabelais, vous n'avez peut-être pas encore remarqué une particularité de ce nombre qui vous sautera aux yeux dès que vous le verrez :

« Pantagruel, avoir entierement conquesté le pays de Dipsodie, en icelluy transporta une colonie de Utopiens en nombre de 9876543210 hommes, sans les femmes ou les petits enfans, artizans de tous mestiers, et professeurs de toutes sciences libérales, pour ledict pays refraischir, peupler et orner, mal autrement habité et desert en grande partie. »

Comme, à première vue, nous reconnaissons immédiatement la dégringolade des chiffres, nous avons tendance à lire, dans notre lancée : neuf, huit, sept, six, cinq, quatre, trois, deux, un, zéro, et nous avons besoin de tout un travail pour énoncer ce bloc comme un seul nombre.

Un tel effet dépend entièrement de l'utilisation des chiffres arabes. On sait quelles difficultés les anciens et les gens du

Moyen Age éprouvaient à inscrire des nombres élevés en chiffres romains. Ce n'est que tardivement que s'est développé l'emploi du *vinculum,* barre placée au-dessus d'un chiffre pour le multiplier par mille. Mais quelque solution qu'on eût pu adopter, les chiffres à multiplier, la base de l'inscription aurait eu la forme suivante :

IX.DCCCLXXVI.DXLIII.CCX,

ou encore :

IX.DCCCLXXVI.DXXXXIII.CCX,

dans lesquelles on ne peut absolument plus découvrir la forme en glissade si frappante dans l'autre système.

Les éditions originales de *Pantagruel* et de *Gargantua* sont en caractères gothiques, utilisés à l'époque pour les livres populaires, et tous les nombres, lorsqu'ils ne sont pas détaillés en toutes lettres, sont notés en chiffres romains. Par contre les éditions originales du *Tiers Livre* et des suivants sont en caractères italiens réservés encore aux livres savants, et les nombres, sauf lorsqu'il s'agit de références, sont notés en chiffres arabes. L'apparition de ces nouveaux poinçons permet à l'auteur de nouvelles fantaisies.

En effet, les nombres étant des mots ont non seulement des propriétés auditives, mais aussi des propriétés visuelles. Dans ce premier exemple du *Tiers Livre,* le phénomène dépend uniquement de la valeur conventionnelle donnée à chacun des signes, mais dans le deuxième chapitre « comment Panurge feut faict chastellain de Salmiguondin en Dipsodie et mangeoit son bled en herbe », Rabelais trouble la lecture en utilisant les relations qui s'imposent à l'œil entre les signes, indépendamment de la valeur que nous leur donnons, répétitions ou symétries, il joue avec leurs formes :

« Donnant Pantagruel ordre au gouvernement de toute Dipsodie, assigna la chastellenie de Salmiguondin à Panurge, valent par chascun an 6789106789 royaulx en deniers certains, non comprins l'incertain revenu des hanetons et caquerolles, montant bon an mal an de 2435768 à 2435769 moutons à la grande laine. Quelquefoys revenaient à 1234554321 seraphz, quand estoit bonne année de caquerolles et hanetons de requeste. »

Si le nombre des colons utopiens en Dipsodie nous donnait une belle expression chiffrée du diminuendo de notre énonciation des grandeurs, celui du revenu certain de la chatellenie nous apporte par contre un crescendo redoublé, mais sa deuxième vague est interrompue. Si, renonçant à traduire : six milliards sept cent quatre-vingt-neuf millions..., cédant à la tentation nous lisons au plus vite : six, sept, huit, neuf, dix, six, sept, huit, neuf, nous aurons du mal à nous arrêter au bon moment, à ne pas prononcer un nouveau dix ; nous avons tendance à lire le nombre encore plus long qu'il n'est.

Après ces suites si nettes, directes ou inverses, nous sommes tout prêts à lire les nombres suivants de la même façon, comme s'il y avait écrit « de 2345678 à 2345679 ». C'est la correction qui nous fait soudain remarquer que c'est un 6 qui précède le 9 et non un 7, la figure 69 de par sa symétrie étant particulièrement voyante, et nous nous apercevons alors que notre erreur de lecture a commencé bien avant.

Ainsi les chiffres font les clowns, se culbutent, se moquent de nous. Leurs figures méconnues se mettent à grimacer.

2. L'ART DE PEINDRE CHEZ RABELAIS

2.1. L'ÉVOCATION

◆ L'apparition de Janotus de Bragmardo (*Gargantua*, chap. XVIII).

Maistre Janotus, tondu à la cesarine, vestu de son lyripipion[1] à l'antique, et bien antidoté l'estomac de coudignac de four et eau beniste de cave, se transporta au logis de Gargantua, touchant davant soy troys vedeaulx[2] à rouge muzeau, et trainant après cinq ou six maistres inertes, bien crottez à profit de mesnaige[3].

A l'entrée les rencontra Ponocrates, et eut frayeur en soy, les voyant ainsi desguisez, et pensoit que feussent quelques masques hors du sens. Puis s'enquesta à quelqu'un desdictz maistres inertes de la bande, que queroit ceste mommerie. Il luy feut respondu qu'ilz demandoient les cloches leurs estre rendues.

◆ « Seigny Joan le fol » (*Tiers Livre*, chap. XXXVII).

« Le cas est tel : A Paris, en la roustisserie du petit Chastelet, au davant de l'ouvrouoir d'un roustisseur, un faquin, mangeoit son pain à la fumée du roust, et le trouvoit, ainsi perfumé, grandement savoureux. Le roustisseur le laissoit faire. En fin, quand tout le pain feut baufré, le roustisseur happe le faquin au collet, et vouloit qu'il luy payast la fumée de son roust. Le faquin disoit en rien n'avoir ses viandes endommaigé, rien n'avoir du sien prins, en rien ne luy estre debiteur. La fumée dont estoit question, evaporoit par dehors ; ainsi comme ainsi se perdoit elle ; jamais n'avoit esté ouy que, dedans Paris, on

---

1. *Lyripipion* : capuchon ; 2. *Vedeaulx* : bedeaux ; 3. *Mesnaige* : complètement.

eust vendu fumée de roust en rue. Le roustisseur replicquoit que, de fumée de son roust, n'estoit tenu nourrir les faquins, et renioit, en cas qu'il ne le payast, qu'il luy housteroit ses crochetz. Le faquin tire son tribart, et se mettoit en defense. L'altercation feut grande. Le badault peuple de Paris accourut au debat de toutes pars. Là se trouva à propous Seigny Joan le fol, citadin de Paris. L'ayant apperceu, le roustisseur demanda au faquin : « Veulx tu, sus nostre different, croire ce noble Seigny Joan ? — Ouy, par le sambreguoy », respondit le faquin.

« Adoncques Seigny Joan, avoir leur discord entendu, commenda au faquin qu'il luy tirast de son baudrier quelque piece d'argent. Le faquin luy mist en main un tournoys Philippus. Seigny Joan le print et le mist sus son espaule guausche, comme explorant s'il estoit de poys ; puys le timpoit sus la paulme de sa main guausche, comme pour entendre s'il estoit de bon alloy ; puis le posa sus la prunelle de son œil droict, comme pour veoir s'il estoit bien marqué. Tout ce feut faict en grande silence de tout le badault peuple, en ferme attente du roustisseur, et desespoir du faquin. En fin, le feist sus l'ouvroir sonner par plusieurs foys. Puis, en majesté præsidentiale, tenent sa marote sus poing, comme si feust un sceptre, et affeublant en teste son chapperon de martres cingesses à aureilles de papier, fraizé à points d'orgues, toussant préalablement deux ou trois bonnes foys, dist à haulte voix : « La court vous dict que le faquin, qui a son pain mangé à la fumée du roust, civilement a payé le roustisseur au son de son argent. Ordonne ladicte court que chascun se retire en sa chascuniere, sans despens, et pour cause. »

Ceste sentence du fol Parisien tant a semblé equitable, voire admirable, es docteurs susdictz, qu'ilz font doubte, en cas que la matiere eust esté on Parlement dudict lieu, ou en la Rotte à Rome, voire certes entre les Areopagites decidée, si plus juridicquement eust esté par eulx sentencié. Pourtant advisez si conseil voulez d'un fol prendre. »

2.2. LES GRANDES FRESQUES

On étudiera de ce point de vue l'assaut de l'abbaye de Seuilly, dans *Gargantua*, chap. XXVII ; dans le *Quart Livre*, le récit de la tempête (chap. XVIII à XX dans le Classique) ; les marchandages entre Dindenault et Panurge (*Ibid.*, chap. VI-VII). Pour compléter le chapitre XII du *Quart Livre*, nous donnons les trois suivants, l'ensemble étant centré sur le Seigneur de Basché.

◆ *Quart Livre*, chap. XIII à XV.

COMMENT, A L'EXEMPLE DE MAISTRE FRANÇOIS VILLON, LE SEIGNEUR DE BASCHÉ LOUE SES GENS

CHAPITRE XIII

Chiquanous issu du chasteau et remonté sus son esgue orbe (ainsi nommoit-il sa jument borgne), Basché, soubs la treille de son jardin secret, manda querir sa femme, ses damoiselles, tous ses gens, feist apporter vin de collation associé d'un nombre de pastéz, de jambons, de fruictz et fromaiges, beut avecques eulx en grande alaigresse, puis leur dist :

« Maistre François Villon, sus ses vieulx jours, se retira à S. Maixent en Poictou, soubs la faveur d'un homme de bien, abbé dudict lieu. Là, pour donner passetemps au peuple, entreprint faire jouer la Passion en gestes et languaige poictevin. Les rolles distribuéz, les joueurs recolléz[4], le théâtre préparé, dist au maire et eschevins que le mystère pourroit estre prest à l'issue des foires de Niort ; restoit seulement trouver habillemens aptes aux personnaiges. Les maire et eschevins y donnèrent ordre. Il, pour un vieil paisant habiller qui jouoyt Dieu le père, requist frère Estienne Tappecoue, secrétain des Cordeliers du lieu, luy prester une chappe et estolle. Tappecoue le refusa, alléguant que, par leurs statutz provinciaulx, estoit rigoureusement défendu rien bailler ou prester pour les jouans. Villon réplicquoit que le statut seulement concernoit farces, mommeries et jeuz dissoluz, et qu'ainsi l'avoit veu practiquer à Bruxelles et ailleurs. Tappecoue, ce nonobstant, luy dist péremptoirement qu'ailleurs se pourveust, si bon luy sembloit, rien n'esperast de sa sacristie, car rien n'en auroit sans faulte. Villon feist aux joueurs le rapport en grande abhomination, adjoustant que de Tappecoue Dieu feroit vengence et punition exemplaire bientoust.

« Au sabmedy subséquent, Villon eut advertissement que Tappecoue, sus la poultre du couvent (ainsi nomment-ilz une jument non encores saillie), estoit allé en queste à Sainct Ligaire et qu'il seroit de retour sus les deux heures après midy. Adoncques feist la monstre de la diablerie parmy la ville et le marché. Ses diables estoient tous capparassonnéz de peaulx de loups, de veaulx et de béliers, passementées de testes de mouton, de cornes de bœufz et de grands havetz[5] de cuisine ; ceinctz de grosses courraies, esquelles pendoient grosses cymbales de vaches et sonnettes de muletz à bruyt horrificque. Tenoient en main aulcuns bastons noirs pleins de fuzées ; aultres portoient longs tizons alluméz, sus lesquelz à chascun carrefour

---

4. *Recolléz* : contrôlés ; 5. *Havetz* : crochets de cuisine.

jectoient pleines poingnées de parafine en pouldre, dont sortoit feu et fumée terrible. Les avoir ainsi conduictz avecques contentement du peuple et grande frayeur des petitz enfans, finablement les mena bancqueter en une cassine[6], hors la porte en laquelle est le chemin de Sainct Ligaire. Arrivans à la cassine, de loing il apperceut Tappecoue qui retournoit de queste, et leurs dist en vers macaronicques :

> *Hic est de patria, natus de gente belistra,*
> *Qui solet antiquo bribas portare bisacco.*

« Par la mort dienne! (dirent adoncques les diables) il n'a voulu prester à Dieu le père une paouvre chappe; faisons luy paour.

« — C'est bien dict (respond Villon); mais cachons-nous jusques à ce qu'il passe, et chargez vos fuzées et tizons. »
« Tappecoue arrivé au lieu, tous sortirent on chemin au davant de luy, en grand effroy, jectans feu de tous coustéz sus luy et sa poultre, sonnans de leurs cymbales, et hurlans en diable : « Hho, hho, hho, brrrourrrourrrs, rrrourrrs, rrrourrrs! Hou, hou, hou! Hho, hho, hho! Frère Estienne, faisons-nous pas bien les diables? »

« La poultre, toute effrayée, se mist au trot, à petz, à bordz et au gualot, à ruades, fressurades, doubles pédales et pétarrades : tant qu'elle rua bas Tappecoue, quoyqu'il se tint à l'aube[7] du bast de toutes ses forces. Ses estrivières estoient de chordes : du cousté hors le montouoir son soulier fenestré estoit si fort entortillé qu'il ne le peut oncques tirer. Ainsi estoit trainné à escorcheul par la poultre, tousjours multipliante en ruades contre luy et fourvoyante de paour par les hayes, buissons et fosséz. De mode qu'elle luy cobbit toute la teste, si que la cervelle en tomba près la croix Osanière; puys les bras en pièces, l'un çà, l'autre là; les jambes de mesmes; puys des boyaulx feist un long carnaige, en sorte que la poultre au couvent arrivante, de luy ne portoit que le pied droict et soulier entortillé.

« Villon, voyant advenu ce qu'il avoit pourpensé, dist à ses diables :

« — Vous jourrez bien, messieurs les diables, vous jourrez bien, je vous affie. O que vous jourrez bien! Je despite la diablerie de Saulmur, de Doué, de Mommorillon, de Langés, de Sainct Espain, de Angiers, voire, par Dieu! de Poictiers avecques leur parlouoire, en cas qu'ilz puissent estre à vous parragonnéz. O que vous jourrez bien! »
« Ainsi (dist Basché) prévoy-je, mes bons amys, que vous

---

6. *Cassine* : maison des champs; 7. *Aube* : arçon.

dorénavant jouerez bien ceste tragicque farce, veu que à la première monstre et essay, par vous a esté Chiquanous tant disertement daubbé, tappé et chatouillé. Præsentement je double à vous tous vos guaiges. Vous, m'amie (disoit-il à sa femme), faictez vos honneurs comme vouldrez. Vous avez en vos mains et conserve tous mes thésaurs. Quant est de moy, premièrement je boy à vous tous, mes bons amys. Or çà, il est bon et frays ! Secondement, vous, maistre d'hostel, prenez ce bassin d'argent : je le vous donne. Vous, escuiers, prenez ces deux couppes d'argent doré. Vos pages, de troys moys, ne soient fouettéz. M'amye, donnez-leur mes beaulx plumailz blancs, avecques les pampillettes d'or. Messire Oudart, je vous donne ce flaccon d'argent. Cestuy aultre je donne aux cuisiniers ; aux varletz de chambre je donne ceste corbeille d'argent ; aux palefreniers je donne ceste nasselle d'argent doré ; aux portiers je donne ces deux assietes ; aux muletiers, ces dix happesouppes*. Trudon, prenez toutes ces cuillères d'argent et ce drageouir. Vous, lacquais, prenez ceste grande sallière. Servez-moy bien, amys, je le recongnoistray, croyans fermement que j'aymeroys mieulx, par la vertus Dieu, endurer en guerre cent coups de masse sus le heaulme au service de nostre tant bon roy qu'estre une foys cité par ces mastins Chiquanous, pour le passetemps d'un tel gras prieur. »

CONTINUATION DES CHIQUANOUS DAUBBÉZ EN LA MAISON DE BASCHÉ

CHAPITRE XIV

« Quatre jours après, un aultre jeune, hault et maigre Chiquanous alla citer Baschéà la requeste du gras prieur. A son arrivée, feut soubdain par le portier rencongneu et la campanelle sonnée. Au son d'icelle tout le peuple du chasteau entendit le mystère. Loyre poitrissoit sa paste. Sa femme belutoit la farine. Oudart tenoit son bureau. Les gentilzhommes jouoient à la paulme. Le seigneur Baschéjouoit aux troys cens troys avecques sa femme. Les damoiselles jouoient aux pingres*. Les officiers jouoient à l'impériale. Les paiges jouoient à la mourre à belles chiquenauldes. Soubdain feut de tous entendu que Chiquanous estoit en pays. Lors Oudart se revestir, Loyre et sa femme prendre leurs beaulx acoustremens, Trudon sonner de sa flutte, batre son tabourin ; chascun rire, tous se préparer, et guanteletz en avant.

« Baschédescend en la basse-court. Là Chiquanous, le rencontrant, se meist à genoilz devant luy, le pria ne prendre en mal

---

8. *Happesouppes* : cuillers ; 9. *Pingres* : osselets.

si, de la part du gras prieur, il le citoit, remonstra par harangue
diserte comment il estoit persone publicque, serviteur de moi-
nerie, appariteur de la mitre abbatiale, prest à en faire autant
pour luy, voyre pour le moindre de sa maison, la part qu'il luy
plairoyt l'emploicter et commender.

« Vrayement (dist le seigneur), jà ne me citerez que premier
n'ayez beu de mon bon vin de Quinquenays et n'ayez assisté
aux nopces que je foys præsentement. Messire Oudart, faictez
le boyre très bien et refraischir ; puys l'amenez en ma salle.
Vous soyez le bien venu ! »

« Chiquanous, bien repeu et abbrevé, entre avecques Oudart
en salle, en laquelle estoient tous les personaiges de la farce
en ordre et bien délibérez. A son entrée chascun commença
soubrire. Chiquanous rioit par compaignie, quand par Oudart
feurent sus les fianséz dictz motz mystérieux, touchées les
mains, la mariée baisée, tous asperséz d'eaue béniste. Pendent
qu'on apportoit vin et espices, coups de poing commencèrent
trotter. Chiquanous en donna nombre à Oudart. Oudart soubs
son supellis avoit son guantelet caché : il s'en chausse comme
d'une mitaine. Et de daubber Chiquanous, et de drapper Chiquanous, et coups des jeunes guanteletz de tous coustéz pleu-
voir sus Chiquanous.

« De nopces (disoient-ilz), des nopces, des nopces ! Vous en
soubvieine ! »

« Il feut si bien acoustré que le sang luy sortoit par la bouche,
par le nez, par les aureilles, par les œilz. Au demourant, cour-
batu, espaultré et froissé teste, nucque, dours, poictrine, braz
et tout. Croyez qu'en Avignon, on temps de carneval, les
bacheliers oncques ne jouèrent à la raphe plus mélodieusement
que feut joué sus Chiquanous. Enfin, il tombe par terre. On
luy jecta force vin sus la face, on luy atacha à la manche de
son pourpoinct belle livrée de jaulne et verd, et le mist-on sus
son cheval morveulx. Entrant en l'Isle Bouchard, ne sçay s'il
feut bien pensé et traicté, tant de sa femme comme des myres
du pays. Depuis n'en feut parlé.

« Au lendemain, cas pareil advint, pour ce qu'on sac et gibbes-
sière du maigre Chiquanous n'avoit esté trouvé son exploict.
De par le gras prieur feut nouveau Chiquanous envoyé citer
le seigneur de Basché, avecques deux records pour sa sceureté.
Le portier, sonnant la campanelle, resjouyt toute la famille,
entendens que Chiquanous estoit là. Basché estoit à table, dip-
nant avecques sa femme et gentilzhommes. Il mande querir
Chiquanous, le feist asseoir près de soy, les records près les
damoiselles, et dipnèrent très bien et joyeusement. Sus le des-
sert, Chiquanous se lève de table, præsens et oyans les records,
cite Basché. Basché gracieusement luy demande copie de sa
commission. Elle estoit jà preste ; il prend acte de son exploict.

A Chiquanous et ses records feurent quatre escuz soleil donnéz ; chascun s'estoit retiré pour la farce. Trudon commence sonner du tabourin. Basché prie Chiquanous assister aux fiansailles d'un sien officier et en recepvoir le contract, bien le payant et contentent. Chiquanous feut courtoys, desguainna son escriptoire, eut papier promptement, ses records près de luy. Loyre entre en salle par une porte, sa femme avecques les damoiselles par aultre, en acoustremens nuptiaulx. Oudart, revestu sacerdotalement, les prend par les mains, les interroge de leurs vouloirs, leurs donne sa bénédiction sans espargne d'eaue béniste. Le contract est passé et minuté. D'un cousté sont apportéz vins et espices ; de l'aultre, livrée à tas, blanc et tanné ; de l'aultre sont produictz guanteletz secrètement.

COMMENT PAR CHIQUANOUS SONT RENOUVELÉES LES ANTIQUES COUSTUMES DES FIANSAILLES

CHAPITRE XV

« Chiquanous, avoir dégouzillé une grande tasse de vin breton, dist au seigneur :

« Monsieur, comment l'entendez-vous ? L'on ne baille poinct icy des nopces ? Sainsambreguoy, toutes bonnes coustumes se perdent : aussi ne trouve-l'on plus de lièvres au giste. Il n'est plus d'amys. Voyez comment en plusieurs ecclises l'on a désemparé les antiques beuvettes des benoists saincts O O de Noël ! Le monde ne faict plus que resver. Il approche de sa fin. Or tenez : des nopces, des nopces, des nopces ! »

« Ce disant, frappoit sus Basché et sa femme, après sus les damoiselles et sus Oudart.

« Adoncques feirent guanteletz leur exploict, si que à Chiquanous feut rompue la teste en neuf endroictz, à un des records feut le bras droict défaucillé, à l'aultre feut démanchée la mandibule supérieure, de mode qu'elle luy couvroit le menton à demy, avecques dénudation de la luette et perte insigne des dens molares, masticatoires et canines.

« Au son du tabourin changeant son intonation, feurent les guanteletz musséz sans estre aulcunement apperceuz, et confictures multipliées de nouveau, avecques liesse nouvelle. Beuvans les bons compaignons uns aux aultres, et tous à Chiquanous et ses records. Oudart renioit et despitoit les nopces, alléguant qu'un des records luy avoit desincornifistibulé toute l'aultre espaule ; ce nonobstant, beuvoit à luy joyeusement. Le records démandibulé joignoit les mains et tacitement luy demandoit pardon, car parler ne povoit-il. Loyre se plaignoit de ce que le records débradé luy avoit donné si grand coup de poing sus l'aultre coubte qu'il en estoit devenu tout esperruquancluzelubelouzerirelu du talon.

« Mais (disoit Trudon cachant l'œil guausche avecques son mouschoir, et monstrant son tabourin défoncé d'un cousté), quel mal leur avoys-je faict ? Il ne leurs a suffis m'avoir ainsi lourdement morrambouzevezengouzequoquemorguatasacbacguevezinemaffressé mon paouvre œil, d'abondant ils m'ont défoncé mon tabourin. Tabourins à nopces sont ordinairement battuz ; tabourineurs bien festoyéz, battuz jamais. Le diable s'en puisse coyffer !

« — Frère (lui dist Chiquanous manchot), je te donneray unes belles, grandes, vieilles letres royaulx, que j'ay icy en mon baudrier, pour repetasser ton tabourin ; et pour Dieu pardonnenous ! Par Nostre Dame de Rivière, la belle Dame, je n'y pensoys en mal. »

« Un des escuyers, chopant et boytant contrefaisoit le bon et noble seigneur de la Roche Posay. Il s'adressa au records embavièré de machouères, et luy dist :

« Estez-vous des Frappins, des Frappeurs ou des Frappars ? Ne vous suffisoit nous avoir ainsi morcrocassebezassevezassegrigueliguoscopapopondrillé tous les membres supérieurs à grands coups de bobelins[10], sans nous donner telz morderegrippipiotabirofreluchamburelurecoquelurintimpanemens sus les grefves[11] à belles poinctes de houzeaulx ? Appelez-vous cela jeu de jeunesse ? Par Dieu, jeu n'est-ce. »

« Le records, joingnant les mains, sembloit luy en requérir pardon, marmonnant de la langue : « Mon, mon, mon, vrelon, von, von », comme un marmot.

« La nouvelle mariée pleurante rioyt, riante pleuroit, de ce que Chiquanous ne s'estoit contenté la daubbant sans choys ne élection des membres, mais l'avoir lourdement deschevelée, d'abondant luy avoit trepignemampenillorifrizonoufressuré les parties honteuses en trahison.

« Le diable (dist Basché) y ayt part ! Il estoit bien nécessaire que monsieur Le Roy (ainsi se nomment Chiquanous) me daubbast ainsi ma bonne femme d'eschine. Je ne luy en veulx mal toutesfoys : ce sont petites charesses nuptiales. Mais je apperçoy clerement qu'il m'a cité en ange et daubbé en diable. Il tient je ne sçay quoy du frère Frappart. Je boy à luy de bien bon cœur, et à vous aussi, messieurs les records.

« — Mais (disoit sa femme) à quel propous et sus quelle querelle m'a-il tant et très tant festoyée à grands coups de poing ? Le diantre l'emport, si je le veulx. Je ne le veulx pas pourtant, ma Dia ! Mais je diray cela de luy qu'il a les plus dures oinces qu'oncques je senty sus mes espaulles. »

« Le maistre d'hostel tenoit son braz guausche en escharpe, comme tout morquaquoquassé :

---

10. *Bobelins* : chaussures ; 11. *Grefves* : jambes.

« Le diable (dist-il) me feist bien assister à ces nopces. J'en ays, par la vertus Dieu, tous les braz enguoulevezinemassez ! Appellez-vous cecy fiansailles ? Je les appelle fiantailles de merde. C'est, par Dieu ! le naïf bancquet des Lapithes, descript par le philosophe samosatoys. »

« Chiquanous ne parloit plus. Les records s'excusèrent qu'en daubbant ainsi n'avoient eu maligne volunté, et que pour l'amour de Dieu on leurs pardonnast.

« Ainsi départent. A demye lieu de là, Chiquanous se trouva un peu mal. Les records arrivent à l'Isle Bouchard, disans publicquement que jamais n'avoient veu plus homme de bien que le seigneur de Basché, ne maison plus honorable que la sienne. Ensemble, que jamais n'avoient esté à telles nopces. Mais toute la faulte venoit d'eulx, qui avaient commencé la frapperie. Et vesquirent encores ne sçay quants jours après.

« De là en hors feut tenu comme chose certaine que l'argent de Basché plus estoit aux Chiquanous et records pestilent, mortel et pernicieux que n'estoit jadis l'or de Tholose et le cheval Séjan à ceulx qui le possédèrent. Depuys feut ledict seigneur en repous et les nopces de Basché en proverbe commun. »

{ ◆ Pantagruel contre les Andouilles (*Quart Livre*, chap. XLI) :
{ on se reportera pour cette étude à la Documentation théma-
{ tique de *Gargantua,* où le texte de ce chapitre est cité dans la
{ premjère partie, portant sur l'« imagination de Rabelais ».

3. LE LANGAGE DES PERSONNAGES

3.1. LE STYLE DE BRIDOYE (*Tiers Livre,* chap. XL)

« Voyre mais (demandoit Trinquamelle), mon amy, puis que par sort et ject des dez vous faictez vos jugemens, pour quoy ne livrez vous ceste chanse le jour et heure propre que les parties controverses comparent par davant vous, sans aultre delay ? De quoy vous servent les escriptures et aultres procedures contenues dedans les sacs ?

— Comme à vous aultres, messieurs, (respondit Bridoye), elles me servent de trois choses exquises, requises et autenticques.

« Premierement pour la forme, en omission de laquelle ce qu'on a faict n'estre valable prouve très bien *Spec., tit. de instr. edit et tit. de rescript. praesent;* d'adventaige, vous sçavez trop mieulx que souvent, en procedures judiciaires, les formalitez destruisent les materialitez et substances; car, *forma mutata mutatur substantia, ff. ad exhib. l. Julianus; ff. ad leg.*

falcid. l. Si is qui quadringenta, et extra., de deci., c. ad audientiam, et de celebrat. miss c. in quadam.

« Secondement, comme à vous aultres, messieurs, me servent d'exercice honeste et salutaire. Feu M. Othoman Vadare, grand medicin, comme vous diriez. *C. de comit. et archi., lib.* XII, m'a dict maintes foys que faulte d'exercitation corporelle est cause unicque de peu de santé et briefveté de vie de vous aultres, messieurs, et tous officiers de justice ; ce que tres-bien avant luy estoit noté par Bart. *in l.* I. *C. de sentent. quae pro eo quod.* Pourtant sont, comme à vous aultres, messieurs, à nous consecutivement, *quia accessorium naturam sequitur principalis, de reg. jur. l.* VI. *et l. cum principalis, et l. nihil dolo. ff. eod. titu.; ff. de fidejusso, l. fidejussor, et extra. de offic. de leg., c.* I, concedez certains jeuz d'exercice honeste et recreatif. *ff. de al. lus. et aleat., l. solent, et autent. ut omnes obediant, in princ., coll.* 7 *et ff. de praescript. verb., l. si gratuitam; et l.* I. *C. de spect. lib.* XI, et telle est l'opinion *D. Thomæ, in secunda secundæ, quaest.* CLXVIII, bien à propous alleguée par D. Alber. de Ros., lequel *fuit magnus practicus* et docteur solennel, comme atteste Barbatia *in prin. consil.;* la raison est exposée *per gl. in proaemio. ff. §, ne autem tertii.*

Interpone tuis interdum gaudia curis.

« De faict, un jour, en l'an 1489, ayant quelque affaire bursal[12] en la chambre de messieurs les Generaulx et y entrant par permission pecuniaire de l'huissier, comme vous aultres, messieurs, sçavez que, *pecuniae obediunt omnia,* et l'a dict Bald. *in l. Singularia, ff. si certum pet., et Salic., in l. recepticia., C. de constit. pecun. et Card., in Cle.* I. *de baptis.,* je les trouvay tous jouans à la mousche par exercice salubre, avant le past ou après, il m'est indifferent, pourveu que *hic no.* que le jeu de la mousche est honeste, salubre, antique et legal, a *Musco inventore, de quo C. de petit. haered. l., si post motam., et Muscarii, id est* ceulx qui jouent à la mousche, sont excusables de droict, *l.* I, *C., de excus. artif. lib.* X.

« Et pour lors estoit de mousche M. Tielman Picquet, il m'en soubvient et rioyt de ce que messieurs de ladicte chambre guastoient tous leurs bonnetz à force de luy dauber ses espaules ; les disoit ce nonobstant n'estre de ce deguast de bonnetz excusables au retour du Palais envers leurs femmes, par *c.* I, *extra., de praesumpt., et ibi gl.* Or, *resolutorie loquendo,* je diroys, comme vous aultres, messieurs, qu'il n'est exercice tel, ne plus aromatisant en ce monde palatin, que vuider sacs, feueilleter papiers, quotter cayers, emplir paniers, et visiter procès, *ex. Bart. e Jo. de Pra., in l. falsa. de condit. et demon. ff.*

---

12. *Bursal :* argent.

« Tiercement, comme vous aultres, messieurs, je considere que le temps meurist toutes choses; par temps toutes choses viennent en evidence; le temps est pere de Verité, *gl. in. l. 1., C. de servit., Antent., de restit. et ea quæ pa. et Spec. tit. de requis. cons.* C'est pour quoy, comme vous aultres, messieurs, je sursoye, delaye et differe le jugement, afin que le procès, bien ventilé, grabelé et debatu, vieigne par succession de temps à sa maturité, et le sort par après advenent soit plus doulcettement porté des parties condemnées, comme *no. glo. ff. de excu. tut., l. Tria onera.*

> *Portatur leviter quod portat quisque libenter.*

Le jugeant crud, verd et au commencement, dangier seroit de l'inconvenient que disent les medicins advenir quand on perse un aposteme[13] avant qu'il soit meur, quand on purge du corps humain quelque humeur nuysant avant sa concoction[14]; car, comme est escript *in Autent., Haec constit. in Inno. constit., prin.* et le repete, *gl. in c. Cæterum., extra, de jura. calum.*

> *Quod medicamenta morbis exhibent hoc jura negotiis.*

Nature d'adventaige nous instruict cuillir et manger les fruictz quand ilz sont meurs, *Instit., de re. div., § is ad quem, et ff. de acti. empt., l. Julianus;* marier les filles quand elles sont meures, *ff. de donat. inter vir. et uxor., l. Cum hic status, § si quia sponsa, et 27 q., j. c. Sicut* dict gl.

> *Jam matura thoris plenis adoleverat annis Virginitas,*

rien ne faire qu'en toute maturité, XXIII, *q.* II § *ult.* et XXXIII. *d. c. ult.* »

3.2. LA DISCUSSION ENTRE TROUILLOGAN ET PANURGE
(*Tiers Livre*, chap. XXXVI)

« Vous dictez d'orgues (respondit Panurge) mais je croy que je suis descendu on puiz tenebreux, onquel disoit Heraclytus estre Verité cachée. Je ne voy goutte, je n'entends rien, je sens mes sens tous hebetez, et doubte grandement que je soye charmé. Je parleray d'aultre style. Nostre féal, ne bougez; n'emboursez rien. Muons de chanse et parlons sans disjunctives; ces membres mal joinctz vous faschent, à ce que je voy. Or ça, de par Dieu, me doibs-je marier?

TROUILLOGAN. Il y a de l'apparence.

PANURGE. Et si je ne marie poinct?

TROU. Je n'y voy inconvenient aulcun.

PANUR. Vous n'y en voyez poinct?

---

13. *Aposteme* : abcès; 14. *Concoction* : digestion.

Tro. Nul, ou la veue me deçoit.

Pan. Je y en trouve plus de cinq cens.

Tro. Comptez les.

Pan. Je diz improprement parlant, et prenent nombre certain pour incertain ; determiné, pour indeterminé, c'est à dire beaucoup.

Trouil. J'escoute.

Panur. Je ne peuz me passer de femme, de par tous les diables.

Trouil. Houstez ces villaines bestes.

Panur. De par Dieu soit ! Car mes Salmiguondinoys disent coucher seul ou sans femme estre vie brutale, et telle la disoit Dido en ses lamentations.

Trouil. A vostre commandement.

Panur. Pe lé quau De ! j'en suis bien. Doncques, me marieray je ?

Trouil. Par adventure.

Pan. M'en trouveray je bien ?

Tro. Scelon la rencontre.

Pan. Aussi, si je rencontre bien, comme j'espoire, seray je heureux ?

Tro. Assez.

Pan. Tournons à contre poil. Et si rencontre mal ?

Tro. Je m'en excuse.

Pan. Mais conseillez moy, de grace. Que doibs je faire ?

Tro. Ce que vouldrez.

Pan. Tarabin tarabas.

Tro. Ne invocquez rien, je vous prie.

Pan. On nom de Dieu soit ! Je ne veulx sinon ce que me conseillerez. Que m'en conseillez vous ?

Tro. Rien.

Pan. Me mariray je ?

Trou. Je n'y estois pas.

Pan. Je ne me mariray doncques poinct ?

Tro. Je n'en peu mais.

Pan. Si je ne suis marié, je ne seray jamais coqu ?

Tro. Je y pensois.

Pan. Mettons le cas que je sois marié.

Tro. Où le mettrons-nous?

Pan. Je dis : prenez le cas que marié je soys.

Tro. Je suys d'ailleurs empesché.

Pan. Merde en mon nez; dea! si je osasse jurer quelque petit coup en cappe, cela me soulageroit d'autant! Or bien; patience! Et doncques, si je suis marié, je seray coqu?

Tro. On le diroit.

Pa. Si ma femme est preude et chaste, je ne seray jamais coqu?

Tro. Vous me semblez parler correct.

Pa. Escoutez.

Tro. Tant que vouldrez.

Pan. Sera elle preude et chaste? Reste seulement ce poinct.

Trouil. J'en doubte.

Pan. Vous ne la veistez jamais?

Tro. Que je sache.

Pan. Pour quoy donc doubtez vous d'une chose que ne congnoissez?

Tro. Pour cause.

Pan. Et si la congnoissiez?

Tro. Encores plus.

Panu. Paige, mon mignon, tiens icy mon bonnet : je le te donne, saulve les lunettes, et va en la basse court jurer une petite demie heure pour moy; je jureray pour toy quand tu vouldras. Mais qui me fera coqu?

Trouil. Quelqu'un.

Panur. Par le ventre beuf de boys, je vous froteray bien monsieur le quelqu'un.

Trou. Vous le dictez.

Pan. Le diantre, celluy qui n'a poinct de blanc en l'œil, m'emporte doncques ensemble, si je ne boucle ma femme à la Bergamasque quand je partiray hors mon serrail.

Tr. Discourez mieulx.

Pan. C'est bien chien chié chanté pour les discours. Faisons quelque resolution.

Tr. Je n'y contrediz.

Pa. Attendez. Puisque de cestuy endroict ne peuz sang de vous tirer, je vous saigneray d'aultre vene. Estes vous marié ou non?

Tr. Ne l'un ne l'aultre, et tous les deux ensemble.

Pa. Dieu nous soit en ayde ! Je sue, par la mort beuf, d'ahan ; et sens ma digestion interrompue. Toutes mes phrenes, meta-phrenes et diaphragmes sont suspenduz et tenduz pour incor-nifistibuler[15] en la gibbessiere de mon entendement ce que dictez et respondez.

Tr. Je ne m'en empesche.

P. Trut avant. Nostre féal, estes vous marié ?

Tr. Il me l'est advis.

Pa. Vous l'aviez esté une aultre foys ?

Tr. Possible est.

Pa. Vous en trouvastes vous bien la premiere fois ?

Tr. Il n'est pas impossible.

Pa. A ceste seconde fois, comment vous en trouvez vous ?

Tr. Comme porte mon sort fatal.

Panur. Mais quoy ? à bon essiant, vous en trouvez vous bien ?

Trouil. Il est vray semblable.

Panu. Or ça, de par Dieu, j'aymeroys, par le fardeau de sainct Christofle, autant entreprendre tirer un pet d'un asne mort que de vous une resolution. Si vous auray je à ce coup. Nostre feal, faisons honte au Diable d'enfer ; confessons verité. Feustes vous jamais coqu ? Je diz vous qui estez icy, je ne diz pas : vous qui estez là bas au jeu de paulme.

Trouil. Non, s'il n'estoit prædestiné.

Pan. Par la chair, je renie ; par le sang, je renague ; par le corps, je renonce. Il m'eschappe. »

A ces motz Gargantua se leva et dist : « Loué soit le bon Dieu en toutes choses. A ce que je voy, le monde est devenu beau filz depuys ma congnoissance premiere. En sommes nous là ? Doncques sont huy les plus doctes et prudens philosophes entrés on phrontistere et eschollе des pyrrhoniens, aporrheticques, scepticques et ephecticques. Loué soit le bon Dieu ! Vrayement, on pourra dorenavant prendre les lions par les jubes ; les chevaulx par les crins, les bœufz par les cornes, les bufles par le museau, les loups par la queue, les chevres par la barbe, les oiseaux par les piedz ; mais ja ne seront telz philosophes par leurs parolles pris. Adieu mes bons amys. »

---

15. *Incornifistibuler* : filtrer dans un cornet.

3.3. PROPOS DE TABLE (*Gargantua*, chap. XXXIX-XL)

Quand Gargantua feut à table et la premiere poincte des morceaux feut baufrée, Grandgousier commença raconter la source et la cause de la guerre meue entre luy et Picrochole, et vint au poinct de narrer comment Frere Jean des Entommeures avoit triumphé à la defence du clous de l'abbaye, et le loua au dessus des prouesses de Camille, Scipion, Pompée, Cesar et Themistocles. Adoncques requist Gargantua que sus l'heure feust envoyé querir, affin qu'avecques luy on consultast de ce qu'estoit à faire. Par leur vouloir l'alla querir son maistre d'hostel, et l'admena joyeusement avecques son baston de croix sus la mulle de Grandgousier.

Quand il feut venu, mille charesses, mille embrassemens, mille bons jours feurent donnez :

« Hés, Frere Jean, mon amy, Frere Jean mon grand cousin, Frere Jean de par le diable, l'acollée, mon amy !

— A moy la brassée !

— Cza, couillon, que je te esrene de force de t'acoller ! »

Et Frere Jean de rigoller ! Jamais homme ne feut tant courtoys ny gracieux.

« Cza, cza (dist Gargantua), une escabelle icy, auprès de moy, à ce bout.

— Je le veulx bien (dist le moyne), puis qu'ainsi vous plaist. Page, de l'eau ! Boute, mon enfant, boute : elle me refraischira le faye[16]. Baille icy que je guargarize.

— *Deposita cappa* (dist Gymnaste) ; oustons ce froc.

— Ho, par Dieu (dist le moyne), mon gentilhomme, il y a un chapitre *in statutis Ordinis* auquel ne plairoit le cas.

— Bren (dist Gymnaste), bren pour vostre chapitre. Ce froc vous rompt les deux espaules ; mettez bas.

— Mon amy (dist le moyne), laisse le moy, car, par Dieu ! je n'en boy que mieulx : il me faict le corps tout joyeux. Si je le laisse, Messieurs les pages en feront des jarretieres, comme il me feut faict une foys à Coulaines. Davantaige, je n'auray nul appetit. Mais, si en cest habit je m'assys à table, je boiray, par Dieu ! et à toy et à ton cheval, et de hayt. Dieu guard de mal la compaignie ! J'avoys souppé ; mais pour ce ne mangeray je poinct moins, car j'ay un estomac pavé, creux comme la botte sainct Benoist, tousjours ouvert comme la gibbessiere d'un advocat. De tous poissons, fors que la tanche, prenez l'aesle de la perdrys, ou la cuisse d'une nonnain. N'est ce falotement[17] mourir quand on meurt le caiche[18] roidde ? Nostre prieur ayme fort le blanc de chappon.

---

16. *Faye :* foie ; 17. *Falotement :* drôlement ; 18. *Caiche :* membre viril.

— En cela (dist Gymnaste) il ne semble poinct aux renars, car des chappons, poules, pouletz qu'ilz prenent, jamais ne mangent le blanc.

— Pourquoy ? dist le moyne.

— Parce (respondit Gymnaste) qu'ilz n'ont poinct de cuisiniers à les cuyre, et, s'ilz ne sont competentement cuitz, il demeurent rouge et non blanc. La rougeur des viandes est indice qu'elles ne sont assez cuytes, exceptez les gammares et escrivices, que l'on cardinalize à la cuyte.

— Feste Dieu Bayart ! (dist le moyne) l'enfermier de nostre abbaye n'a doncques la teste bien cuyte, car il a les yeulx rouges comme un jadeau de vergne... Ceste cuisse de levrault est bonne pour les goutteux. A propos truelle, pourquoy est ce que les cuisses d'une damoizelle sont tousjours fraisches ?

— Ce problesme (dist Gargantua) n'est ny en Aristoteles, ny en Alexandre Aphrodise, ny en Plutarque.

— C'est (dist le moyne) pour trois causes par lesquelles un lieu est naturellement refraischy : *primo*, pource que l'eau decourt tout du long ; *secundo,* pource que c'est un lieu umbrageux, obscur et tenebreux, auquel jamais ne luist le soleil ne luist ; et tiercement, pource qu'il est continuellement esventé des ventz du trou de bize, de chemise, et d'abondant de la braguette. Et de hayt ! Page, à la humerie !... Crac, crac, crac... Que Dieu est bon, qui nous donne ce bon piot !... J'advoue Dieu, si j'eusse esté au temps de Jesuchrist, j'eusse bien engardé que les Juifz ne l'eussent prins au jardin de Olivet. Ensemble le diable me faille si j'eusse failly de coupper les jarretz à Messieurs les Apostres, qui fuyrent tant laschement, après qu'ilz eurent bien souppé, et laisserent leur bon maistre au besoing ! Je hayz plus que poizon un homme qui fuyt quand il fault jouer de cousteaux. Hon, que je ne suis roy de France pour quatre vingtz ou cent ans ! Par Dieu, je vous metroys en chien courtault les fuyars de Pavye ! Leur fiebvre quartaine ! Pourquoy ne mouroient ilz là plus tost que laisser leur bon prince en ceste necessité ? N'est il meilleur et plus honorable mourir vertueusement bataillant que vivre fuyant villainement ?... Nous ne mangerons gueres d'oysons ceste année... Ha, mon amy, baille de ce cochon... Diavol ! il n'y a plus de moust : *germinavit radix Jesse.* Je renye ma vie, je meurs de soif... Ce vin n'est des pires. Quel vin beuviez vous à Paris ? Je me donne au diable si je n'y tins plus de six moys pour un temps maison ouverte à tous venens !... Congnoissez vous Frere Claude des Haulx Barrois ? O le bon compaignon que c'est ! Mais quelle mousche l'a picqué ? Il ne faict rien que estudier depuis je ne sçay quand. Je n'estudie poinct, de ma part. En nostre abbaye nous ne estudions jamais, de peur des auripeaux[19]. Nostre feu abbé disoit que c'est chose monstrueuse veoir un moyne sçavant. Par Dieu, Monsieur mon amy, *magis magnos clericos non sunt magis magnos sapientes...* Vous ne veistes oncques tant de lievres comme il y en a ceste année. Je n'ay peu recouvrir ny aultour ny tiercelet de lieu du monde. Monsieur de la Bellonniere m'avoit promis un lanier[20], mais il m'escripvit n'a gueres qu'il estoit devenu patays. Les perdris nous mangeront les aureilles mesouan. Je ne prens poinct de plaisir à la tonnelle, car je y morfonds. Si je ne cours, si je ne tracasse, je ne suis poinct à mon aize. Vray est que, saultant les hayes et buissons, mon froc y laisse du poil. J'ay recouvert un gentil levrier. Je donne au diable si luy eschappe lievre. Un lacquays le menoit à Monsieur de Maulevrier ; je le destroussay. Feis je mal ?

— Nenny, Frere Jean (dist Gymnaste), nenny, de par tous les diables, nenny !

— Ainsi (dist le moyne), à ces diables, ce pendent qu'ilz durent ! Vertus de Dieu ! qu'en eust faict ce boyteux ? Le cor Dieu ! il prent plus de plaisir quand on luy faict present d'un bon couble de beufz !

— Comment (dist Ponocrates), vous jurez, Frere Jean ?

— Ce n'est (dist le moyne) que pour orner mon langaige. Ce sont couleurs de rethorique Ciceroniane. »

Pourquoy les moynes sont refuyz du monde,
et pourquoy les ungs ont le nez plus grand que les aultres.

Chapitre XL

Foy de christian ! (dist Eudemon) je entre en grande resverie, considerant l'honnesteté de ce moyne, car il nous esbaudist icy tous. Et comment doncques est ce qu'on rechasse les moynes de toutes bonnes compaignies, les appellans trouble-feste, comme abeilles chassent les freslons d'entour leurs rousches ?

« *Ignavum fucos pecus*
(dist Maro),
a presepibus arcent. »

A quoy respondit Gargantua :

« Il n'y a rien si vrai que le froc et la cogule tire à soy les opprobres, injures et maledictions du monde, tout ainsi comme le vent dict Cecias attire les nues. La raison peremptoire est parce qu'ilz mangent la merde du monde, c'est à dire les pechez, et comme machemerdes l'on les rejecte en leurs

---

19. *Auripeaux* : oreillons ; **20.** *Lanier* : oiseau de proie.

retraictz, ce sont leurs conventz et abbayes, separez de conversation politicque comme sont les retraictz d'une maison. Mais, si entendez pourquoy un cinge en une famille est tousjours mocqué et herselé, vous entendrez pourquoy les moines sont de tous refuys, et des vieux et des jeunes. Le cinge ne guarde poinct la maison, comme un chien ; il ne tire pas l'aroy, comme le beuf ; il ne produict ny laict ny layne, comme la brebis ; il ne porte pas le faiz, comme le cheval. Ce qu'il faict est tout conchier et degaster, qui est la cause pourquoy de tous repceoyt mocqueries et bastonnades. Semblablement, un moyne (j'entends de ces ocieux[21] moynes) ne laboure comme le paisant, ne garde le pays comme l'homme de guerre, ne guerist les malades comme le medicin, ne presche ny endoctrine le monde comme le bon docteur evangelicque et pedagoge, ne porte les commoditez et choses necessaires à la republicque comme le marchant. Ce est la cause pourquoy de tous sont huez et abhorrys.

— Voyre, mais (dist Grandgousier) ilz prient Dieu pour nous.

— Rien moins (respondit Gargantua). Vray est qu'ilz molestent tout leur voisinage à force de trinqueballer leurs cloches.

— Voyre (dist le moyne), une messe, unes matines, unes vespres bien sonnéez sont à demy dictes.

— Ilz marmonnent grand renfort de legendes et pseaulmes nullement par eux entenduz ; ilz content force patenostres, entrelardées de longs *Ave Mariaz*, sans y penser ny entendre, et ce je appelle mocquedieu, non oraison. Mais ainsi leurs ayde Dieu, s'ilz prient pour nous, et non par paour de perdre leurs miches et souppes grasses. Tous vrays christians, de tous estatz, en tous lieux, en tous temps, prient Dieu, et l'Esperit prie et interpelle pour iceulx, et Dieu les prent en grace. Maintenant tel est nostre bon Frere Jean. Pourtant chascun le soubhaite en sa compaignie. Il n'est poinct bigot ; il n'est poinct dessiré[22] ; il est honeste, joyeux, deliberé, bon compaignon ; il travaille ; il labeure ; il defent les opprimez ; il conforte les affligez ; il subvient es souffreteux ; il garde les clous de l'abbaye.

— Je foys (dist le moyne) bien dadvantage ; car, en despeschant nos matines et anniversaires on cueur, ensemble je fois des chordes d'arbaleste, je polys des matraz et guarrotz, je foys des retz et des poches à prendre les connis[23]. Jamais je ne suis oisif. Mais or çzà, à boyre ! à boyre çzà ! Aporte le fruict ; ce sont chastaignes du boys d'Estrocz : avec bon vin nouveau, voy vous là composeur de petz. Vous n'estez encores ceans amoustillez. Par Dieu, je boy à tous guez, comme un cheval de promoteur ! »

---

21. *Ocieux* : paresseux ; **22.** *Dessiré* : déchiré ; **23.** *Connis* : lapins.

Gymnaste luy dist :

« Frere Jean, oustez ceste rouppie que vous pend au nez.

— Ha! ha! (dist le moyne) serois je en dangier de noyer, veu que suis en l'eau jusques au nez? Non, non. *Quare? Quia* elle en sort bien, mais poinct n'y entre, car il est bien antidoté de pampre. O mon amy, qui auroit bottes d'hyver de tel cuir, hardiment pourroit il pescher aux huytres, car jamais ne prendroient eau.

— Pourquoy (dist Gargantua) est ce que Frere Jean a si beau nez?

— Parce (respondit Grandgousier) que ainsi Dieu l'a voulu, lequel nous faict en telle forme et telle fin, selon son divin arbitre, que faict un potier ses vaisseaulx.

— Parce (dist Ponocrates) qu'il feut des premiers à la foyre des nez. Il print des plus beaulx et plus grands.

— Trut avant! (dist le moyne). Selon vraye philosophie monasticque, c'est parce que ma nourrice avoit les tetins moletz : en la laictant, mon nez y enfondroit comme en beurre, et là s'eslevoit et croissoit comme la paste dedans la met[24]. Les durs tetins de nourrices font les enfans camuz. Mais, guay, guay! *Ad formam nasi cognoscitur ad te levavi...* Je ne mange jamais de confitures. Page, à la humerie! Item, rousties! »

4. L'ÉLOQUENCE CHEZ RABELAIS

4.1. GARGANTUA PARLE DU MARIAGE (*Tiers Livre*, chap. XLVIII)

COMMENT GARGANTUA REMONTRE N'ÊTRE LICITE ÈS ENFANTS SOI MARIER SANS LE SU ET AVEU DE LEURS PÈRES ET MÈRES

Entrant Pantagruel en la salle grande du château, trouva le bon Gargantua issant du Conseil, lui fit narré sommaire de leurs aventures, exposa leur entreprise, et le supplia que, par son vouloir et congé, la pussent mettre en exécution. Le bon homme Gargantua tenait en ses mains deux gros paquets de requêtes répondues et mémoires de répondre, les bailla à Ulrich Gallet, son antique maître des libelles et requêtes, tira à part Pantagruel, et, en face plus joyeuse que de coutume, lui dit : « Je loue Dieu, fils très cher, qui vous conserve en désirs vertueux, et me plaît très bien que par vous soit le voyage parfait; mais je voudrais que pareillement vous vînt en vou-

---

24. *Met* : pétrin.

loir et désir vous marier. Me semble que dorénavant venez en âge à ce compétent. Panurge s'est assez efforcé rompre les difficultés qui lui pouvaient être en empêchement. Parlez pour vous.

— Père très débonnaire, répondit Pantagruel, encore n'y avais-je pensé. De tout ce négoce, je m'en déportais sur votre bonne volonté et paternel commandement. Plutôt prie Dieu être à vos pieds vu roide mort en votre déplaisir que, sans votre plaisir, être vu vif marié. Je n'ai jamais entendu que, par loi aucune, fût sacrée, fût profane et barbare, ait été en arbitre des enfants soi marier, non consentants, voulants et promouvants leurs pères, mères et parents prochains. Tous législateurs ont ès enfants cette liberté tollue, ès parents l'ont réservée.

— Fils très cher, dit Gargantua, je vous en crois, et loue Dieu de ce qu'à votre notice ne viennent que choses bonnes et louables, et que, par les fenêtres de vos sens, rien n'est on domicile de votre esprit entré fors libéral savoir ; car, de mon temps, a été par le continent trouvé pays onquel sont ne sais quels pastophores taupetiers [...], lesquels ont dit lois ès gens mariés sur le fait de mariage. Et ne sais que plus doive abominer, ou la tyrannique présomption d'iceux redoutés taupetiers, qui ne se contiennent dedans les treillis de leurs mystérieux temples et s'entremettent de négoces contraires par diamètre entier à leurs états, ou la superstitieuse stupidité des gens mariés qui ont sanxi et prêté obéissance à telles tant malignes et barbariques lois. Et ne voient (ce que plus clair est que l'étoile matute) comment telles sanctions connubiales toutes sont à l'avantage de leurs mystes, nulles au bien et profit des mariés, qui est cause suffisante pour les rendre suspectes comme iniques et frauduleutes.

« Par réciproque témérité pourraient-ils lois établir à leurs mystes sur le fait de leurs cérémonies et sacrifices, attendu que leurs biens ils déciment et rognent du gain provenant de leurs labeurs et sueur de leurs mains pour en abondance les nourrir et en aise les entretenir. Et ne seraient, selon mon jugement, tant perverses et impertinentes comme celles sont lesquelles d'eux ils ont reçues. Car, comme très bien avez dit, loi on monde n'était, qui ès enfants liberté de soi marier donnât, sans le su, l'aveu et consentement de leurs pères. Moyennant les lois dont je vous parle, n'est ruffian, forfant, scélérat, pendard, puant, punais, ladre, brigand, voleur, méchant en leurs contrées, qui violentement ne ravisse quelque fille il voudra choisir (tant soit noble, belle, riche, honnête, pudique que sauriez dire) de la maison de son père, d'entre les bras de sa mère, malgré tous ses parents, si le ruffian s'y a une fois associé quelque myste, qui quelque jour participera de la proie.

« Feraient pis et acte plus cruel les Goths, les Scythes, les Massagètes, ne place ennemie par longtemps assiégée, à grands frais oppugnée, prise par force ? Et voient les dolents pères et mères hors leurs maisons enlever et tirer par un inconnu, étranger, barbare, mâtin, tout pourri, chancreux, cadavéreux, pauvre, malheureux, leurs tant belles, délicates, riches et saines filles, lesquelles tant chèrement avaient nourries en tout exercice vertueux, avaient disciplinées en toute honnêteté, espérants en temps opportun les colloquer par mariage avec les enfants de leurs voisins et antiques amis, nourris et institués de même soin, pour parvenir à cette félicité de mariage que d'eux ils vissent naître lignage rapportant et héréditant non moins aux mœurs de leurs pères et mères qu'à leurs biens meubles et héritages. Quel spectacle pensez-vous que ce leur soit ?

« Ne croyez que plus énorme fut la désolation du peuple romain et ses confédérés, entendants le décès de Germanicus Drusus. Ne croyez que plus pitoyable fut le déconfort des Lacédémoniens quand de leur pays virent par l'adultère troyen furtivement enlevée Hélène grecque. Ne croyez leur deuil et lamentations être moindres que de Cérès quand lui fut ravie Proserpine, sa fille ; que d'Isis à la perte d'Osiris ; de Vénus à la mort d'Adonis ; d'Hercule à l'égarement d'Hylas ; d'Hécube à la soustraction de Polyxène.

« Ils, toutefois, tant sont de crainte du Démon et superstitiosité épris, que contredire ils n'osent, puisque le taupetier y a été présent et contractant. Et restent en leur maison privés de leurs filles tant aimées, le père maudissant le jour et l'heure de ses noces, la mère regrettant que n'était avortée en tel tant triste et malheureux enfantement ; et en pleurs et lamentations finent leur vie, laquelle était de raison finir en joie et bon traitement d'icelles.

« Autres tant ont été extatiques et comme maniaques qu'eux-mêmes de deuil et regret se sont noyés, pendus, tués, impatients d'une telle indignité.

« Autres ont eu l'esprit plus héroïque, et, à l'exemple des enfants de Jacob vengeant le rapt de Dina leur sœur, ont trouvé le ruffian, associé de son taupetier, clandestinement parlementant et subornant leurs filles ; les ont sur l'instant mis en pièces et occis félonnement leurs corps après jetant ès loups et corbeaux parmi les champs. Auquel acte tant viril et chevalereux ont les symmistes taupetiers frémi et lamenté misérablement, ont formé complaintes horribles, et, en toute importunité requis et imploré le bras séculier et justice politique, instants fièrement et contendants être de tels cas faite exemplaire punition.

« Mais, ne en équité naturelle, ne en droit des gens, ne en

loi impériale quelconques, n'a été trouvée rubrique, paragraphe, point ne titre par lequel fut peine ou torture à tel fait interminée, raison obsistante, nature répugnante. Car homme vertueux on monde n'est qui naturellement et par raison plus ne soi en son sens perturbé, oyant les nouvelles du rapt, diffame et déshonneur de sa fille, que de sa mort. Ores est qu'un chacun, trouvant le meurtrier sur le fait de homicide en la personne de sa fille, iniquement et de guet-à-pens, le peut par raison, le doit par nature occire sur l'instant, et n'en sera par justice appréhendé. Merveilles donc n'est si trouvant le ruffian, à la promotion du taupetier, sa fille subornant et hors sa maison ravissant, quoiqu'elle en fût consentante, les peut, les doit à mort ignominieusement mettre, et leur corps jeter en direption des bêtes brutes, comme indignes de recevoir le doux, le désiré, le dernier embrassement de l'alme et grande mère, la Terre, lequel nous appelons sépulture.

« Fils très cher, après mon décès, gardez que telles lois ne soient en cestui royaume reçues. Tant que serai en ce corps spirant et vivant, j'y donnerai ordre très bon, avec l'aide de mon Dieu. Puis donc que de votre mariage sur moi vous déportez, j'en suis d'opinion. J'y pourvoirai. Apprêtez-vous au voyage de Panurge. Prenez avec vous Epistémon, frère Jean, et autres que choisirez. De mes trésors faites à votre plein arbitre. Tout ce que ferez ne pourra ne me plaire. En mon arsenal de Thalasse prenez équipage tel que voudrez : tels pilotes, nochers, truchements que voudrez, et à vent opportun faites voile, on nom et protection du Dieu servateur. Pendant votre absence je ferai les apprêts et d'une femme vôtre, et d'un festin que je veux à vos noces faire célèbre, si onques en fut. »

4.2. PANURGE FAIT L'ÉLOGE DES DÉBITEURS

{ On complétera les chapitres III et IV du *Tiers Livre,* donnés
{ dans le Classique correspondant par le texte des chapitres V
{ et VI que nous proposons maintenant.

« J'entends (respondit Pantagruel) et me semblez bon topicqueur et affecté à vostre cause. Mais preschez et patrocinez d'icy à la Pentecoste, en fin vous serez esbahy comment rien ne me aurez persuadé, et par vostre beau parler, ja ne me ferez entrer en debtes. Rien (dict le sainct Envoyé) à personne ne doibvez, fors amours et dilection mutuelle.

« Vous me usez icy de belles graphides et diatyposes[25], et me

---

25. *Diatyposes :* figures.

plaisent trèsbien : mais je vous diz que, si figurez un affronteur efronté et importun emprunteur entrant de nouveau en une ville ja advertie de ses meurs, vous trouverez que à son entrée plus seront les citoyens en effroy et trepidation, que si la Peste y entroit en habillement tel que la trouva le philosophe Tyanien dedans Ephese. Et suys d'opinion que ne erroient les Perses, estimans le second vice estre mentir : le premier estre debvoir. Car debtes et mensonges sont ordinairement ensemble ralliez.

« Je ne veulx pourtant inferer que jamais ne faille debvoir, jamais ne faille prester. Il n'est si riche qui quelques foys ne doibve. Il n'est si paouvre, de qui quelques foys on ne puisse emprunter.

L'ocasion sera telle que la dict Platon en ses Loix, quand il ordonne qu'on ne laisse chés soy les voysins puiser eau, si premierement ilz n'avoient en leurs propres pastifz foussoié et beché jusques à trouver celle espece de terre qu'on nomme ceramite (c'est terre à potier) et là n'eussent rencontré source ou degout d'eaux. Car icelle terre par sa substance, qui est grasse, forte, lize, et dense, retient l'humidité, et n'en est facilement faict escours ne exhalation.

« Ainsi est ce grande vergouigne, tousjours, en tous lieux, d'un chascun emprunter, plus toust que travailler et guaingner. Lors seulement debvroit on (scelon mon jugement) prester, quand la personne travaillant n'a peu par son labeur faire guain, ou quand elle est soubdainement tombée en perte inopinée de ses biens.

« Pourtant laissons ce propos, et dorenavant ne vous atachez à crediteurs : du passé je vous delivre.

— Le moins de mon plus (dist Panurge) en cestuy article sera vous remercier ; et, si les remerciemens doibvent estre mesurez par l'affection des bienfaicteurs, ce sera infiniment, sempiternellement : car l'amour que de vostre grace me portez est hors le dez[26] d'estimation, il transcende tout poix, tout nombre, toute mesure, il est infiny, sempiternel. Mais le mesurant au qualibre des bienfaictz et contentement des recepvans, ce sera assez laschement. Vous me faictez des biens beaucoup, et trop plus que ne m'appartient, plus que n'ay envers vous deservy, plus que ne requeroient mes merites, force est que le confesse ; mais non mie tant que pensez en cestuy article.

« Ce n'est là que me deult, ce n'est là que me cuist et demange. Car dorenavant estant quitte, quelle contenence auray je ? Croiez que je auray maulvaise grace pour les premiers moys,

---

26. *Dez* : danger.

veu que je n'y suis ne nourry ne accoustumé. J'en ay grand paour.

« D'adventaige desormais, ne naistra ped en tout Salmiguondinoys, qui ne ayt son renvoy vers mon nez. Tous les peteurs du monde petans disent : « Voy là pour les quittes. » Ma vie finera bien toust, je le prævoy. Je vous recommande mon epitaphe. Et mourray tout confict en pedz. Si quelque jour pour restaurant à faire peter les bonnes femmes en extreme passion de colicque venteuse, les medicamens ordinaires ne satisfont aux medicins, la momie de mon paillard et empeté corps leurs sera remede præsent. En prennent tant peu que direz, elles peteront plus qu'ilz n'entendent.

« C'est pourquoy je vous prierois voluntiers que de debtes me laissez quelque centurie, comme le roy Loys unzieme, jectant hors de procès Milles d'Illiers evesque de Chartres, feut importuné luy en laisser quelque un pour se exercer. J'ayme mieulx leurs donner toute ma cacqueroliere, ensemble ma hannetonniere : rien pourtant ne deduisant du sort principal.

— Laissons (dist Pantagruel) ce propos, je vous l'ay ja dict une foys. »

POURQUOY LES NOUVEAULX MARIEZ ESTOIENT EXEMPTZ D'ALLER EN GUERRE

CHAPITRE VI

« Mais (demanda Panurge) en quelle loy estoit ce constitué et estably, que ceulx qui vigne nouvelle planteroient, ceulx qui logis neuf bastiroient, et les nouveaulx mariez seroient exemptz d'aller en guerre pour la premiere année ?

— En la loy (respondit Pantagruel) de Moses.

— Pour quoy (demanda Panurge) les nouveaulx mariez ? Des planteurs de vigne, je suis trop vieulx pour me soucier : je acquiesce on soucy des vendangeurs, et les beaulx bastisseurs nouveaulx de pierres mortes ne sont escriptz en mon livre de vie. Je ne bastis que pierres vives, ce sont hommes.

— Scelon mon jugement (respondit Pantagruel) c'estoit affin que pour la premiere année, ilz jouissent de leurs amours à plaisir, vacassent à production de lignage et feissent provision de heritiers ; ainsi pour le moins, si l'année seconde estoient en guerre occis, leur nom et armes restast en leurs enfans ; aussi que leurs femmes on congneust certainement estre ou brehaignes[27] ou fecondes, (car l'essay d'un an leur sembloit

---

27. *Brehaignes* : stériles.

suffisant, attendu la maturité de l'aage en laquelle ilz faisoient nopces), pour mieulx après le decés des mariz premiers les colloquer en secondes nopces : les fecondes, à ceulx qui vouldroient multiplier en enfans; les brehaignes, à ceulx qui n'en appeteroient et les prendroient pour leurs vertus, sçavoir, bonnes graces, seulement en consolation domesticque et entretenement de mesnaige.

— Les prescheurs de Varenes (dist Panurge) detestent les secondes nopces, comme folles et deshonnestes.

— Elles sont (respondit Pantagruel) leurs fortes fiebvres quartaines.

— Voire (dist Panurge) et à frere Enguainnant aussi, qui en plain sermon preschant à Parillé, et detestant les nopces secondes, juroit, et se donnoit au plus viste diable d'enfer, en cas que mieulx n'aymast depuceller cent filles que biscoter une vefve.

« Je trouve vostre raison bonne et bien fondée. Mais que diriez vous, si ceste exemption leurs estoit oultroyée, pour raison que, tout le decours d'icelle prime année, ilz auroient tant taloché leurs amours de nouveau possedez (comme c'est l'æquité et debvoir), et tant esgoutté leurs vases spermaticques, qu'ilz en restoient tous effilez[28], tous evirez[29], tous enervez et flatriz, si que, advenent le jour de bataille, plus tost se mettroient au plongeon comme canes, avecques le baguaige, que avecques les combatans et vaillans champions on lieu on quel par Enyo est meu le hourd, et sont les coups departiz, et soubs l'estandart de Mars ne frapperoient coup qui vaille. Car les grands coups auroient ruez sous les courtines de Venus s'amie.

« Qu'ainsi soit, nous voyons encores maintenant entre autres reliques et monumens d'antiquité, qu'en toutes bonnes maisons, après ne sçay quantz jours, l'on envoye ces nouveaux mariez veoir leur oncle, pour les absenter de leurs femmes, et ce pendent soy reposer, et de rechief se avitailler pour mieux au retour combattre, quoy que souvent ilz n'ayent ne oncle ne tante, en pareille forme que le roy Petault après la journée des Cornabons, ne nous cassa proprement parlant, je diz moy et Courcaillet, mais nous envoya refraischir en nos maisons. Il est encores cherchant la sienne. La marraine de mon grand pere me disoit, quand j'estoit petit, que

> Patenostres et oraisons
> Sont pour ceulx la qui les retiennent.
> Un fiffre allans en fenaisons
> Est plus fort que deux qui en viennent.

---

28. *Effilez* : affaiblis ; 29. *Evirez* : dévirilisés.

« Ce que me induict en ceste opinion est que les planteurs de vigne à poine mangeoient raisins, ou beuvoient vin de leur labeur durant la premiere année ; et les bastisseurs, pour l'an premier, ne habitoient en leurs logis de nouveau faictz, sur poine de y mourir suffocquez par deffault de expiration, comme doctement a noté Galen, lib. 2, *de la difficulté de respirer.*

« Je ne l'ay demandé sans cause bien causée, ne sans raison bien resonnante. Ne vous desplaise. »

On étudiera de même la harangue de Ulrich Gallet à Picrochole (*Gargantua,* chap. xxxi) et la « contion » de Gargantua aux vaincus (*Ibid.,* chap. l), ces deux passages figurant dans le Classique correspondant.

TABLE DES MATIÈRES

Mame Imprimeurs - 37000 Tours.
Dépôt légal Décembre 1972. – N° 21866. – N° de série Éditeur 14916.
IMPRIMÉ EN FRANCE *(Printed in France)*. – 870 136 H Mars 1989.

un dictionnaire de la langue française pour chaque niveau :

NOUVEAU DICTIONNAIRE DU FRANÇAIS CONTEMPORAIN ILLUSTRÉ
sous la direction de Jean Dubois

• 33 000 mots : enrichi et actualisé, tout le vocabulaire qui entre dans l'usage écrit et parlé de la langue courante et que les élèves doivent savoir utiliser à l'issue de la scolarité obligatoire.
• 1 062 illustrations : un apport descriptif complémentaire des définitions et qui permet l'introduction de termes plus spécialisés n'appartenant pas au vocabulaire courant ou ne nécessitant pas d'explication autre que celle de l'image.
• Un dictionnaire de phrases autant qu'un dictionnaire de mots, comme dans l'édition précédente, selon les mêmes principes de description du lexique et du fonctionnement de la langue.
• Le dictionnaire de la classe de français (90 tableaux de grammaire, 89 tableaux de conjugaison).

Un volume cartonné (14 × 19 cm), 1 296 pages.

LAROUSSE DE LA LANGUE FRANÇAISE lexis
sous la direction de Jean Dubois

Avec plus de 76 000 mots des vocabulaires courant, classique et littéraire, technique ou scientifique , c'est le plus riche des dictionnaires de la langue en un seul volume.
Par la diversité de ses informations sur les mots, par la construction raisonnée de ses articles et par son dictionnaire grammatical, c'est un instrument de pédagogie active : il s'adresse aussi à tous ceux qui veulent comprendre le fonctionnement de la langue et acquérir la maîtrise des moyens d'expression.

Nouvelle édition illustrée : un volume relié (15,5 × 23 cm), 2 126 pages dont 90 planches d'illustrations par thèmes.

GRAND LAROUSSE DE LA LANGUE FRANÇAISE
7 volumes sous la direction de L. Guilbert, R. Lagane et G. Niobey; avec le concours de H. Bonnard, L. Casati, J.-P. Colin et A. Lerond

Un dictionnaire unique parce qu'il réunit :
• la description la plus complète du vocabulaire général, scientifique et technique, classique et littéraire, avec prononciation, syntaxe et remarques grammaticales, étymologie et datations, définitions avec exemples et citations, synonymes, contraires, etc.;
• la documentation la plus riche sur la grammaire et la linguistique : près de 200 articles (à leur ordre alphabétique) donnant une analyse détaillée des diverses théories, passées ou actuelles, sur les principaux concepts grammaticaux et linguistiques;
• un traité de lexicologie exposant les principes de la formation des mots et la construction des unités lexicales.

7 volumes reliés (21 × 27 cm).